JN072038

南部は沈まず(下)

近衛龍春

角川文庫
24211

目次

主な登場人物

南部信直《なんぶのぶなお》　三戸南部家二十六代当主。石川高信《いしかわたかのぶ》の庶長子。

南部《なんぶ》（利正《としまさ》）利直《としなお》　信直の嫡男。母は照ノ方。

安東愛季《あんどうちかすえ》　元檜山城主。

九戸政実《くのへまさざね》　九戸家十代目当主。

九戸実親《くのへさねちか》　政実の弟。

照姫《てるひめ》（照《てる》ノ方《かた》）　南部家の支族、泉山古康《いずみやまふるやす》の娘。南部一の美貌と言われる。

津軽《つがる》（大浦《おおうら》）為信《ためのぶ》　南部信直の父の仇。秀吉により津軽を安堵されている。

北信愛《きたのぶちか》　剣吉城主。南部北家当主。

東政勝《ひがしまさかつ》　元名久井城主。南部東家。

南慶儀《みなみよしのり》（盛義《もりよし》）　元浅水城主。南部南家。

八戸政栄《はちのへまさよし》　八戸家十八代当主。
中野直康《なかのなおやす》　九戸政実の末弟。斯波詮真《しばあきざね》の養子。
秋田実季《あきたさねすえ》　安東愛季の嫡男。湊城主。
北秀愛《きたひでちか》　花巻城将。南部北家、北信愛の嫡子。
南正愛《みなみまさちか》**（直義**《なおよし》**）**　南部南家、南慶儀の弟。
豊臣秀吉《とよとみひでよし》　織田信長《おだのぶなが》亡き後、天下を統一し、太閤と称する。
前田利家《まえだとしいえ》　七尾城主。信長亡き後、秀吉の重臣となる。
浅野長吉《あさのながよし》**（長政**《ながまさ》**）**　信長、秀吉の重臣。豊臣五奉行の一人。
蒲生氏郷《がもううじさと》　黒川城主。秀吉から重用される武将。
伊達政宗《だてまさむね》　伊達家十七代当主。
徳川家康《とくがわいえやす》　遠江、三河の大名。秀吉に臣従する。

第七章　天下平定の顚末

一

長瀬《ながせ》の戦い、姉帯《あねたい》・根曽利《ねそり》・一戸《いちのへ》城の陥落などが伝わったこともあり、秀吉《ひでよし》の下知を受けた討伐軍が続々と宮野《みやの》に集結し、宮野城の包囲に加わった。

城の北を流れる馬淵川《まべちがわ》支流の白鳥川《しらとりがわ》の対岸に南部信直《なんぶのぶなお》の二千五百、白鳥川の支流で城の東を流れる猫淵川《ねこぶちかわ》の対岸に徳川《とくがわ》家臣の井伊直政《いいなおまさ》の一万。大手に面する南に浅野長吉《あさのながよし》の二千、その西に主力の蒲生氏郷《がもううじさと》が一万五千。その西に堀尾吉晴《ほりおよしはる》の二千五百。馬淵川の西に北から蠣崎慶広《かきざきよしひろ》、津軽為信《つがるためのぶ》、秋田実季《あきたさねすえ》、仁賀保勝利《にかほかつとし》、小野寺義道《おのでらよしみち》らの約六千。慶広はアイヌ民族に毒矢を持たせて参じたという。総勢三万八千の軍勢で、一説には六万とも言われ、布陣地も諸説ある。

後詰《ごづめ》として南陸奥《むつ》の相馬《そうま》周辺に相馬義胤《よしたね》、佐竹義宣《さたけよしのぶ》、岩城貞隆《いわきさだたか》、宇都宮国綱《うつのみやくにつな》と石田《いしだ》三《みつ》成《なり》で二万余。中陸奥の三迫《さんのはざま》には総大将の羽柴秀次《はしばひでつぐ》が一万五千。同じく岩手沢《いわてざわ》の徳川家康が二万余。東陸奥の水沢《みずさわ》、江刺《えさし》辺りには大谷吉継《おおたによしつぐ》の一千。同じく柏山《かしやま》には上杉景勝《うえすぎかげかつ》の一万が控えていた。

伊達政宗《だてまさむね》が居城にしようとしている岩手沢に家康が控えているのは、政宗が九戸政実《くのへまささね》と与《くみ》して再び争乱を起こすのを抑えるためかもしれない。

秋風が吹く九月一日の夕刻前、主将ともいえる蒲生氏郷が大手南の村松《むらまつ》の本陣に着陣した。即座に評議を行うというので、信直も本陣に足を運んだ。

蒲生家の「松波菱」の家紋が染められた陣幕を潜《くぐ》ると、楯を並べて作った机の周囲に床几《しょうぎ》が置かれていた。上座には蒲生氏郷と、陸奥取次の浅野長吉が腰を下ろしている。周囲に諸将が並ぶ中、信直の真向かいに鍾馗髭《しょうきひげ》を生やした武将が座していた。信直は一目で判った。

(此奴が大浦《おおうら》為信か!)

父親の仇《かたき》が目の前にいる。腰の太刀を抜けば届く距離である。

津軽為信のほうは、なに喰わぬ顔で信直を見ている。太々しさがまた腹立たしい。

(今なれば二十年目にして宿願を果たすことができる。やるか)

信直の体に殺気が漲《みなぎ》ってきた。

「南部殿、南部殿」

上座の浅野長吉に声をかけられても信直は気づかず津軽為信を睥睨《へいげい》していた。

「南部殿、浅野殿が呼んでおられるぞ」

右隣に座す井伊直政から言われ、信直はようやく上座に目を向けた。

井伊直政は一《いち》徳川家臣であるが、上野《こうずけ》の箕輪《みのわ》で十二万石を与えられている大名である。武田旧臣の山県《やまがた》（飯富《おぶ》）勢、小幡《おばた》勢を配下に組み入れていることもあり、具足は赤で統一し、勇猛さもあって赤備《あかぞな》えと呼ばれ、敵からは恐れられていた。

「これは失礼致した」

「そういえば、南部殿にとって津軽殿は仇敵《きゅうてき》でござったの。これを期に和解なされてはいかがか」

浅野長吉が信直に勧める。

「恩ある浅野殿のお言葉にはござるが、お断り致す。大浦は今でも我が父の仇にござる」

「されば、関白殿下に逆らわれるつもりか」

「殿下に逆らうつもりはござらぬ。さりとて、狎《な》れ合うつもりもござらぬ」

譲れぬところは絶対にある。信直は不快にさせるのを承知で言ってのけた。

「武士たるもの、大かれ少なかれ、皆同じような境遇であろう」

器が小さいといった口調で堀尾吉晴が言う。吉晴の父・泰晴《やすはる》は、かつて岩倉《いわくら》の織田信《おだのぶ》安《やす》に仕えていたが、信長によって同家が滅ぼされ、堀尾家は禄を失った。牢人ののち、吉晴は信長の家臣の秀吉に仕えて今日に至る。吉晴は敵に屈したことになる。

「当家の意地であり、我が武心にござる。なにとぞお察しくだされ」

上方の武士とは違うと言いたいところであるが、信直は堪えた。

「自《おの》が家臣を討てもせぬのに、許容《きょよう》する心がないゆえ返り忠が者を出したのではないか？」

「九戸は誰にも仕える気のない者。おそらく、ここにいる方々でも単独で討つことが敵《かな》わぬはず」

「戦う前から弱音を吐くとは情けない」

気概がない、といった口調で堀尾吉晴は蔑んだ。

「もう、そのへんでよかろう。南部殿、城の説明をしてくれ」

主将の蒲生氏郷が間に入る。楯机の上には宮野城の絵図が広げられていた。

宮野城は西が馬淵川、北が白鳥川、東が猫淵川の三河川《さんかせん》に囲まれた丘陵上（比高三十メートル）に築かれた平山城で、本丸と二ノ丸を中心にして北西に三ノ丸、北東に石沢《いしざわ》舘《だて》（北ノ郭）、南東に若狭舘《わかさだて》（東ノ郭）、南西に松ノ丸（南ノ郭）を配置した複合城郭である。各郭には空堀を設け、一部は泥田堀として整備し、各縁は段丘崖となり河川に続いている。

「……ゆえに総懸かりを致せば、手負いばかりが出ましょう」

信直は扇子でそれぞれを指しながら丁寧に伝えた。

「南部殿は兵糧攻めがよいと申されるか」

「九戸は全ての米を刈り取りきれませんでした。当家に備えていたゆえ、各城から運び込まれた米はさして多くはござらぬ。城に籠るは五千の兵。一月《ひとつき》、もっても二月《ふたつき》で底を尽きましょう」

蒲生氏郷の問いに信直は答えた。

「一月も待てば雪が降る。左様に長く、この地にいるわけにはいきませんな」

浅野長吉が蒲生氏郷に言う。この九月一日はグレゴリウス暦では十月十九日にあたる。雪の心配もあろうが、秀吉からは短期間で鎮圧しろという命令が下されているのかもしれない。

「左様でござるな。まずは一当《ひとあ》てしてみよう」

浅野長吉の勧めに蒲生氏郷は頷いた。

攻撃は蒲生氏郷からの指示があり次第に行うということで、評議は終了した。

津軽為信の隣には仁賀保勝利を挟んで秋田実季が座している。こちらも敵であるが、為信ほどの嫌悪感はなかった。年下の実季が軽く頭を下げるので、信直も応じた。会話を交わすことなく、信直は金録山《こんろくやま》の陣に戻った。

「宮野城に総懸かりとは、正気の沙汰とは思えませぬな」

北信愛《きたのぶちか》が告げる。

「一度は攻めねば面目が立つまい。仕寄《しよ》せれば思案も変わろう。家臣たちには逸《はや》らぬことと油断せぬことを徹底させるように。それと、大浦との争いもな」

白湯を啜りながら、信直は厳命した。

（明日は彼奴と直に戦うことになるのか。彼奴は儂を敵と思っていようか）

最後に会ったのは晴政《はるまさ》の葬儀の時。以来、ずっと政実に躍らされているような気がする。

（儂は彼奴の引き立て役か。この戦、儂の手を離れ、九戸と天下の戦いとなっておる。儂の手に引きずり戻さねばならぬの）

圧倒的多数の中にいる信直であるが、南部家の存在感を天下に示すつもりだ。

宮野城の主殿《しゆでん》には城主の九戸政実をはじめ、主だった者が顔を揃えた。

「城を囲んだ敵兵は四万弱。後詰は数万以上いるそうにございます」

弟の実親《さねちか》が告げる。

「少ないのう。小田原《おだわら》には二十万というゆえ、どれほど多いかと思いきや、五万にも満たぬとは我らを愚弄しているのか。そのこと寄手には身をもって教えてやらねばなるまいの」

「関白とて、宮野まで送る兵は、そのあたりが限界だということにござるな」

七戸家国《しちのへいえくに》が相槌を打つ。

「左様。一月も致せば雪が降る。這々《ほうほう》の体《てい》にて逃げ帰ろうぞ」

「腕がなりますな。夜討ちは致しますか。お許しくだされば、先陣を切りますが」

主戦派の七戸家国が求める。

「初日は敵も警戒していようゆえ、控えるがよい。弛緩《しかん》した頃、存分に働いてもらう」

闘志を失わぬようになだめ、政実は改まる。

「敵は美麗な具足に身を包み、戦いを専《もっぱ》らの生業《なりわい》とする武士の集まりだなどと申すが、所詮は銭で雇われた寄せ集め。遠くから矢玉を放っているうちは威勢がよくとも、鑓働きはできん腰抜け揃いじゃ。二、三百も討てば尻尾を巻いて逃げ去ろう。頃合を見て打って出るゆえ、楽しみにしておれ」

戦意を煽るように言うが、諫言も忘れない。

「夜討ちこそ上方兵の常道とも申す。休養を十分にとらせ、油断なきよう明日に備えさせよ」

「うおおーっ」

政実の言葉に皆は鬨で応じた。

居間に戻った政実は、皆の前に姿を見せた時のような明るさはなかった。

(明日は敵も仕寄せてこよう。簡単に落ちはすまいが、古今東西、諦めぬ敵に囲まれ、後詰のない籠城が持ちこたえた試しはない、か。なんとか我らの手強さを見せつけ、三《さん》戸《のへ》とは切り離した形で我らの存続を認めさせねばならぬの。津軽家のように。和睦の頃合が重要じゃの。それまではさんざんに敵を蹴散らさねばならぬ。いかな手負いを出そうとも)

戦いを直前に控え、政実はいくら酒を呷《あお》っても酔うことはできなかった。

九月二日、静かに夜が明けた。宮野城の籠城兵や寄手を問わず、皆は早めの朝食をすませて、開戦に備えていた。乱世を生き抜いてきた者たちだけに、戦の風を肌で感じていた。

卯《う》ノ下刻（午前七時頃）、蒲生氏郷の使者が大手門に近づき、政実に降伏勧告を申し入れた。

「戦わずして降伏する者は陸奥人にはあらず。戻って主に申されよ」

政実は会いもせず、代わりに弟の実親が門の上から怒号した。使者は帰陣して子細を伝えた。

四半刻ほどして金録山の南部陣に蒲生家の使者が訪れた。

「法螺《ほら》と共に総懸かりを致します。貴家も仕掛けられますよう」

「委細承知」

覇気ある声で信直は応じた。

（儂を関白の飼い犬と罵《ののし》った野良犬の戦いぶり、篤《とく》と見させてもらうぞ）

前線の鉄砲衆の火縄の火を確認させながら、信直は眼下の宮野城を見下ろした。信直は白鳥川沿いの前線に西から北信愛・秀愛《ひでちか》親子、南正愛《みなみまさちか》、楢山義実《ならやまよしざね》、東正永《ひがしまさなが》、八戸政栄《はちのへまさよし》・直栄《なおよし》親子を並べた。信頼もあるが、南部家の戦いなので、一族の者を前に立たせねば面目が立たないからである。

辰《たつ》ノ刻（午前八時頃）、蒲生家の本陣で法螺貝の音が響き、これが各陣に伝わり、東の井伊家の陣から呼応して法螺が吹かれた。南部家の陣にも聞こえた。

「放て！」

開戦の報せを聞き、信直は采を降り下ろした。

蒲生勢や浅野勢から遅れるものの、城の北側でも筒先が火を噴き、轟音が響き渡った。

白鳥川の手前から引き金を絞っているので、城兵たちには届かない。逆も然りで、城内からも咆哮し、矢も放たれるが、南部家の旗を揺らすことはなかった。

（無闇に渡河させれば死人を出すばかり。良き時期を探らねばの）

領内での戦いなので勇猛果敢に攻めさせたいが、簡単に目の前の白鳥川を渡れない状況にあった。同川の川幅は二間ほどで、普段は腰を濡らすことがないほどの水量であるが、つい十日ほど前に降った秋の大雨で水嵩が増し、胸の辺りまで達している。入っただけで流される者が出るであろう。さらに、渡った先は城壁のような岩の断崖で、忍びの類いでなければよじ登ることは困難である。

加えるならば、南部家は上方とは違い、まだ兵農分離はすませておらず、殆《ほとん》どは半士半農なので、死傷者が出れば稲の収穫力の減少に直結する。一人たりとも無駄死にさせるわけにはいかなかった。

とはいえ、九戸討伐を秀吉に懇願した当事者でもあるので、高見の見物をすることは許されない。弓、鉄砲を放ちながら、城兵の疲労を待っていた。

馬淵川の川幅は一町を超えるところもあり、流れも速く、やはり渡河するのは難しい。

川西の出羽《でわ》衆や津軽勢も、遠くから届かぬ矢玉を放つばかり。

一刻半ほども放ち続けると、鉄砲の銃身が熱化して膨張するせいか、水をかけて冷やしても命中率が極端に悪くなる。硝煙《しょうえん》と轟きが少なくなってきた頃、蒲生氏郷は城への突撃を開始した。

「かかれーっ！」

大将号令の下、蒲生勢の一手は丸太を抱えて大手門を破壊しようと突進する。別の兵たちは堀に梯子をかけて渡り、空堀から切り岸を這い上がろうとする。城兵は、これに城内から容赦なく矢玉を浴びせ、一押ししてくるたびに、屍に変えた。九戸勢の鉄砲はそれほど多くはなく、主力は弓であるが、攻め寄せるたびに死傷者が続出した。寄手は堀と切り岸に悩まされた。

寄手は兵を入れ替えても結果は同じで、屍の山を築くばかり。攻めあぐねていると、政実は萌黄色《もえぎいろ》の直垂《ひたたれ》に緋威《ひおどし》の鎧《よろい》を身に着け、龍頭《りゅうとう》の兜をかぶり、龍・鷲の子という三尺五寸（約百六センチ）の太刀を佩《は》き、厚総《あつふさ》の鞦《しりがい》をかけた葦毛《あしげ》の駿馬に騎乗し、城門を開いて出撃した。政実は混乱する寄手の中を疾駆《しっく》して、馬上から敵を斬り捨てた。

「我は伊保内《いぼない》城主の伊保内美濃守正常《みののかみまさつね》なり。我と思わん者はかかってまいれ」

馬上、伊保内正常は大音声で叫び、寄手を薙ぎ、無我夢中で戦った。

九戸勢は縦横無尽に暴れ廻ると、潮が引くように城内に戻った。伊保内正常は寄手に飲み込まれながらも奮戦し、ほぼ最後に退く。

「追え！」

蒲生郷成《さとなり》らが激昂して命令を出し、九戸勢を追いかけて城門や堀に達すると、再び弓、鉄砲が放たれて血飛沫が宙を朱に染めた。切り岸を登っていた兵は、ずり落ちたところを仕留められ、梯子を渡っていた者は落下して矢玉を浴びた。空堀が屍で満ちそうな光景であった。

城方に鉄砲上手の兵がおり、どのぐらいの腕なのか、蒲生勢の一人が一町ほど離れたところに唐笠《からかさ》を立てると、工藤右馬助業綱《くどううまのすけなりつな》が見事に打ち落として城の内外を感嘆させた。

北側の白鳥川を前にした南部勢の陣。正面の断崖の狭間に人が一人通れそうなところがある。南部勢はそこを突破口にしようと、川沿いから鉄砲を釣瓶撃ちにするが、城方の守りも堅く、崩すには至らず初日は終了した。城方の思惑どおりに寄手は翻弄された日であった。

夕食後、信直は主だった者を金録山の陣に呼んだ。

「蒲生勢も浅野勢も打って出た九戸勢に蹴散らされたそうにござる。口ほどにもござらんな」

八戸政栄が言う。

「戦は生き物、勢いと流れに乗れば寡勢でも多勢を打ち破れよう」

北信愛は蒲生氏郷と昵懇なので擁護《ようご》する。

「井伊兵部大輔《いいひょうぶのたいふ》は徳川家の宿老。鉢形《はちがた》城で城を崩した大筒《おおづつ》は持参しなかったのでしょうか」

東正永が問う。

「儂も思案していたところじゃ。あの大筒があれば城兵は度胆を抜くであろうが、使わなかったところを見れば持ってはこなかったのであろうな」

武蔵《むさし》の車山《くるまやま》から十町ほど離れた鉢形城の城門を一撃で破壊した威力には舌を巻いたもの。あの衝撃を目の当たりにすれば、頭の固い政実も早々に降伏すると、信直は密かに期待していたところがある。

「できることなれば、左近将監《さこんのしょうげん》が責任をとって腹を召し、城は開城。精強な九戸勢をそっくり取り込みたいところですな」

ずばり北信愛は信直の心中を言ってのけた。

「難しかろう。あれだけ寄手に手負いが出れば、城主や主だった者の首だけではすむまい」

「城兵に内応を呼び掛けてはいかがでしょう？　皆が皆、勝てるとも、城を枕に討ち死にしようとも思っておらぬかと存じます。内応は無理でも、闘志を鈍らせることはできるやもしれませぬ」

北信愛が進言するので信直は許した。

信直の許可を受け、北信愛は川守田秀正《かわもりだひでまさ》に矢文を渡し、大弓を射らせた。秀正は川守田館の戦いで活躍した剛弓の手練・川守田常陸入道《ひたちにゅうどう》（正広《まさひろ》）の嫡子。父に劣らず鉄砲並みに矢を飛ばした。

矢が城内に放たれ、半刻ほどすると、わずかに狼煙《のろし》があがった。落城のおりに見逃して欲しければ狼煙をあげろと文に記されたとおりであった。

「やはり、城兵一丸というわけではないようです」

結果を北信愛が報せた。

「さもありなん。末端の者は仕方なく主に従ったのであろう。いつの世も同じじゃ。されど、手心を加えれば、あらぬ疑いを受ける。明日は今日にも増して仕寄るように」

信直は、弛緩しないように気を引き締めた。

（どうやら糠部《ぬかのぶ》の地は多くの血を流さねば静かにならぬようじゃの）

闘志満々、寄手を排除した九戸政実と配下の活躍を目にし、信直は悲惨な終焉《しゅうえん》を予想した。

翌三日の午前中、氏郷は周辺の竹林から大量の青竹を刈り取り、城内からは青い壁に見えるほどの竹束を作成させた。午後には遅れていた多数の鉄砲が届けられた。

蒲生氏郷は竹束を前にして西南の松ノ丸に迫り、号令と共に引き金を絞らせた。途端に筒先は火を噴き、轟音が谺《こだま》した。瞬時に周辺は硝煙で灰色に染まり、咆哮が途絶えることはなかった。

これまで城兵は余裕の体《てい》で鉄砲を撃ち返していたが、後退を余儀無くされた。新たに届けられた鉄砲の中には、標準的な六匁《もんめ》玉（直径約十五・五ミリ）を放つ口径よりも大径で銃身が長く、十匁筒（直径約十八・四ミリ）と呼ばれるものがあった。六匁玉の鉄砲の有効殺傷距離はおよそ一町。十匁玉の鉄砲はそれより十二間（約二十二メートル）ほど長くなった。

「氏郷分別して竹束を近々と付け、鉄砲を数千挺をもって撃ちすくめ候」と『蒲生氏郷記』には記されている。前日とは違った攻撃に、城方は出撃する余裕がなくなった。

鉄砲で圧倒する寄手ではあるが、さすがに城内に乗り込むのは困難。蒲生氏郷は浅野長吉や井伊直政らと相談し、調略をもって城を攻略することにした。

攻撃の最中、信直は氏郷に呼ばれたので、蒲生家の本陣に足を運んだ。

（さすが上方の力は凄いの。城兵と同じ数の鉄砲を揃えるとはのう）

羽柴秀次ら後方からの支援であろうが、すぐに用意する運搬能力と経済力に信直は唖然とした。

「ようまいられた。見たでござろうが、我らの力に九戸も驚いていよう。このままなれば、鉄砲で威嚇して城に乗り込むには、さしたる日にちもかかるまい。されど、手負いは少ないほうがいい。そこで蒲生殿と話し合い、改めて九戸を説くことになった。誰ぞ九戸に近い人物はござらぬか」

浅野長吉が信直に説明した上で問う。

「左様でござるか。長光寺《ちょうこうじ》（長興寺）は九戸の菩提寺ゆえ、住職の申すことならば聞くかと存ずる。されば呼びにやらせましょう」

信直は政実の弟の中野直康《なかのなおやす》を、宮野城から三里ほど南東の長光寺に向かわせた。直康は嫌がる弘誾《こうぎん》和尚を夕刻前には連れてきた。なお、僧名は林賀《りんが》、閲全《えつぜん》、察伝《さってん》、薩天《さってん》とも伝わるが、寺記に従う。

「御坊にご足労戴いたのはほかでもない。九戸の説得にござる」

単刀直入に浅野長吉は言う。

「左様なことなれば、ほかの方に願いたい。左近将監殿は拙僧の言葉など聞くはずがない」

「説く前から諦めるとは僧侶らしくもない。我らはこれ以上、無益な戦いを望んではおらぬ」

「随分と旗色が悪いようですな」

臆することなく弘誾和尚は言ってのける。

「僧籍の身で、さらなる血が流れるのをお望みか？　行き違いから九戸も蜂起したが、決して天下に対して逆心があるわけでもなかろう。前非を悔いて降参致し、都で申し開きをすれば、殿下もお許しくださろう。返り忠が者として滅びるより、降人となって出てはどうか」

丁寧に浅野長吉は説得する。

「城に籠りし者の命は保証して戴けますか」

「勿論。これ以上抵抗せぬとあらば、我ら揃って誓紙を出しても構わぬ」

「九戸家の地位はいかなことになりましょう?」

弘誾和尚の質問に、信直は注視した。

「南部殿から禄を得ることは決定済み。まあ、殿下に気に入られ、何処かの地に移封されることもなくはないが、いずれも神妙にしてのこと」

信直にとっては安心できる返答であった。

「左様なことなれば、微力ながら尽力致そう」

浅野長吉の言葉を信じ、弘誾和尚は応じた。

「一書をもって申し入れる。その趣きは、このたび大軍を引き受けて堅固に籠城した働きには驚いている。併《しか》し、天下を敵として、いかに本望を達することができようか。そのうちに本丸も押し崩され、一人ずつ首を刎ねられることは明白。政実は早く降参なされ、天下に逆心なき旨を、京都に上って訴え申すべきである。されば一門郎党までの身命を助け、また武勇の働きを聞き届けられ、帰国を許されて領地、知行が認められるであろう。ここに案内する」

弘誾和尚は、浅野長吉らが記した誓紙を持って、浅野六左衛門《ろくざえもん》と共に宮野城に向かった。

(ほぼ無傷の九戸が、この期に降伏致そうか)

政実が簡単に応じるとは思えない。

「まこと九戸を許すおつもりでござるか」

弘闇和尚が陣を出たあとで信直は浅野長吉に問う。

「少なくとも、九戸を都に送るか否かを決めるのは、殿下から総大将を任じられている中納言（羽柴秀次）様。我らの関知するところではない」

返答を聞き、政実が降伏すれば三迫で斬られるのではという気がした。

「城兵の命は？」

「先ほども申したとおり。抵抗せねば助けよう。されど、妙な画策を致せば容赦は致さぬつもり。南部殿も返り忠が者を残していては、殿下に良き奉公ができますまい」

淡々とした口調で浅野長吉は告げる。

（画策しているのは浅野殿のほうではないのか。よもや、城兵全員の撫で斬りはすまいの）

当主として信直には、九戸一揆を解決できなかった弱味があるので、文句を言うわけにはいかない。それでも、憎き宿敵ながら、信直は煮え切らぬもどかしさのようなものを感じていた。

二

弘闇和尚が使者として宮野城を訪れた。察した政実は、皆と顔を合わせる前に居間に通した。浅野六左衛門は別室に控えさせた。

「お久しゅうござるな。その表情からすれば、夕餉を共に楽しく、ということではないらしい」

「表敬訪問《ひょうけいほうもん》なればようござるが、現実は難しい。まあ、それでも多勢に囲まれながらも息災でなにより。寄手には手厳しくされたようで」

「御坊に褒められるとは嬉しい限り。一献差し上げたいところじゃ」

一歩たりとも敵兵を城領に踏み込ませていないので、城内に沈鬱《ちんうつ》した雰囲気はなかった。

「僧籍の身でなければ戴きたいところ。政実殿もさぞ、溜飲を下げる戦いができたでござろう」

「初日は、にござる。二日目になると勝手が変わってまいったが」

「変わりようが判っていれば話は早い。寄手は降伏を求めてまいった」

素直に従ってくれ、と弘誾和尚は目で訴える。

「堀一つ越えられぬ分際で、降伏とは笑わせる」

「確かに皆は、よう戦われた。されど、このまま続けられぬことは政実殿が一番判っておるはず。和議は一番優位な時にするのが常道ではござらぬのか」

「御坊もなかなか申すのう。されど、楽な戦いにはならぬこと、最初から承知の戦じゃ」

躱《かわ》すように政実は言う。

「されば、いかように終わらせるつもりか。よもや籠りし者全て死ぬまでとは申されますまいな」

「皆はそのつもりじゃ」

「女、子供はそう申されまい。それと政実殿の思案はいかに？　貴殿は城主であり、契機を作った御仁じゃ、ほかの者とは違うはず」

弘闇和尚は政実の心中を覗くように問う。

「さして違いはない。謂《いわ》れなき難癖をつけられたゆえ、立ったまで。代々この地で栄えてきた我らが、新興の関白に指図される筋合いはない」

「当所《あてど》は承知してござる。されど、戦ははじめるは易く、終わらせるのは難し。また、いかに尽力しても、必ず終わりはくるもの。当主として、終わらせ方を思案せねばならぬのでは？」

「敵方が申す条件とは？」

降伏という形になるかもしれないが、政実としても和睦することを完全に拒否するわけではない。

「開城して関白への謝罪。これにより、九戸家は残るが、三戸家の家臣となる」

弘闇和尚は浅野長吉らの誓紙を政実に渡した。

「三戸の風下に立つことだけは納得できんな」

一家どうしで戦えば、絶対に信直には負けぬ自信が政実にはあった。その先にあったのが、このたびの戦いである。豊臣方は一揆と呼ぶが、政実に一揆を起こしたつもりは毛頭ない。堂々と戦いを挑んだつもりである。

「関白は変わり者ゆえ、天下人になれたと専らの噂。これはと思う者を引き抜き、直臣にしているとのこと。貴殿ほどの器、三戸の家臣で終わらせるとは思えませぬ。されど、時機を逃せば、全てが無となる。決断のしどころでござるぞ」

「御坊の目から見て、儂は勝てぬか」

客観的な立場の意見は大事なもの。信直は問う。

「蜂起する前も今も、政実殿は合力《ごうりき》（協力）を期待していたのではござらぬか？」

「なくはない。されば信直との戦いは？」

政実は親戚筋の津軽為信と、梟雄の伊達政宗に望みを持っていた。

「戦のことはよう判らぬが、応仁このかた、一つの家どうしが戦う時代ではなくなったのではござらぬか。それは陸奥においてもおそらく同じ。この辺りでは政実殿が一番強かろう。その貴殿が津軽殿と結んで三戸殿を押さえ込んだ。九戸の戦い方を三戸が学び、関白と結んだ。政実殿が乱世の戦い方を敵に教えたとも言えましょう」

「それだけ知っていれば、良き軍師になれよう。そうか、儂は三戸の力を弱めようとして自ら墓穴を掘ったのか」

「まだ、墓に入ってもらっては困りますぞ。主家が滅びれば菩提寺が破却されるは乱世の常。このまま武士の意地を貫けば、九戸家が滅びるだけでなく、存在したことすら歴史から消されてしまう」

弘閭和尚の言葉は政実の心を大きく揺さぶった。気掛かりは信直のこと。

「信直は、いかな顔をしてござったか」

「困惑した様子。なにか話し掛けたそうでござったが、浅野殿らを気遣って黙っておられた」

「さもありなん。彼奴は小心。うまく立ち廻る男じゃ」

感情が昂《たかぶ》り、政実は吐き捨てた。

「臨機応変とも申せますな」

「この地で一番強い者が必ずしも生き残るとは限らんのじゃな。これが人の世の面白さか。致し方ない。ここは御坊の顔を立てよう」

決意した政実は弘閭和尚を伴って、諸将が居並ぶ主殿に足を運んだ。

すでに夜の帳《とばり》が下りているので、主殿の四方には行灯《あんどん》が置かれている。皆の緊張した面持ちは半分ほどが影となり、より闘志は滾《たぎ》るように見てとれた。

水を打ったような静寂《せいじゃく》の中、首座に腰を下ろした政実は、皆に向かう。

「寄手から和睦の申し入れがあった。熟慮した末、儂は受けてもいいと思う」

沈黙を破った政実であるが、さすがに闘争心溢れる者を前に「降伏」とは言えなかった。

「和睦？　条件はいかに？」

即座に問うのは弟の実親であった。

「開城と謝罪。九戸は三戸の家臣になること。浅野弾正《だんじょう》が納得したならば、斬首も流刑もあるまい。万が逸のことがあっても、子たちの命が助かるならば、我は命を失うことも厭《いと》わぬ」

「それでは和睦ではなく降伏ではないか。我らは負けてもおらぬのに、なにゆえ降らねばならぬ。降るぐらいならば、なにゆえ兵を挙げたのか」

普段は逆らわぬ実親が、珍しく声を荒らげた。

「前年、小田原に参陣致せば、儂は都から遠い、その他大勢の武将に数えられるだけだが、かように対峙すれば目立つゆえの。それと、関白の面前で三戸の家臣と告げられたくなかったからじゃ」

「矢をもって敵を討たず、謀《はかりごと》をもって敵を倒すのが上方衆。小田原の北条もかような謀で滅びてござる。同じ轍《てつ》を踏むべからず」

「北条に人がなかったのであろう。四国を席巻した長宗我部《ちょうそかべ》（元親《もとちか》）は土佐《とさ》を安堵され、九州を掌握しつつあった島津《しまづ》（龍伯《りゅうはく》）は三ヵ国（薩摩《さつま》、大隅《おおすみ》、日向《ひゅうが》の一部）を与えられた。家は残ろう」

政実は、まずは希望を先に示し、次に現実に目を向ける。

「実親が申すとおり、我らは負けてはおらぬ。されど、今日の午後、敵が見せた鉄砲の攻撃をいかに見る？　我らが百挺の鉄砲を集めるのに、いかほどの歳月と労力を要したか。敵はわずか半日で二千以上を増やし、我が籠城兵数と同じ数の鉄砲を手にした。しかも我らのものよりも遠くに飛ぶ。一つの郭を確実に攻めてきたゆえ、もはや今までの戦い方は通じぬ。城を開くのは今が好機じゃ」

言い終わった政実は、実親に浅野長吉らの誓紙を手渡した。

「兄上の申すとおりだとして、浅野が我らを許しても、三戸が我らを許すはずもない。武士は死ぬべきところで死なねば悔いを残すものじゃ。我らは城を枕に討ち死にし、名こそ後世《こうせい》に残そうぞ」

実親は川守田舘の戦いで信直に負傷させられた恨みは忘れていない。誓紙を目にしても納得しなかった。強く反対すると、諸将も大声で呼応する。

「そうじゃ。騙し討ちにされるは武士の恥。一人でも多く討って死に花咲かせようぞ」

今にも出陣するかのような勢いで七戸家国も相槌を打つ。しばし、強弁のうねりが止まらなかった。

「昨晩の狼煙と、伊保内の疑いをいかに考える？　内応がはじまれば、あとは将棋倒しのようになるばかり。その前に生きる道を探るべきではなかろうか」

言葉が途切れた時、政実が言う。

伊保内正常は背信の疑いを晴らすために、最後まで奮戦したにも拘わらず、籠城兵たちの間では、内応の相談をしていたのではないか、と疑念を深めさせた。別の思惑の狼煙が疑惑を濃くしてもいた。

「斬ればよい。疑わしきは斬るが乱世の習い」

実親の言葉に座は殺気立つ。これを静めるように、上座に近い横に座す弘誾和尚が口を開く。

「実親殿の申すことにも一理あるが、さすが武士と言われる人物は出家に対して偽りは申さぬもの。浅野殿が助けようというものを、三戸が勝手に殺めるはずがない。こたびは気概を示されたゆえ、一旦、降って命を保ち、子孫の後栄を残せば、先祖への孝行になるのではなかろうか」

丁寧に説くと、皆も口を噤《つぐ》み、渋々首を縦に振った。皆の闘争心は燻《くすぶ》っているようであった。

評議ののち、政実は弘誾和尚と膝を詰めた。

「御坊、一つ頼みを聞いて戴けぬか」

「なんなりと」

「御坊に刃が向けられることはなかろうが、やはり儂らは判らぬ。そこでじゃ、我が子は夜陰に乗じて密かに城から落とそうと思う。そのうちの一人を御坊に託したい。万が逸の時は九戸の姓を隠し、のちの世に血を繋げてほしい。口にできる世が来るのは二代、三代先になるやもしれぬが、それまで辛抱するようにと」

「承知致した。拙僧は九戸菩提寺の住職。檀家の命令は絶対にござる」

「忝《かたじけ》ない」

心して弘誾和尚は応じたので、政実としても肩の荷が一つ降りた。

（伊達も津軽も儂の蜂起に応じはせなんだか。味方のない寡勢に与するもの好きはおらぬのが現実。思案してみれば、北条と盟約を結んでいた伊達は北条を見限って関白に屈したのであったな）

一人で酒を啜りながら、政実は肚裡《とり》でもらす。

（かようなこととなれば、一度、本気で信直と戦えばよかったの。彼奴は豊臣を引き込んだが、儂に勝ったと思っていようか。儂が三戸をも併合《へいごう》しておれば、前年、関白に臣下の礼を取っていたであろうか……。関白とはいかな人物かのう。それにしても凄い数の鉄砲であった。関白の麾下ですら、あの力。いっそ、本気の関白と戦ってみたかったのう）

降伏を受け入れた政実は、酒を飲みながら後悔しはじめていた。

信直は金録山の陣に戻っていた。弘誾和尚からの遣いが浅野長吉に、政実が降伏を受け入れたことを伝えた。ほどなく信直にも報せが届けられた。

「今少し踏ん張るかと思いきや、簡単に降りましたな。ほぼ損害がないであろうに」

同席する北信愛が言う。

「窮してから降伏しては、なに一つ譲られまいからのう」

盃を呷りながら信直は言う。二人で、ささやかな前祝いの酒を酌み交わしていた。

「左近将監と城兵、いかになると思われますか」

「そなたの思案と同じ。一揆の首謀者は責を負わねばならぬ。切腹は許されまい」

「罪人として斬首でござるか。七戸らが斬られるのは当然としても、城兵は助けとうございますな」

籠城兵の大半が半士半農なので、惨殺すれば収穫量が減り、恨みも残る。北信愛は危惧した。

「つまらぬ抵抗をせねばよいが……」

懸念する信直の許に、桜庭直綱《さくらばなおつな》が罷《まか》り出た。

「申し上げます。城の東から逃亡している者がおりますが、いかが致しますか」

報せを受けた信直は東の方に目を向けるが、月明かりがなくてよく見えなかった。

「すでに九戸の降参が決まり、明日は下城することに定まると、籠城の諸兵ならびに譜代の郎等まで大いに落胆し、もはやこれまでのことと、人質の父母や妻子を捨てて落ちる者もある。また、密かに盗み出して、共に連れて落ちる者もある。九月三日、宵《よい》の月は山の端陰《はしかげ》に入り、彼らが夜半の頃までに、それぞれの役所に旗や幕ばかりを残し置き、我も我もと岩屋堂《いわやどう》口（東）より忍ぶように落ちていった」と『祐清私記』に記されている。

ちょうど井伊勢と南部勢の間、白鳥川沿いに落ちているようであった。

「見逃してやれ。我が陣に斬り込んで来る者は容赦なく討ち取るように。油断させるな」

「よろしいのですか？　責を問われませぬか」

桜庭直綱が問う。

「明日は多かれ少なかれ血を見よう。血腥《ちなまぐさ》いことは明日に廻し、今宵は静かな夜を過ごせ」

「畏まりました」

命じられた桜庭直綱は、信直らの前から下がっていった。

今宵のうちに一人でも多く逃げてくれればいいと願いながら、信直は酒を喉に流し込んだ。


翌九月四日、朝食をすませた信直は浅野長吉の陣に足を運んだ。

「城の受け取りは当家と蒲生家が致す。貴殿は投降する九戸の監視に務められよ」

挨拶を終えた信直に浅野長吉は告げる。お前には果断なことはできないだろう、と言っているように信直には聞こえた。

「下知には従いますが、なにゆえでござるか」

「昨晩、多くの籠城兵が逃亡を企てた。ご存じか？」

知っていると言えば、なぜ見逃したのかと罪を問われる。知らないと言えば、無能の烙印を押される。浅野長吉の質問に、信直は窮した。

「そのことについて……」

「終わったことを、あれこれ申すつもりはない。家臣には北の守りを怠《おこた》るなと申されよ」

厳しい口調で浅野長吉は告げる。

(儂に言い訳をさせなかったのは、前年、家臣の浅野忠政《ただまさ》を助けてもらった感謝からか。いや、左様に甘い男では豊臣の取次は務まらぬ。おそらくは関東討伐がそうであったように、豊臣の武威を示すことと儂への貸し。当所《あてど》は己の手柄であろう)

豊臣家とすれば、陸奥の者に宮野城を落とさせたのではなく、豊臣家の大名が日本の端まで制圧したと、改めて伝えたい。奥羽の大名が豊臣の取次に命じられて参じたという形になっていればいい。信直に手を汚させなければ、討伐後の恨みは薄れる。首を持っていけば秀吉は喜ぶ。

(儂などは、居ても居なくても関係ないのか)

厳しい処置をしなくていいと喜んでいるわけにもいかないが、逆らうわけにもいかないので信直は苦悩するばかりだ。

「長興寺の和尚(弘誾)から九戸の言葉を聞かれたか」

興味深い浅野長吉の問いである。

「いえ、左近将監はなんと?」

「長宗我部は四国の土佐を安堵され、島津は九州の三ヵ国を与えられた、家は残ろう、と言ったそうな。認識が甘いにもほどがある。長宗我部、島津の両将とも、殿下に敗れはしたが、公然と戦いを挑んだ武将。それゆえ破れても認められた。九戸が殿下に認められる戦いをするならば、前年でなければならなかった。一旦、世が定まってからの蜂起は一揆以外のなにものでもない。一揆は根絶やしにせねば国を傾ける悪しき根源となる。このこと、いかに思われるか」

「仰せのとおりにござる」

吐いたものを飲み込むような思いで信直は答えた。

（やはり九戸家の存続は認めぬか。それと撫で斬りも……。九戸の浅慮《せんりょ》は、陸奥を出ず、世間を見なかったことか。甘いのは儂もか。一揆を討伐できなかった者の末路は……）

浅野長吉の指摘を受け、信直は背筋に悪寒が走った。秀吉の九州討伐後、武勇に名高い佐々成政《さっさなりまさ》は肥後一国を与えられたが、強引な検地によって一揆が蜂起し、自力で解決できず、討伐軍の支援を受けて、やっと鎮圧された。その後、成政は自刃させられ、大名としての佐々家は消滅した。成政の馬印、「金の三階笠」は蒲生氏郷が譲り受けていた。

信直は金録山の家臣たちに遣いを送り、逃亡する者は女子供であっても容赦するなと厳命した。

辰ノ刻（午前八時頃）、弘誾和尚と浅野忠政、浅野六左衛門が宮野城に入城した。

巳《み》の刻（午前十時頃）になり、弘誾和尚に伴われた九戸政実は剃髪し、櫛引清長《くしびききよなが》・清《きよ》政《まさ》兄弟、七戸家国、久慈直治《くじなおはる》・政則《まさのり》・政祐《まさよし》親子、大里親基《おおさとちかもと》、大湯昌次《おおゆまさつぐ》、一戸実富《いちのへさねとみ》、円子《まるこ》光種《みつたね》らともども浅野長吉の陣に降り、囚《とりこ》となった。

政実は清々しい表情をしていた。ちらりと信直を見る目は蔑んでいた。

〈関白の犬になった気分はどうか？　己では儂に勝てず、直に挑んでこなかっただけでなく、関白に縋《すが》りつくとは、母の背に隠れる童と同じ。己では儂を斬れず、豊臣に斬ってもらうか？〉

そんな視線に信直は見えた。

〈汝《うぬ》は所詮、陸奥から出たことがない井の中の蛙。戦が強くても、大海を知らぬゆえ滅びるのじゃ〉

信直自身の命が危うい中、双眼で言い返した。

「よう、決意なされた。貴殿の武勇には我ら一同、感服してござる。殿下も認められよう。残念ながら、我らは戦陣の将兵ゆえ、なんの権限もない。総大将の羽柴中納言（秀次）殿は三迫におられるゆえ、我らと同行なされ、まずは申し開きをなされるがよい」

さすがに取次、うまく責任を転嫁《てんか》する浅野長吉である。

「承知致した。誓紙に偽りはござるまいの」

「勿論。神妙になさるがよい」

浅野長吉の返答に、政実は頷いた。即座に浅野家臣によって政実らは脇差も取り上げられた。

「城の接収が終わるまで、しばし休まれよ」

休むとは聞こえがいいものの、実際は大いに違う。浅野家の家臣は、丸腰となった政実らを、追い立てるようにして、近くの古民家に押し込めた。家には外から門を掛け、兵が十重二十重に囲んだ。監視役は信直。監禁というよりも投獄と言ったほうが正しいかもしれない。

「かような家に押し込んで火でもかけるつもりか」

中から声がする。降将というよりも、卑賤の罪人のような扱いを受け、降伏したことを、さぞかし後悔しているに違いない。

「城の受け取りがすむまで、貴殿らは質。神妙になされ」

浅野家の家臣・石井《いしい》三承《みつよし》が注意する。検地に長けた重臣である。

（閉じ込められた此奴らは悲惨な光景を目にしないゆえ、ある意味幸せなのかもしれぬな）

民家の中の声を聞き、信直は不憫《ふびん》に思った。

三

浅野忠政と浅野六左衛門を先頭に、浅野、蒲生兵は宮野城を接収するために城内に入っていった。寄手の面々は城兵を二ノ丸と三ノ丸に押し込んだ。最後に本丸に向かったところ、門は閉ざされ、中からは門が掛けられていた。

政実の弟の実親は降伏を拒み、自刃して果てようと残っていると、浅野、蒲生勢の様子がおかしいので、門や扉を閉ざしたという。

「早う投降されぬと、左近将監殿が三迫に行けぬ」

怒りを堪え、本丸の外から浅野忠政が叫んだ。

「されば、なにゆえ城兵を城内に押し込むのじゃ？　降伏したのじゃ。家に戻せばよかろう」

格子窓から実親が大声で返した。

「無事、本丸を受け取るためじゃ。早う明け渡せ。さもなくば、九戸の再興はならぬぞ」

浅野忠政が反論すると、実親も言い返す。

「皆の解放が先じゃ。豊臣は降将を蔑《ないがし》ろにするのか？」

しばらく言い合いが続き、政実の身が危険だと聞き、渋々実親は応じた。

実親は憤懣やるかたないといった表情で本丸を出ると、その足ですぐ東の二ノ丸に向かった。

「彼奴を二ノ丸に入れ、改めて蜂起されては厄介」

浅野忠政と六左衛門は話し合い、実親が二ノ丸に向かう途中で、鉄砲を放った。背後から撃たれた実親は、血反吐《ちへど》を吐きながら無念の最期を遂げた。

鉄砲の轟きを切っ掛けに、浅野勢は三ノ丸に、蒲生勢は二ノ丸に火をかけた。

生き焼きにされては敵《かな》わぬと、城兵が門のかかった扉を壊して外に出ると、筒先を揃えた上方の鉄砲が轟音を響かせた。城郭の中にいれば焼死。出れば鉄砲の的。迷っている間にも炎は餓えた赤蟻の群れが獲物を覆い尽くすように城郭を飲み込んでいく。わずかな可能性にかけて飛び出す者は鉛玉を喰らって地に伏せた。扉の外は瞬く間に屍の山となった。隙を突いて、なんとか逃れる者もいたが、すぐに弓衆が矢を放ち、鑓で抉り、太刀で斬り捨てた。まさに阿鼻叫喚《あびきょうかん》の様相である。

鎮圧は二刻とかからずに終了した。二ノ丸と三ノ丸を覆い尽くした紅蓮の炎は本丸にも飛び火し、うねるような火柱となって立ち上る。黒煙が濛々《もうもう》と、おどろおどろしく揺れていた。

この日、宮野城から逃れられた者は皆無。百五十余の首が討たれ、死者は数知れず、諸書には数千と記されている。この中には伊保内正常の骸もあった。正常は背信の疑惑を晴らすことがついにできず、さぞ無念の最期を迎えたに違いない。

唯一、七戸家国の妻子だけは城郭に押し込まれずに助け出された。この女性は八戸政栄の長女であったため、浅野長吉が気遣ったという。息子は三郎太郎《さぶろうたろう》で、のちに正国《まさくに》を名乗る。

秀吉の天下統一の前に、最後に立ちはだかった九戸一揆は討伐された。

(これが意地の顚末《てんまつ》か)

炎上する宮野城を眺め、信直は感慨に浸った。

「騙《だま》し討ちをした気分はいかがか？　聞かせよ」

民家の扉の隙間から政実に声をかけられた。

「気分もなにも、そちの舎弟（実親）が抵抗したそうじゃ。なにゆえ一緒に連れてこなんだか」

信直は怒りをあらわに吐き捨てた。

「連れてきたとて、どうせ、誰ぞが背《そむ》いたと申して騙し討ちにするはず。違うか？」

「不憫の一語に尽きる。されど、乱世では敗北は罪。彼奴らを死なせたのは、寄手ではなく、そちじゃ。また、そこにいる者が、そちに加担したゆえ家臣たちが死んだ。そちの気分こそいかに？」

「気分か、そちへの憎しみで胸糞悪いだけ。死した者たちは哀れじゃが、覚悟の籠城であろう」

城主であるせいか、冷めた口調の政実だ。惨殺の覚悟をしていたのは政実のほうかもしれない。

「身勝手なもんじゃ。しかも二日と戦わずに降伏し、己はのうのうと生きておる。降るは、こたびではなく昨年であろう。さすれば、かような仕儀にはなっておらなかったはず！」

九戸家の力を恐れ、惜しんでいたせいか、信直は強く窘めた。

「もはや過ぎたことじゃ。我らをいかがする？　城兵と同じように焼き殺すか」

「儂に権限はない。中納言様が決めよう」

斬首、とは信直の口からは言えなかった。

「またも逃げるか。まあよい、それがそちの生き方か」

「孫子の兵法に『強なればこれを避けよ』とあり、『算多きは勝ち、算少なきは勝たず』とある。そちに算はあったのか」

強い敵にはあたるな、勝算のない戦いはするな、という意味である。

「算か、三戸殿に問う。津軽と儂と三家で結び、出羽を従えても算（勝算）はなかったか」

「飼い犬は訓練されているゆえ狩りの仕方を知っている。与えられるだけではない。その日暮らしの野良犬とは違う。それと儂は、いや当家は未来永劫、大浦とは手を組まぬ」

「一国の主は全てのものを飲み込むもの。小さな男じゃ。それと天下を取れば野良犬も関白。それだけのこと。儂は儂の意地を通すつもりじゃ」

信直を飼い犬と蔑んだ言葉は、政実の中では降伏と同じ意味をなし、己を卑下したのかもしれない。その後、政実は声を返そうとはしなかった。

鎮圧ののち、浅野家の陣で勝利の酒宴が催されたが、信直は酔うことができなかった。

（奥羽が一つになっても、小田原に二十万の兵で押し寄せた関白に勝てはせぬ。それこ

を殺したのじゃ）

そ意地を通すための戦いをし、郷里を焦土にするだけ。汝《うぬ》は自《おの》が意地で家を潰し、領民

昼間の政実の言葉が耳に残り、信直は酒を飲みながら肚裡で反論し続けた。

前日の晩に城から脱出した者の中に政実の子たちがおり、皆、亀千代を名乗っている。

十一歳の亀千代は山中に隠れて弘闇和尚の許に身を寄せたのち、伊達領の気仙《けせん》に落ち延びて伊達政宗に仕え、多田《ただ》姓を名乗ったという。政宗は二度秀吉に屈したものの、和賀《わ》一揆《が》の首謀者である和賀義忠《よしただ》の嫡子の忠親《ただちか》を匿《かくま》っており、来る日に備えていたので、十分にありえる話である。多田氏は伊達家臣として幕末を迎えている。

もう一人の幼い亀千代は四戸伊予入道全閑《しのへいよにゅうどうぜんかん》が懐に隠すようにして江刺に逃れ、江刺の正法寺《しょうほうじ》に寺子として匿われ、成長ののちに江戸に住居して徳川家に出仕して堀野三右衛《ほりのさんえ》門《もん》と改め、三千石を与えられたというが、『寛政重修諸家譜《かんせいじゅうしゅうしょかふ》』等の諸記録に堀野三右衛門の名を見つけることはできない。

別の亀千代は政実の正室・四戸政恒《まさつね》の娘と共に蒲生家の家臣・外池甚五左衛門《とのいけじんござえもん》に捕らえられ、蒲生家の陣に引き立てられた。

一説には九戸家臣の佐藤外記《さとうげき》が連れ出したものの、追撃兵に追いつかれて逃げられなくなり、亀千代を斬ったという。

宮野城の火が収まると、蒲生氏郷は同城の普請をはじめた。

九月六日、浅野長吉、堀尾吉晴、井伊直政、蒲生氏郷は九戸の百姓、地下人《じげにん》を呼び戻

すため、還住証文を記し、各村に触れを出した。残党狩りかもしれぬと旧領民は恐れ、なかなか集まらなかった。それでも、復興は少しずつ進められていた。

同月八日、後処理は蒲生氏郷に任せ、浅野長吉は宮野の陣を発った。縄懸《が》けされた政実らは、降将というものではなく、罪人のように歩かされている。前後には火縄に火を灯した鉄砲衆や弓衆、鑓衆が固めている。まさに囚人の護送であった。

信直、利正《としまさ》、北秀愛ら十数人も同行する。

（敵に身を委ねたこと、さぞかし悔いていよう。死に際を過ってはならぬの）

政実らの姿を後方から眺め、信直はものの哀れさを感じ、武士の面目を失わぬことを肝に刻んだ。

斯波《しば》郡の不来方《こずかた》城で小休止をした時、浅野長吉が信直に言う。

「このの後貴殿は何処の地を居城となされるか？　三戸は先祖代々の地で、備えも堅固であろうが、山に囲まれた狭き地であり、田畑も広げようがない。それと些《いさ》か北に位置しすぎると存ずるが」

「某も左様に思案していたところ。ただ今、蒲生殿が普請なされているゆえ、難攻不落の宮野城を居城にと考えてござる」

「しばらくはそれでよかろうが、やはり北にすぎよう。今一つ、難攻不落というのはよくない。こたびの討伐をもって国内に戦はなくなった。戦を想定した城を築けば、殿下に背信の意ありと噂が立つ。怪しまれるよりも、かように開けた地に平城を築き、城下町を広げて領国を富ませることこそ南部家の繁栄にも繋がる。平城でも工夫次第で堅固になろう」

福士直経《ふくしなおつね》が居城としている不来方城を指し、浅野長吉は言う。

「承知致した」

今の信直に、首を横に振ることはできない。

（不来方とは随分と南よな。伊達に目を光らせよということか）

秀吉に屈したふりをしている伊達政宗であるが、未だ虎視眈々と蜂起の機会を狙っている。津軽為信や九戸政実よりも厄介な存在であった。

信直らは改めて不来方城を見直した。同城は二つの舘に分かれており、三人は南ノ舘にいた。

「この舘は要害ながら、惜しむべくは万が逸、あの北ノ舘が敵の手に落ちれば、南ノ郭が敵から丸見えとなる」

浅野長吉が城本体よりも地形の欠点を指摘する。

「されば、あの北ノ舘を突き崩し、辺りの沼地を埋め立てて、外曲輪にすればよいかと存ずる」

嫡子の利正が問題ないといった表情で告げる。この山は現在の愛宕山《あたごやま》（標高百九十六・三メートル）だという。

（此奴、なかなか言いよるの）

小山一つを削ることは、かなりの普請になるが、その発想力に信直は肚裡で感心する。利正は童の頃から小姓や周囲の子供を集め、城取り、築城ごっこに興じていた。誰に教えられたわけでもなく、遊びの中から知らず知らずのうちに覚えたのかもしれない。

「さすが英邁なご子息でござるの」

浅野長吉も感心していたので、親の欲目ではないことを信直も確認した。

十二日、信直は稗貫《ひえぬき》郡の鳥谷《とや》ヶ嵜《さき》城まで進んだところで同行の任を解かれた。

「ご苦労でござった。こののちは戻られて仕置に当たられよ」

信直を労《ねぎら》った浅野長吉は、さらに続けた。

「こたびの働きにて、貴殿には和賀、稗貫郡が加増されよう」

「なんと！」

我が身すら危ういと思っていただけに、夢のような話である。信直は瞠目した。

「この鳥谷ヶ嵜城は貴領の国境に近い重要な地ゆえ、知勇兼備な人物を選んで置かねばなるまい。儂が思うところ、九戸勢が一戸城を襲った時、鬼神の働きで排除した北秀愛がよいかと存ずる」

「承知致した」

指名された上は拒めない。信直は即座に応じた。

（和賀、稗貫郡の加増は、津軽郡の誤裁に対する詫びのつもりかのう。まあ伊達への備えもあろうが。今まで以上に、騒がしくなるやもしれぬな）

自己分析である。

「それと、当家の家臣が南部家に仕えたいと申しているが、いかがなされるか」

尋ねているが、命令と同じである。

（うまい順で言うてくるものじゃ。儂を信じておらぬか、あるいは頼り無いと思うてのことか）

豊臣の目付であることは間違いなかった。

「是非にも。某も浅野殿と昵懇にして戴ければ有り難い限りでござる」

信直に拒めるわけはないので、表向きは快く応じた。前年、前田家から内堀四郎兵衛頼式《よりのり》らを家臣として召し抱えてから、二度目となる。これにより、伴作左衛門《ばんさくざえもん》ら十人を家臣とした。作左衛門らは南部家の中で浅野十人衆と呼ばれることになる。

「落ち着き次第上洛なされ、殿下にお礼を申し上げられよ。必ず年内に。貴殿にとって、殿下への挨拶までが九戸一揆の討伐と思われるように」

「承知致した。こたびはなにからなにまで忝のうござった。都で改めてご挨拶させて戴きまする」

信直は散々に礼を言い、帰路に就いた。

浅野長吉は羽柴秀次が待つ中陸奥の三迫に到着し、九戸討伐の子細を報告した。

羽柴秀次は最初から政実らを上方に連行する気はなく、九月二十日、十人の斬首を命じた。

三迫の川原に引き出された政実は、首を刎ねられる前に開口した。

「儂は謀で捕らえられ、斬られることになった。されど、左様な真似をしておれば、いずれ、豊臣も謀にて滅びゆこう。よう覚えておけ。儂は戦では負けなかった」

朗々と告げた政実の首は、一刀の下に斬り落とされた。これにほかの九人も続いた。

捕らえられた亀千代と政実夫人は南陸奥の二本松まで運ばれ、斬首が命じられた。

斬首場に際して、政実夫人は念仏を唱えたのちに亀千代に向かう。

「そなたは勇将・九戸左近将監政実の嫡子、決して未練な様子を見せてはなりませぬ。西に向かい、手を合わせ、南無阿弥陀仏《なむあみだぶつ》と唱えれば必ず極楽浄土《ごくらくじょうど》に行くことができます」

告げると亀千代は念仏を唱えはじめた。政実夫人は首斬り役に口を開く。

「わたしが先に斬られるのが世の順ですが、幼いこの子が驚きますので、まずは、この子を先にお斬りください」

母親にとって子の死を見ることほど辛いことはないはずであるが、政実夫人はあえて辛苦を選び、九戸家の武心を保とうとした。

政実夫人の願いは叶えられ、先に亀千代の首が落とされた。夫人は悲しみを飲み込んだまま息子の後を追うように斬首された。

斬首の場所は九戸城の近くで、斬ったのは外池甚五左衛門、政実夫人は自ら守り刀で胸を突いたという説もある。亀千代には十以上の説があり、果たして一人なのか、複数なのか、先に政実が津軽に落とした鶴千代と同一人物という説もある。いずれにしても悲哀の死であった。

母子の首は、弔いのために長光寺に渡された。

これらの報せを信直は宮野城の普請場で受けた。

（どうやら野良犬は死に、九戸が言った飼い犬が生き残ったようじゃ）

永年の宿敵が滅び、肩の荷が下りた安堵感を味わっていいはずなのに、虚しくてならない。これも自分の手で討てなかったせいかもしれない。

虚無感とは裏腹に、信直の所領は広がった。

領内で一揆を起こされながら、自己の力で討伐もできずに援軍を頼み、平定してもらった挙げ句に加増を受けた。秀吉政権において、これほど優遇された外様の大名は、信直一人であろう。

前年、葛西《かさい》、大崎を発端とした一揆が奥羽に広がった。そのおり、足下に火がついたにも拘わらず、信直は自領の守りを差し置き、鳥谷ヶ崎城に在していた浅野忠政を助けた。伊達政宗を代表とする惣無事令に違反する武士が数多《あまた》いる奥羽において、豊臣政権は信用できる人物を欲していた。これに、危険を顧みず応じたのが信直である。このちの対政宗を思案しても、秀吉に忠実な武士が陸奥にいるといないとでは大違い。時の迅速さが南部家を救い、拡大に繋がったことになる。

（これよりは国造りという戦いと、伊達という新たな敵と戦わねばならぬ）

いつまでも九戸家にこだわってはいられない。信直は、新たな敵となる南の伊達に目を向けた。

四

九戸旧臣は、政実が久慈氏を通じて親戚ということもあり、津軽家を頼る者が多かった。

上方に比べ、人口の少ない奥羽において、人の流出は国力の低下に繋がる。信直は寛大な配慮を示し、帰参を申し出て来る者は、先の罪は問わずに許すことにした。

信直がまず、最初に行わねばならなかったのは、伊達領との国境を固めることである。

九月二十五日、信直は北秀愛を鳥谷ヶ嵜城将に据え、和賀、稗貫郡の内で八千石を与えた。同じく葛西一族の江刺兵庫頭重恒《えさしひょうごのかみしげつね》には、両郡のうちで一千五百石を与え、新堀《にいぼり》城将とした。

鳥谷ヶ嵜城に入城した北秀愛は、新たな体制を築くために同城を花巻《はなまき》城と改めた。

江刺重恒は新参者としては破格の待遇で、これを知った葛西旧臣の人首《ひとかべ》、松田、高野、太田、鶯沢《おうさわ》、羽黒堂《はぐろどう》、下河原《しもがわら》、小田代《おだしろ》、鴨沢《かもさわ》、菊池、城《じょう》、鈴木、柏山《かしやま》、三田、百岡《ももおか》、長坂、大原、浜田、猪川《いのかわ》氏などが南部家に出仕を求め、信直は許した。思案どおりである。

和賀、稗貫郡は浅野長吉が検地を終えているので石高表示ができるが、旧南部領はまだである。

宮野城の普請が終了したのは十月上旬。蒲生氏郷の城造りには定評があり、伊勢《いせ》の松《まつ》ヶ島《しま》城や会津《あいづ》の鶴《つる》ヶ城など、名城と賞賛される城を残している。宮野城の石垣も、氏郷によって築かれた。

信直は感謝の意思を示し、三戸城に蒲生氏郷を呼んで饗応した。

「蒲生殿には年頃の姫はおられませぬか？　あるいは縁戚などがおられれば、我が嫡男・利正の正室に妻《めあわ》せて戴けませぬか」

酒を注ぎながら信直は申し入れた。

蒲生氏は平将門《たいらのまさかど》の乱を鎮圧した藤原秀郷《ふじわらのひでさと》を祖とする由緒ある家柄。氏郷は信長、秀吉に認められた闘将で戦の強さは折り紙つき。信長は将来を有望視して美人で誉れ高い冬姫を妻《めあわ》せ、秀吉は伊達政宗と徳川家康を抑えるために会津の地を任せた。信直が政宗に対抗するにあたり、氏郷と親戚になっておくことは重要なことであった。

「南部殿は鑓突きするようにものを申されるの。よかろう。その意気込み気に入った。縁戚に姫がおるゆえ、お受け致そう。されど、まだちと年若いゆえ、今少しお待ち戴きたい。それと、昨今、大名どうしの婚儀は届け出がいる世になった。許可は下りようが、まずは返答次第ということにしてくだされ」

蒲生家としても伊達政宗を挟撃するにあたり、南部家との結びつきは大事。氏郷は快く応じた。

数日間の饗応を受けたのち、蒲生氏郷は会津に戻っていった。

九戸討伐が終わっても、信直は安穏としてはいられない。領内は戦で荒れ果て、この秋の収穫も例年の七割程度に減っている。百姓は戦を恐れて逃亡し、来春の田植えはさらに減りそうである。早急に呼び戻さなければならなかった。

さらに、率先して行わねばならぬことが移城である。

（織田信長や関白がそうであるように、城を移ることによって大きくなった。儂も倣わねばのう。都から遠い陸奥の国人の意識を変えるには、まず当主の儂が先にして見せねばの）

これまで居城にしてきた三戸城は南部家惣領の象徴でもあり、信直も奪取するために相対したものである。馴染みの城であり、それなりに愛着はあるが、他家に奪われるわけではないので、移城に嫌悪感は持っていない。ただ、陸奥の国人衆は変化を望まない。それでは、関白からの要求に応えることは困難。宮野城の修築が終わっているので、信直は早速、移城することにした。

（これで二度目か）

敵の居城であった三戸城に続く宮野城への入城。九戸家が発展するために築いた城に、信直は改めて入城した。戦勝軍の一将として足を踏み入れる快感は至極《しごく》の喜びで、武将冥利《みょうり》に尽きる。

この城は、地名から宮野城、九戸政実の居城なので九戸城、そのほか白鳥川が横を流れるので白鳥城とも呼ばれてきた。

「南部家に福を齎《もたら》す城にするため、これより、『福岡城《ふくおか》』と改めるゆえ、左様心得よ」

早く九戸の臭いを消し去るためには、まず名前から。古今東西、よくあることを信直も行った。

移城してすぐに、北信愛が信直の前に罷り出た。

「某も今年で六十八歳。秀愛も花巻城将に取り立てて戴き、新たな所領まで賜りました。某はこのあたりで隠居致しますゆえ、こののちは秀愛をお引き廻しますよう」

北信愛は薄くなった白髪の頭を下げた。

浅野長吉の肝煎《きもい》りもあって、北秀愛は多くの所領と城代の地位を得ることができた。目敏い信愛は、上手に南部家筆頭の地位をも息子に譲ろうということであろう。

「左様か、そなたも六十八歳か。これまで、よう尽くしてくれたの。そなたがなくば、今の我はない。感謝しておる。されど、南部には手足になって働く者は数多いても、広い目でものを見て、思案できる者は少ない。こののちも話し相手として接してくれ。実務は秀愛に任せよう」

信直としても北秀愛のほうが扱い易い。信愛を労い、一歩引く形での奉公をさせることにした。

(これで東、南、北の三家が代替わりしたか。残すは八戸家)

八戸家はかつての惣領家でもあったので、信直としても気遣いしている。浅野長吉も一目置いているので、蔑ろにはできない。一歩、対応を誤れば、第二の九戸政実を出してしまう。さすがに二度も領内一揆を起こせば、優遇している秀吉も激怒するであろう。八戸政栄の嫡子・直栄には長女の千代子《ちよこ》を嫁がせているので、同化させて従えるつもりである。

福岡城での新たな体制は、八戸政栄と隠居した北信愛は別格の扱い。これに直栄と秀愛が準じている。家老として中野直康、東家の庶流の膳助直重《ぜんすけなおしげ》、東彦七郎正永、楢山帯刀義実、南右馬助正愛、桜庭直綱を政《まつりごと》に参加させることにした。

九戸一揆が討伐され、信直の下で新たな政がはじまろうとしているのに、臣下の礼をとらない者がいた。釜沢舘主《かまざわだてぬし》の小笠原淡路守重清《おがさわらあわじのかみしげきよ》である。釜沢舘は三戸城から一里半ほど南に位置している。九戸一揆が勃発した時、どちらの陣営にも加担しなかった変わり者であった。

すでに信直には上洛命令が出されていた。領内に不安分子を残すわけにはいかない。

「早う出仕させよ。さもなくば押し潰すと申せ」

信直は桜庭直綱に命じた。

下知を受けた桜庭直綱は、何度も使者を往復させるが、依然として小笠原重清は出仕を拒否し、誰の指図も受けず、麾下に属するつもりはないと、突っ張り続けていた。

「もはや猶予はならん。兵を向かわせよ」

信直は家老と相談の上、大光寺《だいこうじ》左《さ》衛門佐《えもんのすけ》光親《みつちか》、石井《いしい》伊《い》賀守《がのかみ》直光《なおみつ》らに六百の兵をつけて差し向けた。

釜沢舘は馬淵川の南に位置し、寺館山《てらだてやま》の尾根の先端（比高四十メートル）に築かれた平山城形式の舘で、金峰庵《きんぽうあん》の谷を挟んで東西に舘が構築されている。山と川に守られた形である。

小笠原勢には六人の勇士がおり、平将門《たいらのまさかど》の秘法と称する影武者戦法を使い、誰が城主の小笠原重清か判らないようにして寄手を攪乱《かくらん》。大光寺、石井勢は散々に破られて退却を余儀無くされた。

信直に報告した桜庭直綱は、さらに進言する。

「大光寺、石井は小物相手に二百の兵を失って敗北しました。明日は八戸弾正（直栄）殿を差し向けてはいかがでしょう」

「その儀には及ばぬ。二人は臆病でも戦下手でもない。落ち着けば必ず釜沢を落とすであろう」

一度の失敗で愚将の烙印を押しては、次から良い奉公はできない。信直は、再度の機会を与えることにした。これで二人は背水の陣を布き、勝利に導くと期待してのこと。

「畏まりました」

桜庭直綱は信直の意向を二人に伝えた。

主君の寛大な処置に二人は感涙し、翌日、残った四百人で城に攻めかかった。決して後退しないために目を閉じて城に向かったという。二度目の失敗は命で償わねばならない。どうせ死ぬならば敵と刺し違えて。大光寺、石井勢は遮二無二突進し、ついに二つの舘を打ち破った。

もはやこれまでと覚悟を決めた小笠原重清は自刃して果てた。

「お屋形様の昨日のお言葉に少しも違えず、大光寺、石井の健気さよ」

軍監として参じていた桜庭直綱は、陥落の様子を眺めながら呟《つぶや》き、主従の絆《きずな》に感嘆したという。九戸討伐ののちから、家臣たちは信直を「お屋形様」と呼ぶようになっていた。

この時、小笠原重清の嫡子の壽吉《ひさよし》は逃亡し、のちに釜沢姓を名乗り、利正に仕えることになる。

これである程度、領内が落ち着いたので、信直は上洛することにした。

十月十二日の夜、上洛の無事を祈願するため、信直は岩谷観音《いわやかんのん》を参拝することを告げた。同観音は福岡城の敷地内ともいえる馬淵川と白鳥川の合流する南端にある岩中の堂である。

作法に従い、信直は数人の供廻を連れて夜陰の中、岩谷観音に進む。信直が観音堂に近づいた時、白鳥川の畔が閃光を発した。光は鉄砲。弾は近くを掠めただけで、信直の衣を揺らすこともなかった。

「なに奴？」

近習の木村秀勝《きむらひでかつ》が信直の身を庇《かば》いながら楯となり、鉄砲の放たれた方に体を晒《さら》した。

「我は九戸左近将監政実に与した工藤右馬助業綱。それなるは信直公と見受ける。これより九戸の仇を討つゆえ覚悟なされ」

叫んだ工藤業綱は九戸城に籠城し、蒲生勢を散々に悩ませ唐笠を撃ち落とした鉄砲名人である。業綱は即座に玉込めを行う。

「大事ない。お屋形様はここにおられる」

龕燈《がんどう》を手にする間盗役《かんとうやく》の唐式部《からしきぶ》政行《まさゆき》は警護兵に呼びかけるふりをして燈火を工藤業綱の方にかざした。龕燈とは当時の携帯照明である。薄い鉄板を筒状にし、中の容器が回転するようになっているので、傾けても入れた蠟燭が常に立位を保つように工夫されている。内側は鏡のように磨いてあるので、現在のサーチ・ライトのように光が前方に放たれるようになっていた。

間盗とは忍びのことで、特に夜目に長け、信直の身辺警護を行った。

工藤業綱は光に釣られて引き金を絞った。玉は唐政行の龕燈を破壊した。

「あそこじゃ。捕らえよ」

手を負傷した唐政行であるが、鉄砲が放たれた方向を指差した。暗殺を企てた鉄砲上手を野放しにはできない。政行を残して信直の家臣は工藤業綱を追いかけた。轟音を聞きつけた家臣たちも合流して山狩りが行われ、翌朝には縄懸けされて信直の前に引っ立てられた。

捕らえられた工藤業綱は、庭先で地べたに座らされても、臆した様子はなかった。

「そちは、あの右馬助か？　それほど儂が憎いか」

「あの右馬助でござる。さしてあなた様を憎いとは思いませぬが、これも武門の倣いにござる」

「そちのように優れた武士を斬るのは惜しい。儂が憎くないならば、旧怨を忘れて儂に仕えぬか」

寛大な処置に工藤業綱は目を見張って信直を凝視した。

「まことにござるか？」

「なんで偽りを申そうか。すでに主家は滅びていよう。今さらあの世まで追っても会えるかどうかも判るまい。されば、そちの才能を生きて使うが正しき道ではないのか」

「……されば仕官させて戴きまする。これまでのご無礼、お詫び致す」

縄懸けされたまま工藤業綱は平伏し、信直の誘いを受けた。

このような暗殺者の言うことを信じてはなりませぬ。周囲の家臣たちは皆、そう言いたげだ。

「いくらなんでも無謀すぎませぬか」

桜庭直綱が信直に問う。

「彼奴《あやつ》を許せば、ほかの九戸旧臣たちも仕官を求めてこよう。それで領内の安定が図れれば、これにこしたことはない。左近将監は討たれた。我らも憎しみは捨てねばならぬ。

されど、こののち、一揆を起こすような者がいれば、一族郎党容赦なく討つ。左様に触れさせよ」

寛容と厳戒で新たな統治をするつもりの信直だ。

召し抱えられた工藤業綱は、のちに二百石を与えられ、足軽三十人の頭になった。

戦で荒れた領内整備は手付かずであるが、すでに辺りは雪化粧。北陸奥から東陸奥の中ほどは、冬の初旬でもたった一日で二尺も積もってしまう。まごまごしていられない。

上洛を前に、信直は正室の照《てる》ノ方《かた》に向かう。

「すまぬが、そなたには都で暮らしてもらわねばならなくなった。決してそなたの身を危うくするような真似はせぬ。許してくれ」

信直は照ノ方に頭を下げた。

「およしなさいませ。これでも武家の女、いろいろと覚悟はできております。それに、都に行けば死ぬわけでもございますまい。雅《みやび》な地を見ること、楽しみにしております」

気丈に照ノ方は言う。人質は少ないにこしたことはないので、先に生まれた幼い次女を福岡に置いていくことになる。寂しいとは一言ももらさないので、信直は頭が下がるばかりであった。

すでに秀吉が唐入りとして、朝鮮に出兵することが信直にも伝えられている。急がねばならない。十一月下旬、信直は嫡子の利正と照ノ方を伴い、一千余人の家臣を率いて上洛の途に就いた。

刈り入れが終わったあととはいえ、まだ領内の整備は手つかず。戦の傷跡が多く残る中、一千余人を移動させる費用も、遠国の南部家にとってはかなりの負担であった。

（関白の天下統一というものは、凄いものじゃの）

信直は奥州道中を通って西に向かっている。他家の領国に入っても襲われることはない。数年前までは考えられないことであった。平和の喜びを感じると、無念さも湧く。

（津軽は奪われ、東陸奥の途中で所領は頭打ちとなったか）

襤褸襤褸《ぼろぼろ》の中の存続であったが、武士としての血だけは体中を激しく流れていた。

道中、信直はまめに長女の千代子に手紙を送っている。八戸直栄に嫁いだ千代子は依然として八戸の根城《ねじょう》に在している。信直は福岡城に移動することを勧めているが、なかなか応じない。八戸家は特別な存在ではあるが、宿老すら秀吉が命じる当主の居城に妻子を置くことをしていないので、ほかは言わずもがなといったところ。反乱分子を排除した信直であるが、留守が心配であった。

気を弱くしているのは、この頃、中風《ちゅうぶ》を煩《わずら》い、右の手足が痺《しび》れていたからであろう。手紙でもそのことを書いている。中風とは現在では脳血管障害の後遺症による手足の障害のことをいう。信直は卒中のようなものを発症していないので、あるいは別の病かもしれない。いずれにしても、乱世の武将として体に障害があるのは不安だ。

もう一つ、婿の八戸直栄が病になって病状は一進一退だという。可愛い娘だけに、未亡人にはしたくない。間には二人の子供が生まれているが、嫡子の新発意丸《しぼちまる》は夭折し、娘の禰々子《ねねこ》だけになってしまった。信直は気遣いの書を送った。

十二月六日には武蔵《むさし》の久喜《くき》に達し、山城の国の伏見に到着したのは二十五日。翌日、ついに上洛を果たした。

京の都は延暦《えんりゃく》十三年（七九四）、桓武《かんむ》天皇が長岡京《ながおかきょう》から遷都して以来、七百九十七年もの間、帝の常所とし、権威と政を巡る日本の中心とされてきた地である。

都は北側の上京と南側の下京に分かれ、周囲を「構《かまえ》」と呼ばれる土塀で囲繞《いじょう》された城壁都市構造をなしており、釘貫《くぎぬき》・櫓門《やぐらもん》によって防衛されていた。かつては瓢箪《ひょうたん》のような形をしていたが、信長と秀吉によって四方に大きく広げられた。上京には天皇や将軍、公家衆や裕福な商人たちが住み、下京には職人や下層階級の者たちが暮らしていた。

（これが都か……）

初めて都を見た信直は、その活力に愕然とした。

まるで祭でもやっているかのように往来には人が溢れている。しかも、都人《みやこびと》が着ている服は三戸や福岡では見ることができぬほど華やかだった。露店に並ぶ珍品の数にも目を見張る。周囲の屋敷は民家だというのに、屋根には陸奥では珍しい瓦が並べてあり、寺院の町というだけあって、至るところで目にできた。碁盤の目のように道は張り巡らされ、袖を擦るように屋敷が並んでいる。

耳に入る都言葉は聞き慣れず、まるで異国に来たようである。信直は町の様子を眺めるほどに、圧倒的な衝撃を感じた。同時に、どのようにしてこの力が沸き上がるのか、発生源に興味を持った。

信直は下京に足を止め、家臣たちを旅籠《はたご》に入れた。皆には喧嘩、口論等起こさずに寛《くつろ》ぐように命じ、浅野旧臣の伴作左衛門には、上京にある浅野屋敷に向かわせた。

一刻ほどして、伴作左衛門は戻ってきた。浅野長吉は聚楽第《じゅらくだい》に登城していたという。

「明日の巳《み》ノ刻（午前十時頃）、城に上られよとのことにございます」

伴作左衛門の報告に信直は頷いた。

翌朝、信直は聚楽第に登城した。

「おおっ……」

思わず信直は感嘆する。遠くからでも華美な天守閣の一部が見えていた。近くにくると、それ以外の部分も目の当たりにできて、驚きは重なるばかり。十四間（約二十五・五メートル）以上ある堀の幅。深さは五間（約九メートル）にも及ぼうか。積み上げられた石垣の見事さもさることながら、奥に見えるのは、五層七階の天守閣を持つ黄金の城。絢爛《けんらん》豪華とはこのことを言うのであろう、空想の建造物かと思ってしまうような城であった。

門前までは騎乗し、門番に告げて重厚な城門を潜った。伴作左衛門を先頭に城の敷地内を歩くが、どこをどのようにして歩いたのか判らなくなってしまう。案内されて中に上がっても同じだ。

「それにしても……」

雅な作りは城の外だけではなかった。廊下は顔が映るほど磨きあげられ、化粧壁にも金粉銀粉がふんだんに埋め込まれている。柱からは漆黒の光沢が放たれ、金か銀の装飾品が飾られている。各戸も輝きを放っていた。

本丸御殿の一室で待つように言われ、信直は控えていた。待つだけの部屋にも拘らず、畳は青い艶《つや》が醸《かも》し出され、縁《へり》は繧繝《うげん》や高麗《こうらい》で、藺草《いぐさ》の芳《かぐわ》しい香りが漂っていた。

大坂城はさらに広くて堅固だというから、驚きは増すばかり。

やがて声をかけられ、信直は慣れぬ束帯《そくたい》に身を包んで千畳敷きの大広間に入った。まるで青畳の海にでも入ったかのような錯覚にかられる。しかも縁が鏤《ちりば》めた金で輝いていた。

ほどなく、五間も先の高くなった上座に秀吉が現われた。即座に信直は平伏する。

「ご尊顔を拝し恐悦至極に存じます。南部大膳大夫信直、遅ればせながら登城致しました」

「役目大儀」

「先だっては後詰を賜り、またご指導の数々を戴き、お礼を申し上げます」

畳に額をつけたまま信直は告げている。

「面を上げて近《ちこ》うまいれ」

命令に信直は従った。

秀吉の髷は切られていた。この八月五日、一粒種の鶴松《つるまつ》が死去し、喪に服するためである。

「そちからの献上物は絶品じゃ。こののちは、これを邪魔する者を出さぬようにの」

九戸一揆の最中、信直は秀吉を気遣い、白鳥や鴨、鷹などを献上していた。このお礼状が九月十六日付で出されている。

「承知しております」

次に一揆を蜂起されれば取り潰しの憂き目に遭う。信直は厳命を飲み込んだ。

「都はどうか？　この城は？」

「さすが日本の中心は華やかにございます。この聚楽第は夢のような城で、ただただ圧巻にございます」

決して世辞だけではない。今さらながら小田原に参陣してよかったと信直は胸を撫で下ろしている。聚楽第を目にすれば、おそらく九戸政実をはじめ、秀吉を軽く見ていた奥羽の武将たちは問答無用で膝を屈していたであろう。

「重畳至極。そうじゃ、こたび逸早く弾正（浅野長吉）の家臣を助けたことは大慶の至り。よって、和賀、稗貫両郡を与える。心して仕置するように」

秀吉の言葉を聞き、危険を顧みずに救援してよかったと、今さらながら行動の正しさを認識した。

「有り難き仕合わせに存じ奉ります」

内命は受けていたが、現実のものとなり、信直は歓喜して平伏した。

「都に屋敷はなかろうゆえ、築くことを許す。弾正や治部少輔《じぶのしょう》（石田三成）に相談致せ」

「重ね重ねの厚遇を賜り、お礼の申しようもございませぬ」

秀吉にとっては支配が面倒な僻地《へきち》を飴《あめ》として与えられた。次はどれほど過酷な要求をされるのか、恐ろしさを感じながら信直は頭を下げた。

これで謁見は終わり、信直は正式に豊臣政権の大名として一番最後に認められたことになる。

「屋敷を建てる地は聚楽第の北に決まっておるゆえ、年明けにもはじめられよ。大工、人夫、資材など入り用でござろうゆえ、紹介致そう」

同席していた浅野長吉が歩み寄って告げる。

「忝のうござる」

知り合いもほとんどおらず、右も左も判らぬ都で頼りになる浅野長吉だ。

「和賀、稗貫両郡のご加増、御目出度う存ずる」

祝いの言葉を述べたのは、石田三成である。三成は続ける。

「とりあえず南部家は全体で十万石とさせて戴く。石高が多ければ、負担も増えようゆえ、まずはこのあたりでよろしかろう。ほかの地の棹入れ（検地）が終わり次第に改められよ」

実際、和賀、稗貫両郡で三万石近い石高であった。唐入りを前に三成の判断は、領内が疲弊している南部家にとっては有り難いことである。言い方は少々鼻につくかもしれないが……。

「承知致した。気遣い感謝致す」

これにより、南部家の十万石という数字が表高となった。

（まこと棹入れすれば、我が領地はいかほどの石高になるのかのう）

石高の多さは武将の価値の高さを示すものの一つであり、一石でも多ければ政をする上でも楽になるものの、三成の言う負担というのがどれほどになるのか、気掛かりだった。

「それと、遅れているようでござるが、貴家も他家同様、早々に不必要な城は破却して戴く」

「あっ」

信直はすっかり忘れていた。実際、領内で一揆が蜂起したのに城の破却ができるわけはなかった。

「思い出されたか。まあこれまでは致し方ないと殿下も納得なされておられるが、こののちは言い訳はきかぬと肝に銘じられよ。郡が九。国境も固めねばなるまいゆえ十二城を残し、ほかは破却。残す城と取り壊す城を列挙して提出するように」

用件を告げると、三成は部屋を出ていった。

（十二城か。三十城以上を破却せねばならぬか）

平和になれば、家臣が城を持つことは無用かもしれないが、武士は一城の主になるのが夢であり、地位と豊かさの象徴でもあった。

（こののちは立身しても城を持つことができぬのか。平和になれば立身も叶わぬのか）

夢を遮《さえぎ》られた家臣たちの無念さは想像に難くない。

（さて、何処を残すか……。またも領内が乱れるか。そうさせてはならぬ）

危惧する信直であった。

その日、浅野家の屋敷でささやかな酒宴が催され、信直は楽しい酒を飲むことができた。

豊臣政権の新たな大名として認められ、中央との付き合い方に少しずつ馴れていきたいところであるが、信直が想像しているよりも世の中の動きが早くてならない。

酒を飲みながら信直は違和感を覚えていた。

（関白が儂を、南部の存続を認めたのは、伊達を信じられぬからで、少しでも信じられる者を伊達の隣に置いておきたかったからであろう。大浦を認めたのは、万が逸、儂が伊達と与した時の牽制。また、これらに目を光らせるのが秋田。皆で見張り合わせる手か。油断のできぬ男じゃ。それゆえ天下を摑めたか。見放されぬようにせぬとな）

秀吉の腹芸の一つを垣間見て、警戒を怠ってはならぬと自戒した。

十二月二十八日、羽柴秀次に関白宣下《せんげ》があり、秀次は豊臣姓も許された。

関白を甥に譲った秀吉は太閤《たいこう》と称するようになった。唐入りに際し、最前線となる肥《ひ》前《ぜん》の名護屋《なごや》で指揮を執り、場合によっては渡海するためだという。

年が明けた天正二十年（一五九二）一月五日、太閤秀吉は名護屋で出陣の用意をする大名を除き、聚楽第の広間に大小百余の大名を集め、高らかに朝鮮出兵を命じた。

朝鮮出陣の名目は仮途入明《かとにゅうみん》を断られたことによる。これは秀吉が明国《みんこく》に兵を進めるので朝鮮国に道を開けて先導役を務めろというもの。高圧的に求めたところ、問答無用で拒否された。明国を宗主と仰ぐ朝鮮が、親ともいうべき明国に背き、日本の道案内をするはずがなかった。

秀吉の出陣は三月一日とされた。

（真実になるとはのう）

兵を揃えて異国を攻め取る。酒の席で、そのような大法螺を吹くのも楽しいかもしれない。最初に聞いた時は日本を一つに纏めるための大言かと思っていたが、現実のものとなった。

（天下人の欲とは、我らのものとは違うらしい）

信直は呆れると同時に、武将として感じるところがあった。

（もはや日本で与えられる土地がないからか）

平和になれば、恩賞を得ることはできない。武士は戦い、勝利して恩賞を得る因果な職である。

(武士には常に敵が必要ということか。まあ欲が勝手に敵を作りだすか)

天下の敵にだけはなりたくないものだと、信直は満座の中で思わされた。

唐入りに際して軍役が発表された。秀吉は諸大名の総石高の三分の一から五分の一を無役として出兵枠から除外し、残りの石高の一千石に対し、四十人から五十人を出陣させることを命じた。

例えば、第一陣の肥後《ひご》宇土《うと》二十万余石の小西行長《こにしゆきなが》は七千人、対馬《つしま》一万余石の宗義智《そうよしとし》は五千人。

第二陣の肥後隈本《くまもと》二十五万余(実質知行は十九万五千)石の加藤清正《かとうきよまさ》は一万人、肥前佐賀《さが》三十五万七千余石の鍋島直茂《なべしまなおしげ》は一万二千人。

ほかには安芸《あき》広島《ひろしま》百二十万石の毛利輝元《もうりてるもと》は三万人、筑前《ちくぜん》名島《なじま》三十万七千余石の小早川《こばやかわ》隆景《たかかげ》は一万人。西国の大名が主体となっての出陣であるが、非常に多くの兵を出兵させることになる。

説明されたものの、信直はよく判らない。

「某は何人の兵を率いて名護屋に参じればよいのでござるか」

信直は浅野長吉に問う。

「東国はまだ明確ではござらぬ。とりあえず、今上洛させている兵を連れられよ。名護屋で状況を見て、改めて在陣の兵数が命じられよう。足りなければ、早急《さっきゅう》に呼ぶように」

　状況を見てということは、日本軍が朝鮮で苦戦を強いられているか、制圧後の統治のためか。

「承知致した」

　かなりの負担を覚悟しながら、信直は頷いた。

（はたして朝鮮とはいかな風土で、なにを喰うておるのか。勿論、言葉も通じまい。兵はどのような武器を持ち、どのように戦うのかのう）

　信直は、思案するほどに不安ばかりが募《つの》っていった。

第八章　豊臣政権の南部

一

天正《てんしょう》二十年（一五九二）二月中旬になると、上京《かみきょう》で普請中にある南部屋敷でも、雨風が防げるようになってきた。旅籠に泊まっている費用もばかにならないので、信直は移り住んでいる。

戦国の世に限ったことではないが、上方の人たちは奥羽の人たちを蔑《ないがし》ろにしてきた。特に言葉が判らないので、野蛮人だと思っている。馬鹿にされるので、奥羽の武将は積極的に他領の武将と交際しようとせず、屋敷に籠《こも》ることが多かった。

信直もできれば屋敷から出たくはないが、なにせ、豊臣政権において日本で一番最後に上洛した大名なので、上方のことも諸国の武将のことも付き合い方も判らない。好むと好まざるとに拘わらず、聚楽第《じゅらくだい》に登城して諸将と顔を合わせるようにした。

前田利家《まえだとしいえ》の許に挨拶をしに行った時だった。

「ちょうどよかった。こちらが伊達左京大夫《だてさきょうたいふ》（政宗《まさむね》）じゃ」

前田利家に紹介された。奥羽の中にあって、唯一もの怖じしない大名である。

（若いの。此奴《こやつ》が二度も殿下に咬《か》みついた独眼竜《どくがんりゅう》か）

信直の前に立つ男は右目に眼帯をし、太々《ふてぶて》しい態度をしているというのが初めての印象である。信直よりも二十一歳も若い二十六歳。秀吉の惣無事令《そうぶじれい》に違反して東陸奥と南陸奥を席巻し、一度痛い目に遭っているにも拘わらず、懲りずに葛西《かさい》、大崎《おおさき》一揆を煽った梟雄《きょうゆう》である。

「伊達左京大夫でござる。隣国どうしとなったゆえ、昵懇にして戴きたい」

乱世は実力の世界。秀吉の力を借りて、加増された信直を見下したもの言いであった。ぎらぎらと野望に満ちた左目が輝いている。信直が新たに得た和賀《わが》、稗貫《ひえぬき》など簡単に掌握できるとでも言いたげだ。

「こちらこそ」

信直は社交辞令を口にしながら、奴は油断ができないという、周囲の評を実感していた。

単なる挨拶だけで終わったが、警戒心は強まった。すぐに花巻《はなまき》城将の北秀愛《きたひでちか》に対し、気を抜くなと書状を送った。

信直が都に出てきて感じたことは、金銭による商売が盛んであること。当時、経済の根本である米の収穫は絶対であるが、陸奥では米と金銀は同等のように見ている感覚があり、米で物を買うようなところがあった。

（未来永劫《みらいえいごう》、掘り続けられるわけではないであろうが、金や銀は旱魃《かんばつ》や大雨にも左右さ

れぬ）

これまで以上に金や銀の鉱山《こうざん》開発を進めるように、信直は家老たちに指示を出した。

もう一つは湊《みなと》の整備。下北半島《しもきたはんとう》の田名部《たなぶ》の湊は蝦夷《えぞ》ヶ島《しま》との通交に利用されてきた。これを整えれば北出羽の領主に頭を下げて北前船を使用させてもらわなくてもすむ。信直は作業を急がせた。

三月十七日、秀吉の出動に先駆けて、信直は前田利家、徳川家康《とくがわいえやす》、伊達政宗、上杉景勝《うえすぎかげかつ》、佐竹義宣《さたけよしのぶ》らと共に名護屋《なごや》に向けて都を出立した。嫡子の利正《としまさ》は都での留守居である。秀吉の命令で、諸将は華美に着飾っての出陣であった。中でも一際目を引いたのが伊達政宗である。

軍勢の先頭には、「竹に雀」の大軍旗、紺地に金の「日の丸」の幟《のぼり》が三十本、足軽、鉄砲衆、弓衆、鑓衆は黒の具足で統一し、光沢のある鎧の上に金の星を描き、銀の熨斗《のし》つきの脇差と朱色の鞘《さや》を持った太刀を佩《は》き、陣笠は三尺もある先端が尖った黄金の三角帽子をかぶっていた。

騎馬武者は黒幌《くろほろ》に金の半月印をつけている。馬には小豹の皮の鐙《あぶみ》、熊の皮・孔雀《くじやく》の皮など着用し、黄金の鞘を持つ刀を佩いていた。都の者は伊達家の行進を見ようと黒山の人だかりとなり、大喝采を送った。これにより、「伊達者」という言葉が生まれたという。

民衆の心を摑《つか》んでおくことは、再び秀吉に背いた時の備えなのか。しかも政宗は、一千五百の軍役を命じられたところ、倍の三千を連れて出陣した。

（虚勢にしても大胆じゃの）

信直も羅紗《らしゃ》の陣羽織を着て参じたが、伊達家に比べれば葬式のように見えた。

（国力の差もあろうか）

領土は南部領のほうが広いにも拘わらず、南部家は暫定で十万石に対し、伊達領は五十八万五千石、六倍に近い石高である。

（当領は山が多いゆえ致し方ないが、米ができぬならば山で米に相当するものを産まねばの）

上洛、さらに名護屋への下向で諸国を目にし、政宗の半分虚栄も混じった力を見ながら、信直は早く領国を富ませなければならぬという思いを強くした。

四月二十一日、信直らは肥前の名護屋に到着した。同地は東松浦《ひがしまつら》半島にあり、諸将の陣所が所狭しと築かれている。その数は百二十以上もあり、京、大坂の武家町がそっくり移動したようである。

東松浦半島の中央やや東に、本営となる名護屋城が築かれている。総面積十四万平方メートルで、天守閣は五重七階。三段構えの渦郭《かかく》式の城は、大坂城に次ぐ規模を誇っていた。前年の十月から加藤清正《かとうきよまさ》ら九州の諸大名によって築かれた。

（これだけの城を築くとあれば、費用も相当なものであろうのう）

勿論、秀吉が出費をするはずがない。大名たちの負担である。不憫《ふびん》だと思うが他人事ではない。信直は先行させた家臣たちによって、名護屋城から十町ほど南西の池《いけ》ノ山《やま》という地に南部家の陣所を築かせていた。一千人の家臣が入れば身動きできぬほど粗末な屋敷であった。

「窮屈ですな」

敷地の中に犇《ひし》めく家臣たちを見て、側近の一方井《いっかたい》安則《やすのり》が言う。

「出発までの辛抱じゃ」

南部家は前田利家の麾下として来年には渡海すると、内々に告げられている。

信直は名護屋の陣に野辺地《のへじ》城主の七戸《しちのへ》直高《なおたか》、野田《のだ》城主の一戸《いちのへ》政親《まさちか》、仙徳《せんとく》城主の一戸孫《まご》三郎《さぶろう》、田鎖《たぐさり》城主の佐々木《ささき》光連《みつつら》、横田《よこた》城代の九戸《くのへ》左馬助《さまのすけ》などを参陣させていた。比較的、海と接する機会が多かった部将たちである。渡海を意識してのことであった。

南部勢らが到着する前の四月十二日、小西行長《こにしゆきなが》、宗義智《そうよしとし》らの第一陣の先鋒が対馬《つしま》を出航したのを皮切りに、西国を中心とした日本軍は続々と朝鮮に上陸していった。その数は十五万八千八百余を数える。文禄《ぶんろく》の役《えき》のはじまりである。この年の十二月に改元されるので文禄と呼ばれている。

秀吉が名護屋に着陣したのは四月二十五日のこと。さっそく信直は挨拶に出向いた。

「奥羽の諸将は遠国ゆえ長滞陣するのも困難であろう。石高に応じて、百、二百も残しておけばよかろう。出陣が決まれば軍役を揃えさせよ」

秀吉は先の小田原討伐の吉事に倣い、側室の淀《よど》ノ方《かた》を同陣させているので機嫌がいいのかもしれない。秀吉の一言で南部信直は二百、伊達政宗は一千五百、秋田実季《あきたさねすえ》は二百十、津軽為信《つがるためのぶ》は百五十の軍役となった。秋田、津軽氏の石高比率と比べ、信直の二百は、ここでも破格の待遇であった。

（せめて都で言ってくれればよかったものを……まあ、贅沢は言えぬか。見返りになにを求められようか。考えていても仕方ない。一日も無駄にできぬな）

帰国するにも費用がかかるが、長滞陣しているほうが嵩《かさ》む。南部家としては非常に有り難いことである。城の破却などもあるので、信直は即座に八百の家臣を帰途に就かせた。

奥羽の兵が帰国しても名護屋の地は狭く、水の確保をするだけでも大事《おおごと》である。五月五日には徳川家康と前田利家の家臣が水争いをして刃傷沙汰を起こした。両家だけで事は収まらず、金森法印《かなもりほういん》、堀秀政《ほりひでまさ》、村上義明《むらかみよしあき》などは利家に加勢の兵を送っている。

報せは南部家の陣にも届けられた。

「まずは十数人なりとも前田殿に加勢させよ」

寄親とも言える前田利家の危機を耳にした信直は、直ちに一方井安則に命じた。

「よろしいのですか？　兵を送れば徳川殿と事を構えることになりますが」

前田利家は次男の利政《としまさ》と合わせて加賀《かが》、能登《のと》、越中《えっちゅう》で百三万石。対して、関東六ヵ国二百五十五万余石の徳川家康は、距離的に南部領に近いことを一方井安則は危惧する。

「九戸の一件もございます」

九戸一揆の時、家康は中陸奥の岩手沢《いわてざわ》まで出陣し、九戸城攻撃には井伊直政《いいなおまさ》を派遣していた。信直にとっては有り難い戦力である。

「徳川の出陣は殿下の下知。前田殿との付き合いは小田原の陣以前。義を欠いてはならぬ」

信直は様子見を兼ねて十数人の家臣を派遣した。

一触即発、局地戦に発展しそうな状況であったことは間違いない。南部家の家臣が到着した頃、すでに伊達政宗が和解に奔走《ほんそう》していたという。利家に金三千両を借りているにも拘わらず、政宗は家康を敵に廻したくないので、利家への恩を顧みず、兵を送らずに仲裁をしたらしい。

加勢の兵ではなく、伊達家の使者を見た前田利家は激怒した。

「伊達は若いに似ず二股膏薬《ふたまたごうやく》をするとは、なんたる表裏か。その点、さすが南部は苦労しているだけあって信義を心得ておる」

前田利家の心証は良くしたが、徳川家康の気を悪くしたことは否めない。

（いずれ、おりを見て挨拶でもしておくか）

遠方の、しかも新参者の大名にとって、豊臣政権の大名筆頭に睨《にら》まれたくはなかった。

かなり後方とはなるものの、一応は戦陣となる名護屋で新たな暮らしを送る中の六月十一日、北信愛《きたのぶちか》や八戸政栄《はちのへまさよし》ら留守居を任せた宿老、家老衆八人によって、南部領内四十八城のうち十二城を残して破却する目録が作られ、蒲生《がもう》家の家臣・速水《はやみ》庄左衛門《しょうざえもん》と乾源《いぬいげん》太郎《たろう》に提出させた。

但し、実際に取り壊しが完了するのは、まだ当分先のことで、まずは目録に城名を記し、ちゃんと言い付けを守っておりますという姿勢を見せるためのものであり、草案に近いものだった。

南部領を端から端まで歩くには十三日かかるという意味から、「南部領は三日月《みかづき》が丸くなるまで南部領」と言われるぐらい広い。梟雄の伊達政宗と隣国に接する以上、いきなり十二城に減らしては防衛しきれない。まずは防備の環境を整えてからである。

（なんとかなろう）

信直は浅野《あさの》長吉《ながよし》に報せた。

「着実に進められよ」

南部家の内状を知る奉行の浅野長吉なので、納得している。信直も、ひとまず胸を撫で下ろした。

もう一人、石田《いしだ》三成《みつなり》に報告したいところであるが、三成は朝鮮における総奉行を命じられ、すでに六月三日、大谷吉継《おおたによしつぐ》らと渡海したばかりであった。新たに船が出る時、遣いを送るつもりだ。

一方、無事に上陸を果たした日本軍は破竹の勢いで朝鮮半島の大半を制した。

日本軍が快進撃できた理由としてはおよそ次の四つ。一つ目は戦国末期に差し掛かり、戦乱の中で集団による統一的な戦いに慣れていたこと。二つ目は奇襲に近い先制攻撃であったこと。三つ目は鉄砲の大量使用。四つ目は世襲官僚制をとる李朝《イちょう》政府内は腐敗し、朝鮮人民の不満による厭戦であった。

日本国内も勝利に沸いていたが、喜んでいられる状態ではなくなった。九州の肥後《ひご》で、島津《しまづ》家の家臣らが一揆を蜂起した。島津家の財政は秀吉との戦いで困窮を極め、都の屋敷の建築や名護屋城普請が追い討ちをかけて破綻寸前。そこへきての朝鮮出兵で、家をあげて兵を整えられない。一万人の軍役を課せられながら、渡海した兵は数十名にも満たない。催促を受けた家臣たちが遅ればせながら国許《くにもと》を出たものの、遅滞の責めを負わされることを恐れた。責任をとらされての腹切や、朝鮮で憎くもない敵と戦って命を落とすよりも、理不尽な命令を出した豊臣政権と戦うことを決意したという。首謀者が梅《うめ》北国兼《きたくにかね》だったことで、梅北一揆と呼ばれている。

六月下旬には浅野長吉・長継《ながつぐ》（のちの長慶《ながよし》、幸長《よしなが》）親子が討伐に向かったが、到着する前に加藤清正領の留守居を務める安田弥右衛門《やすだやえもん》らによって鎮圧され、残党は島津家の家臣によって討ち取られた。

（名護屋と地続きの肥後で一揆が起こるのか）

信直にとっては他人事ではない。国許の北信愛らに取り締まりを命じた。

七月に秀吉の母の大政所《おおまんどころ》（なか）が死去し、秀吉は一時、帰国するが、十月には再び名護屋に下向した。在陣している秀吉は暇なので、大坂城から持ってこさせた金の茶室で茶会を開き、能や狂言を観覧し、自らも舞い、仮装宴会を行い、諸将の陣屋を訪ね歩いたりと、遊興三昧《ゆうきょうざんまい》。主だった武将たちは連日付き合わされたので、いい迷惑である。

異国での戦いなので、優勢が一気に逆転することも十分にありえる。特にまだ明軍が本格参戦していないので、今後の戦いは今までと同じようにいくかどうか定かではない。伊達政宗などは宴席を満喫しているが、あるいは最後の歓楽を味わおうとしているのかもしれない。いつ渡海させられるか判らないので、真から楽しんでいる武将は少数であった。

それ以前に、信直は陸奥の言葉を愚弄する上方の武士には馴染めず、所用や呼ばれることがなければ、南部家の陣所から出ることは控えた。

名護屋城に登城した時、廊下で数人の家臣を引き連れた徳川家康と出くわした。水騒動の時、取次の前田家に家臣を派遣したので、いささか後ろめたい気持にかられた。

(殿下の命令とはいえ、九戸では加勢を受けた。挨拶しておくのが礼儀じゃの)

ばつが悪い信直は、礼を言おうと口を開きかけた。

「これは南部殿」

信直より四歳年上の五十一歳、位階も従二位の権大納言《ごんのだいなごん》、石高も及ぶべくもないほど多い家康のほうから声をかけてきたことには驚きである。

「前年はお恥ずかしながら当領で一揆が起こった際、兵をお出し戴きましたこと感謝してござる」

焦りながら信直は応えた。

「こちらこそ、先日は当家の未熟な家臣が騒いだおり、南部殿には仲裁の人数を送って戴いたとか。挨拶が遅れて申し訳ござらぬ。決して南部殿を蔑ろにしているわけではござらぬ。お許し願いたい」

「あっ、いや、そのことは……」

家康が詫《わ》びるとは思わず、信直は戸惑った。

(徳川は記憶違いをしているのか、あるいは誤報が伝わったのか。いや、左様なことはあるまい。太閤ですら後れをとらせた男じゃ、報せは敵味方を問わず、こと細かに摑んでいよう。その上で申しているならば、なんと嫌味な性《さが》か。はたや、なにか意図があってのことか)

笑みを湛える家康の脹《ふく》よかな顔から真意が摑めず、信直は当惑《とうわく》している。

「茶など差し上げたいので、よければおりを見て当家の陣所までお運びくだされ。されば」

微笑んでいるが、団栗のような丸い双眼は笑っていなかった。告げると家康は小太りの体を揺すって歩いていった。

「とく……」

中途半端な対応をしてしまったので、信直は挨拶をし直そうとしたが、家康は角を曲がってしまった。ただ一人その場に残ったのは、徳川四天王の一人・本多《ほんだ》平八郎《へいはちろう》(中務《なかつかさ》大輔《たいふ》)忠勝《ただかつ》である。

本多忠勝は武田《たけだ》信玄《しんげん》の近習を務める小杉左近《こすぎさこん》から、「家康に過ぎたるものは二つあり、唐のかしらに本多平八」と言われた闘将である。忠勝は数々の戦いで奮戦し、徳川家の一家臣でありながら、上総《かずさ》の大多喜《おおたき》で十万石を与えられている大名であった。

信直は、武蔵《むさし》の鉢形《はちがた》城攻撃で大筒《おおづつ》を放ち、敵味方を驚かせたことを目の当たりにしている。

「同じ東国どうし。我が主は南部殿と昵懇になりたいと申してござる」

同陣した誼《よしみ》でか、本多忠勝は単刀直入に言う。

「某も徳川殿との昵懇は有り難い限りにござる」

「されば、話が早い。明日の午後にでも当家の陣所までお運び戴けませぬか」

社交辞令だと思って答えていたら、徳川家はいたく真剣だったので、信直は面喰らった。

(切り崩しか。直に言われれば断るわけにもまいらぬ。すぐに去らなかった失態か)

拒めば角が立つが、応じれば前田利家に睨まれる。信直は逡巡《しゅんじゅん》した。

「ご安心めされ、前田殿には伝えておきましょう」

「いや、それは……」

徳川に鞍替えしたと思われる気がする。信直は追い込まれるような錯覚を覚えた。

「たかが茶の席でござるが、当家からの申し出に懸念なされておいでならば、南部殿から前田殿も誘って戴きたい。つまらぬわだかまりは早うに消すに限る、と主は申してござる」

「我が意思にて、喜んでお伺い致す所存」

利家が一緒だから徳川屋敷に出向くというのでは、ますます前田家の寄騎《よりき》という印象を強くするので、信直は中立という立場を前面に出そうとした。

「主の意を汲んで戴き、某も安堵致しました。されば、明日、お待ちしておりまする」

信直と同じ石高の本多忠勝は、恭《うやうや》しく頭を下げて家康の後を追った。

（うまく乗せられたようじゃの。まあ、両家の良き橋渡しになればよかろうか）

前向きに考え、信直は帰路の途中で前田家の陣所に立ち寄った。名護屋城でのことを伝えると、利家は一緒に徳川家の陣所に行くことを拒否した。

「あとで、子細を伝えるように」

と付け加えられた。家康との確執は消えていないようであった。

一言ことわったので、信直は遠慮なく徳川家の陣所に足を運んだ。ちょうど名護屋城から七町ほど北東の竹ノ丸という地に築かれていた。家康は名護屋に一万五千の兵を率いてきているので、とても収容しきれない。こちらは家康が在する本陣で、名護屋浦を挟んだ東の殿浦《とのうら》の地獄浜《じごくはま》に徳川家として二つ目の陣所があり、家臣の大半は、こちらに在していた。大久保忠世《おおくぼただよ》、本多忠勝などは家康とは別の陣所を築いている。さすがに大名筆頭の家は違うと思わされた。

騎乗した信直が門前に達すると、徳川家の家臣がすぐさま出迎えた。忠義な振る舞いの三河《みかわ》武士。家康の命令は末端まで行き届いている。

信直は屋敷の中に招き入れられ、離れの茶室に案内された。屋根は藁葺《わらぶ》きで土壁の草《そう》庵造《あんづく》り。北の勝手口から東に茶道口と呼ばれる躙口《にじりぐち》があり、ここから中に入る。間取りは四畳半で、北に床の間、中央に囲炉裏《いろり》がある本格的なものである。すでに炭に火が入れられており、湯気が立っていた。

躙口から中に入るが誰もおらず、信直は一人で客座に腰を下ろした。信直の入室を音で聞き、家康が勝手口から茶器を持って姿を見せた。家康はゆっくり主座に腰を下ろして座礼をする。

「このたびは、わざわざお越し戴き感謝致します」

「こちらこそ、お招きに与り有り難く存じます」

信直も返した。

家康は唐《から》の国から伝わりし逸品と、深緑色の茶碗を説明し、茶筅《ちゃせん》を手にした。堺の茶人・今井宗久《いまいそうきゅう》や、前年、秀吉によって切腹させられた千利休《せんのりきゅう》に習っただけあって、慣れた手捌《さば》きで濃茶を点《た》てた。

信直も一通りの作法は心得ている。懐から古袱紗《こぶくさ》を取り出して膝横に置き、左掌に広げたのちに茶碗をのせた。恭しく一度おし戴き、右手で茶碗を手前に二度廻して一口飲む。客が一人しかいないので、続いて二口半で飲み干し、用意した茶巾《ちゃきん》で飲み口を拭いて返した。

「結構なお点前《てまえ》にございます」

感想を伝えたのち、しばしの間、たわいない世間話を交わした。信直の興味は、これまで家康が経験した合戦の様相もあるが、直近の問題として戦後の新たな領内の統治、新たな仕置である。

「先祖代々の地を離れられ、関東を治めるには、さぞご苦労なされたことと存ずる」

関東討伐には徳川家も参じ、多くの城を攻略した。家康は占領軍として関東に赴任した。一揆を起こさせてはならないという点では信直と同じ立場にあったが、家康は起こさせなかった。

「貴家と当家の違いは、前領主が完全に降伏したこと。北条家が滅び、家臣たちは皆路頭に迷っていたゆえ、同じ石高とはいかぬが、希望する者は召し抱えただけのこと。貴殿は難しき状況でござったの。上方とは仕置の仕方も異なるゆえ、なにか悩み事があれば、相談なされよ」

信直の思案は家康に近い。信直も希望すれば九戸一揆に参じた者たちを召し抱えてもいいと考える。その前に名護屋に来るはめになってしまったが。

「忝《かたじけ》のうござる」

「陸奥では、良き馬が育つと聞いておる。なかなか手放したくなかろうが、これに重きをおけば、石高に匹敵するものになるのではござるまいか。戦の様相も変わった。馬を売っても家が傾くことはござるまい」

興味深いことを家康は言う。南部家のほかに良い馬を産出するのは南陸奥の相馬《そうま》家。平将門《たいらのまさかど》の子孫であるこの家は「野馬追《のまお》い」と称する神事を兼ねた軍事訓練を行うせいか、積極的に馬を売ろうとはしない。

鉄砲が主力となった乱世では騎乗での戦いは少なくなっている。武器の一部ともされてきた馬を売っても、戦で後れを取るようなことはないのではないか。陸奥の馬は高値で売れる。馬を商いの切っ掛けにするのも、家を富ます行《てだて》の一つになる、と信直は思うようになった。

「良きご助言を戴きました。徳川殿に、良き馬をお贈り致そう」

「茶で馬を得ては申し訳ござらぬ。なにか不都合なことがあれば遠慮のう申してくだされ。貴家はまだやらねばならぬことが他家よりも多かろう。ささやかながら助力致そう」

「その時はお願い致す」

乱世において、親切ほど高くつくものはない。信直も承知している。

「一つ、こちらからの申し出でござるが、津軽家と和解してはいかがか？」

「その儀ばかりはお断り致す。大浦（津軽）は当家の返り忠が者であり、我が父の仇にござる。万が逸、再び世が乱れることあらば、某は津軽に兵を進める所存にござる」

間髪《かんはつ》を容《い》れずに信直は言い放った。

（大浦は徳川に擦《す》り寄ったのか）

津軽家のことを聞くと、血が湧いてならない。

「穏やかではござらぬの。左様なことは肚裡《とり》に隠すもの。なにかあれば疑われる。一方で争うと、一方を許すことになる。万事無事平穏を望むならば、寛容になるのも一つにござる」

おそらく、津軽と争うと伊達の侵攻を許すことになると、家康は言いたいのであろう。

「真実、寛容になれますか？　いや、いかに堪えられましたか」

信直は、家康が信長に妻子を殺めるように命じられたことを問う。

「遠き日のことゆえ、よう覚えてござらぬが、おそらく家を守るために、血の涙を流したかと」

温厚を装っていた家康の目が一瞬、厳しくなったのを信直は見逃さなかった。

（悲しみよりも屈辱じゃな。家か。儂にできようか）

照《てる》ノ方《かた》と利正の顔を思い浮かべ、信直は家康の苦悩を少しだけ実感した。

「ご心中をお察し致します。辛きことを思い出させたこと、お詫びのしようもござらぬ」

信直は素直に詫びた。

その後、座を屋敷に移し、酒と懐石《かいせき》料理が出された。茶の席では当たり前のこと。

（徳川が儂に接近したのは、太閤と同じように伊達を北から牽制するためであろう。今一つは海のものとも山のものともつかぬゆえか。まあ、敵と思われぬよりは構わぬが）

しばらくは未知の大名でいるのもいいかと、信直は注がれる酒を飲みながら考えていた。

この日以来、南部家と徳川家の関係は良好になった。

家康に贈った馬は表向きは購入したとされた。信直が南部馬を開放したことで、多くの商人が南部領に足を運ぶことになり、信直らの名護屋在陣の費用が賄《まかな》えるようになった。名馬を所有することは武士の価値を示すものでもあり、多くの武将が求めた。

二

この年の十二月八日に、天正から文禄《ぶんろく》に改元された。一月《ひとつき》とかからずに文禄元年が終わろうとした頃、信直は利家に呼ばれ、前田家の陣所に足を運んだ。名護屋城から七町ほど南東に位置している。

案内された茶室に入ると先客がいた。何度か干戈を交えた秋田太郎実季である。

「存じてのとおり、秋田殿じゃ。儂の意向で来てもらった」

主座の利家が告げた。信直は空けられている客の上座に腰を下ろした。四十七歳の信直と十七歳の秋田実季、当時であれば祖父と孫ほどの年齢差である。それ以上に、両家は二百数十年にもわたって争ってきた犬猿の仲なので、視線も合わせない。空気も険悪であった。

「まあ、そういがみ合うものではない。殿下の下で日本《ひのもと》は一つになり、今や朝鮮をも手中に収めようとしておる。かようなおりに、古きことにこだわっている場合ではなかろう。しかも両家は隣国どうし。互いに手を取り合うことこそ、両家の安泰に繋がるのではなかろうか。和解してはいかがか」

利家は信直と秋田実季を交互に見ながら勧める。

「某は前田殿の勧めをお受けしても構いませぬ」

若い実季が応じた。信直には驚きである。

（なに！　そういえば、秋田は比内《ひない》で家臣の浅利《あさり》と対立していると聞くが、それゆえか）

過ぐる天正十一年（一五八三）三月、秋田実季の父・安東愛季《ちかすえ》は蠣崎慶広《かきざきよしひろ》に命じて、北出羽の比内郡・独鈷《とっこ》城主の浅利勝頼《かつより》を饗応の最中に騙し討ちにさせた。勝頼の嫡子・頼平《ただひら》は津軽為信の許に逃れ、二年後の同十三年五月、為信の支援を受けて比内を奪い返している。同十七年、南部家が比内を掌握したものの、翌十八年、信直が九戸政実の叛乱に手を焼いている間に、実季は為信と結んで南部家から比内を奪還した。この時、津軽に逃げていた頼平は為信の仲裁にて比内に戻った。

秋田実季が秀吉から所領を安堵されたことにより、家臣ではなかった浅利頼平は秋田家の家臣となり、七千三百石が与えられた。このうち二千石は実季の蔵入地となっている。

実季は名護屋在陣の出費を比内の蔵入地から出すため、浅利頼平に納付を命じたが、秋田家からの独立を試みる頼平は、全額を納入していない。その分を豊臣政権の奉行を務める浅野長吉や、筆頭大名の家康などに独立工作の資金として充てていた。

前田家の家臣が秋田の検地を行った際、実季は浅利頼平に比内で検地反対の一揆を起こすように命じたことがあるので、弱味を握られている。実季としては、家康を後ろ楯にする頼平を抑え込むためにも、取次でもある利家の支援が必要であった。

（対応を誤れば九戸の二の舞。秋田にとって前田の下知は絶対ということか。儂は……）

今のところ家康とも利家とも良好。

（大浦が徳川に擦り寄ったとすれば、やはり儂は取次の前田と与《くみ》しているしかないの。いざ、事起こりし時、大浦に仕寄せるには、秋田と手を結ぶのもやむなしか。それにしても比内は惜しいのう）

浅利頼平が所領とする比内郡は良質の杉がよく育つ。朝鮮出兵で造船命令が出され、各地で木材の伐採《ばっさい》が行われている。領内から良質の木材を納めることができなければ購入しなければならない。この地を得ているのといないのとでは負担にも差が出てくるので、秋田実季も必死だった。

比内郡の争奪戦は、互いに惣無事令に違反しての争いなので、腹立たしいが、我慢できないことではない。やはり、信直にとって堪忍できない怒りは津軽為信であった。

「承知致した。前田殿にお任せ致す」

孫ほどの若い実季に意地を張っても度量が狭いと蔑まれる。渋々ながら信直は応じた。

「さすが南部殿」

喜んだ利家は茶を点て、信直から廻し飲みをした。そののち、和解の盃を交わした。

「新城築城の件、お願い致します」

ただ秋田家との和解を受け入れるだけでは芸がない。酒の席で利家の機嫌がいい時を見図り、信直は頼んだ。財政的に苦しい時期ではあるものの、新たな国造りをするならば新たな城のほうがいい。許可なく築城すれば、謀叛を疑われる御時世になっているので、秀吉の許しが必要である。信直は健康に不安もあるので、早くお墨付きが欲しかった。

「安心なされよ。じき許されよう」

上機嫌で利家は言う。信直は期待した。

二百数十年来の諍《いさか》いに終止符を打ち、信直の次女と秋田実季の弟の忠次郎英季《ちゅうじろうふさすえ》（季《すえ》隆《たか》）の婚約が結ばれた。姫は幼いので嫁入り時期はまだ未定である。

同時期、訃報が届けられた。朝鮮の陣中見舞いに川守田《かわもりだ》秀正《ひでまさ》を向かわせたところ、冬の荒れた海に船は沈み、秀正は帰らぬ人となった。

（見舞いなど行かせねば、あたら勇士を失わずにすんだものを）

後悔するが、川守田秀正は戻らない。信直は冥福を祈るばかりだ。

渡海した日本軍は怒濤《どとう》の勢いで朝鮮半島を制圧し、加藤清正は豆満江《トウマンガン》を越えて女真《じょしん》の地（当時の史料では兀良哈《オランカイ》。中国東北部）にまで攻め込んだほどである。

席巻したものの、日本軍は制圧した地で日本式の髷を結わせたり、日本語の使用を強要したりしたので、李《イ》政権に反発していた民衆は、挙《こぞ》って日本軍を敵とみなすようになり、各地で義勇兵が蜂起して、日本軍はゲリラ戦を受けて死傷者が続出した。

海戦では李舜臣《イスンシン》が率いる朝鮮水軍に敗れ、日本軍は補給路を断たれ、武器弾薬と兵糧不足に悩まされ、禁じられていた刈田狼藉《かりたろうぜき》に走っていった。

さらに寒さが日本軍に追い討ちをかける。朝鮮半島の中ほどに位置する漢城《ハンソン》（現ソウル）の北緯は三十七度三十一分五十六秒。信直が居城としていた三戸城の北緯四十度二十二分四十三秒から比べれば、およそ八十一里（約三百二十キロ）南ということなので、それほど寒いとは思われないものの、九州、四国など西国の大名にとっては、かなり寒いに違いない。兵糧不足で免疫力が落ちているところに味わったことのない厳寒、これに風土病が重なって、日本兵は疲弊した。

十二月には明の大軍が鴨緑江《アムノックガン》を渡って朝鮮に入国。文禄二年（一五九三）が明けると本格的な南下がはじまり、日本軍は各地で敗れ、占領地を放棄して制圧線を南に下げることを余儀無くされた。

三月十日、秀吉は利家の麾下として、朝鮮の晋州《チンジュ》の牧使城《モクサソン》を包囲する軍勢の一将に信直を命じた。

（ついに来たか）

行きたいとは思わないが、信直だけが断るわけにはいかない。覚悟を決めていた。

朝鮮への増援を計画しながらも、最初から開戦に反対であった石田三成や小西行長によって、明との和睦交渉は続けられていた。話し合いの結果、一時停戦ということで一応纏まり、五月十五日、行長が明使の謝用梓《しゃようし》、徐一貫《じょいっかん》、沈惟敬《しんいけい》を連れて帰還した。これらは偽りの使者である。

（これで戦が終わればいいがの）

信直は朝鮮の地に新たな地が欲しいとは思わない。航海ならばまだしも、戦で渡海させられたくもない。和睦の締結を期待した。

南部家が秋田家と和解し、新たな築城を企画している。万が逸の時は二方向から攻められる。その前に和議を結びたい。津軽為信は家康のみならず、利家にも信直との和談の場を求めた。

家康も利家に信直への説得を依頼する。

「南部は某が承知させても、津軽は表裏の男ゆえ……」

利家は家康の頼みにお茶を濁したという。それでも信直を説く。

「一度、胸襟《きょうきん》を開いてはいかがか」

「前田殿の勧めのみならず、殿下の下知でも、それだけはお受けできません」

きっぱりと信直は断った。和睦拒否の姿勢は生涯貫くつもりである。

家康あたりが秀吉に信直の返答を告げたのか、新城築城の許可はなかなか下りなかった。

明国との和睦について、六月二十八日、秀吉は明の使節に講和の七ヵ条を提示した。朝鮮を無視した日本と明の講和条件である。書状を受け取った偽りの明使節は、ほどなく帰途に就いた。

それからおよそ一月半が経った八月三日、秀吉の側室・淀ノ方が大坂城で男子を生んだ。吉報が名護屋に届けられると、秀吉は欣喜雀躍《きんきじやくやく》し、十五日には名護屋を発った。お拾《ひろい》と名づけられた嫡子を見た秀吉は有頂天となり、大坂城はお拾に譲り、閏九月二十日には普請途中の伏見《ふしみ》城に移徙《わたまし》している。本格的な普請が開始されるのは翌年のこと。

明国に講和条件を渡しており、嫡子も誕生したので、秀吉は朝鮮出兵に興味を失っている。ほどなくして、名護屋に在陣している諸将に帰国許可が出された。といっても、半数は在京か在坂であるが。

「婚儀の件、来春ではいかがにござろうか」

信直は都の蒲生屋敷に足を運び、氏郷《うじさと》に告げた。

「そう致そう」

応じる氏郷であるが、あまり体の調子がよさそうではなかった。

信直は領国の整備が進んでいないことを理由に帰国許可を求めると、了承されたので都を発った。

「やはり、国許はいいものよな」

周辺を眺め、信直は安心した。上方と違って華やかさはなく、見慣れた山並みは紅葉も過ぎて白く染まっているものの、目も心も和むものだ。

帰途の最中、信直は新城築城予定の不来方《こずかた》城に立ち寄り、周囲に在する国人を集めた。

信直は国人たちに土地の地理や農、林、鉱、工業等を質問した。

「雫石《しずくいし》郷は、いかような地か」

不来方城の西に位置する雫石郷の御明神丹波《おみょうじんたんば》に信直は問う。

「雫石郷は三千貫ほどの土地で、在家一千貫、山一千貫、川一千貫と見積もってございます」

「在家（年貢）、山（林業）は判るが、川一千貫とは川漁のことか？」

川に、それほどの漁獲量があるとは思えない。信直は疑念を持った。

「雫石山には檜《ひのき》、杉、桂《かつら》、栗などが多くございますが、これらを切り出して運ぶには筏《いかだ》にして雫石川の下流まで流し、各津でも上げ下げしますので、川も山と同じように見積もっております」

「さもありなん」

漁税ではなく、川の通行税と津（川湊）の入出税を口にしたことに、信直は感心した。

（不来方城は北上川と中津川が合流し、その西には雫石川も重なる。うまく整えること

ができれば、天然の惣濠《そうぼり》とするだけではなく、利を生む城下町を築くことができるな)

信直は新城に期待しながら、十一月、東陸奥の福岡城に帰城した。

「今年の刈り入れは並でしたのでまずまず。されど……」

家老の桜庭直綱《さくらばなおつな》は、名護屋在陣と朝鮮への物資の支援で財政は困窮していると告げる。

桜庭直綱が「並」と報告したのは、明確な刈り入れ高が判らないことを示している。

勿論、まだ南部家では石高表示をしていない。できているのは浅野長吉が検地を行った和賀・稗貫だけ。それ以外の地では、百姓やこれを管理する家臣たちが正直に申告をしないからである。地を調べる奉行を南部家は組織しておらず、豊臣家の奉行も入っていない。当主が自家の石高を知らない大名は信直だけであろう。

収入が不明なので、予算をどのように組めばいいか判らない。とても家の運営どころではない。南部家だけが旧態依然と言っても過言ではなかった。

遅れているがゆえに、著しい変化に追いつくのは難しい。信直も早く検地をしたいものの、藪を突ついて蛇にでも咬《か》まれては大事。二度目の一揆を起こしてはならなかった。

(公儀〈豊臣政権〉に逆らうつもりはないが、陸奥には陸奥のやり方と歩調がある)

ゆっくりと進めたいというのが信直の本音だが、秀吉が待ってくれるかは疑問。これを危惧する。

「まあ、文句を言ってもはじまらぬ。まずは新田の開発、次に金や銀をひっそり掘ること」

大々的に鉱山開発ができないのは、良質の金銀が採掘されると、秀吉の直轄領にされてしまうからである。南部領に近い伊達領の横沢《よこざわ》金山では良い金が採れたので、秀吉のものとされ、政宗は代官として管理を任されるばかり。腹立たしさに、政宗は一揆を起こせと吐き捨てたほどである。

「城の普請はいかがなさいますか。福岡は地均《じなら》しせねばならぬところが多々ございます」

「近く不来方城を大きく普請する。今、福岡に手をかけても意味がない。人力はほかに廻すがよい」

南部家は築城のほかにも北上川の堤防作り、用水路の引き込み、森林や牧場の整備、大きな湊の構築と漁法の習得、鉄の鋳造などなど、さらには検地を行わねばならなかった。

都と比べても仕方ないが、それでも名護屋に移動する中で、信直はさまざまな城下町を目にしてきた。大概《たいがい》は開けた交通の要衝に城を築き、領民を集めて繁栄させている。

(皆が分散していては力にならぬ。集めて栄えさせねばの)

信直は経済の立ち後れを取り戻すことを思案していた。

十一月二十日、秀吉は帰国した信直に、浅野長吉・長継親子の寄騎になることを命じた。ほかには伊達政宗、宇都宮国綱《うつのみやくにつな》、那須資晴《なすすけはる》、成田氏長《なりたうじなが》などもいた。政宗は、この三月から半年間、朝鮮に渡海して帰国していた。

年が明けて文禄三年（一五九四）一月十六日、秀吉は奥羽の大名に在京と伏見城普請を命じた。

「また、もの入りになりますなあ」

桜庭直綱が愚痴をもらす。信直は、この春の在京は免除されているが、伏見城普請は別である。同城は秀吉の隠居城ではあるが、各大名が媚びを売るかのように、競って自家の屋敷を築くことを申し出ている。勿論、南部家も取り残されるわけにはいかない。出費は嵩《かさ》むばかりだ。

「致し方ない。賦役の人数を上洛させよ。行けぬ者は税を課せ。領民にも」

都周辺で人夫を雇うと高いので、南部家の家臣を使えば出費は少なくてすむ。臨時増税に領民は文句を言うが仕方ない。楢山義実《ならやまよしざね》や小笠原直吉《おがさわらなおよし》が差配し、すぐに行動に移させた。

秀吉は伏見城の普請奉行に佐久間《さくま》政実《まさざね》を任じた。

春先、婚儀を行うために帰国を許され、利正が福岡城に戻った。

桜が鮮やかな色彩を飾る三月吉日、蒲生家からの花嫁を乗せた輿が福岡城に到着した。武姫《たけひめ》と呼ばれる少女はまだ十一歳で、氏郷の末妹が嫁ぐ小倉作左衛門《おぐらさくざえもん》行春《ゆきはる》の娘である。

因みに『聞老遺事《ぶんろういじ》』では武姫の父を氏郷の伯父・小倉作左衛門行蔭《ゆきかげ》としているが、『群書類従系図《ぐんしょるいじゅうけいず》』等では伯父は見つからない。叔父には左近将監《さこんのしょうげん》（豊前守《ぶぜんのかみ》とも）実隆《さねたか》がいるものの、実隆は永禄七年（一五六四）に没しているので、姫の父は行春が正しい。

行春は実隆の次男で、会津《あいづ》の南山《みなみやま》城将を務める蒲生家の重臣であった。

十九歳の利正と十一歳の可憐な武姫が並び、婚儀の式が執り行われた。

「御台（照ノ方）にも見せてやりたかったのう」

横から二人の晴れ姿を眺め、信直はもらす。都で人質になっている女性が帰国するには、代わりになる相応の人質を出さねばならず、許可も必要。見せるには二人が上洛するしかなかった。

「これは会津の殿より利正様への引き出物にございます」

武姫に付き従ってきた奥家老の山田《やまだ》九郎《くろう》衛門《えもん》長豊《ながとよ》が利正に、燕尾形《つばめおなり》（鯰尾形《なまずおなり》とも）兜を差し出した。氏郷が、大将の身でありながら常に先陣を駆けてきた勇士の兜である。

燕も鯰も後ろには下がらないので、勇士は好んで用いた。

（蒲生殿の武勇には肖《あやか》りたいが、利正が先陣を駆けるようでは困るの）

若い時は信直自身、先陣を駆けたものであるが、戦の様相も変わった。今後はそのような戦を利正にさせてはならぬと、燕尾形兜を見ながら信直は思わされた。

恙《つつが》無く式は終わり、満足の体で酒を呷《あお》った。

武姫は蜈蚣《むかで》姫とも呼ばれた。別に姫の容姿が醜悪《しゅうあく》だからではない。氏郷の先祖である藤原秀郷《ふじわらのひでさと》は近江《おうみ》の三上山《みかみやま》で大蜈蚣を矢で退治した伝説があり、輿入れの際に家宝とされていた「大蜈蚣退治の矢」を持参したことから渾名《あだな》されるようになった。

元来、蜈蚣は後ろには下がらないことから武士の間では好まれ、兜の前立《まえだて》に飾られた。

戦場における養父の氏郷などはまさに象徴である。あるいは少女ながら気が強かったのかもしれない。武姫は死後にも蜈蚣の伝説が語られることになる。

一月《ひとつき》ほどが過ぎた四月四日、斯波《しば》郡の片寄《かたよせ》城（今崎《いまざき》城、柳田《やなだ》舘《だて》城とも）において、中《なか》野《の》修理亮《しゅりのすけ》直康《なおやす》は口論の末に従弟の九戸《くのへ》隠岐《おき》連尹《つらこれ》に斬られて深手を負った。

九戸連尹は九戸落城後、牢人として従兄の中野直康を訪ねて来たという。直康は一揆討伐ののち、信直から三千五百石を与えられていた。連尹は、九戸兄弟の中にあって一人優遇されている直康を恨んでいた。それでも南部家への帰参を願い、信直への口添えを頼んでいる最中に、これまでの鬱憤に火がついて刃傷沙汰に及んだという。

中野直康の次男で、十五歳になる吉兵衛《きちべえ》正康《まさやす》（のちの直正《なおまさ》）が居合わせており、九戸連尹を斬り伏せて父の仇を討ったものの、直康は傷が元で六日に死去してしまった。

報せは即座に届けられた。

「修理亮が死んだのか……」

三戸の信直が持ちこたえることができた功労者の一人が中野直康である。九戸政実の弟にありながら、戦上手の直康が信直に与しなければ、いつ討たれていてもおかしくはなかった。

（が、斬られるのも悪い。治《ち》にいて乱を忘れたか）

聞こえるならば、中野直康を叱責《しっせき》したいぐらいである。

落胆する信直であるが、中野家を落ち着かせるためにも早々に跡継を決めねばならない。信直は父の仇を討った吉兵衛正康に、遺領の内の三千石を与えて中野家を継がせ、長男の弥七康仲《やしちやすなか》に五百石を継がせた。康仲の家は、かつて直康が名乗っていた高田《たかだ》姓を、のちに名乗ることになる。

飯事《ままごと》のような生活をしている利正と武姫は微笑ましいばかり。

ほどなく利正は武姫を伴って上洛の途に就いた。

秋になって南部家でも金山の問題が本格的になってきた。これまで南部領でも金は採掘できて、砂金などを秀吉に献上していた。秀吉は少しでも金が掘れると奉行を差し向け、埋蔵量などを調査し、直轄領や上納地などに定め、上方に金を送らせている。

南部領では鹿角《かづの》、和賀、稗貫、斯波郡などで採掘されている。信直は他家の様相を見ていたので大々的な開発をしていなかったが、金が掘れる以上、南部家にも相応の納入が求められ、ついに、浅野長吉の家臣が奉行として差し向けられた。

(これも嫡子が生まれたせいかのう)

文禄の役で明、朝鮮との交易が断絶され、その分、南蛮《なんばん》や呂宋《ルソン》等の交易が多くなったわけではない。船が足りないこともあるが、集めた金が使われている形跡もあまりない。戦費や城普請は大名持ちなので、秀吉はお拾のために、財産を残そうとしているのかもしれない。

(誰しも我が子が可愛いもの。とすれば、いずれ関白〈秀次〉と争うことになるかもしれぬな)

妙な争いに巻き込まれないように信直は警戒した。

十月八日、まずは金山の奉行に粗相がないように葛西旧臣の江刺重恒《えさししげつね》に指示を与えた。

「金山の御役が済み、砂金六匁《もんめ》を返納した。近日、御奉行が上洛する。全部済んだので我らは満足している。天下いずれの山河も、とりわけ金山は全て大名から召し上げられて領主のものでなくなったことは是非にも及ばない。筑前殿（前田利家）の国の越中にも（豊臣家の）金山奉行が付けられている。佐渡《さど》、越後《えちご》、甲斐《かい》、信濃《しなの》いずれもである。我らだけではないので、少しも不満を言わず、分別《ふんべつ》することが尤《もっと》もである」

信直は追伸で、葛西衆の面々にもこの書状を見せて分別させるようにと注意している。

葛西旧臣は、伊達政宗が煽ったこともあるが、一揆に参じた者たちである。

金山一揆というものが、この時期、伊達領や秋田領でも起きている。一揆の理由は掘《ほり》子《こ》に対する役金の直接賦課《ふか》という仕組みへの不満で、大名にこれを管理させることにより、秀吉は責任を大名に押し付け、金だけを上納させるようにしたので、大名は統制に苦悩していた。

金山よりも南部家にとって真剣な問題は、米の収穫高である。検地をしていないので、未だ正確に把握できていない。特に、新しく知行を受けた武士が百姓を管理するという兵農分離の形が、南部家の者たちに馴染《なじ》まず、各地で訴訟が起きていた。一揆を起こさないように、慎重に調べる必要がある。信直は信頼できる木村秀勝《きむらひでかつ》を代官として移動させ、月日を費やして調査させていた。

五戸《ごのへ》の代官設置が捗らず、信直は何度も木村秀勝に催促していた。

この頃、津軽では津軽為信が大浦城から二里半ほど南東に堀越《ほりこし》城を修築し、移城して新たな政庁としていた。理由は大浦では統治しづらいということであるが、先に姓を津軽に変えたものの、南部家が未だ大浦と呼んでいるので、大浦の地から離れて津軽の名を諸大名に印象づけたかったこと。もう一つは、信直が三戸から福岡に居城を移し、さらに南の不来方に移す申請をしているので、南方に移そうと思案したのかもしれない。いずれにしても、津軽家も新たな国造りに励んでいた。

三

文禄四年（一五九五）二月七日、蒲生氏郷は都の蒲生屋敷で死去した。享年四十。氏郷はキリスト教に入信しており、レアンという洗礼名を持っていた。この頃、一説では日本国内に三十万人のキリシタンがいるとのことで、いざ氏郷が天下取りに立ち上がれば、この信者たちが一斉に蜂起すると言われていた。それを恐れた秀吉が毒殺を命じたという噂も立った。氏郷があと十年長く生きていれば、歴史も変わったかもしれない。

（氏郷殿が死んだか……。嫡男はまだ元服前。これでは伊達は抑えられまい）

嫡子の利正にとって氏郷は義父、頼りになる後ろ楯を失った。報せを聞いた信直は落胆した。氏郷の嫡子の鶴千代《つるちよ》はまだ十三歳である。

上方では、蒲生家の問題で一悶着あった。氏郷死去の報せを聞いた太閤秀吉は、鶴千代では政宗と家康を牽制することはできないので、蒲生家を近江二万石に移封し、然るべき大名を配置しようとした。しかし関白秀次《ひでつぐ》は、すぐさま鶴千代に会津九十二万石の相続を認めてしまった。

秀吉は、大名の統制をまったく考えていないと秀次を叱責するものの、関白が認めた以上、決定を覆すと豊臣家の恥を晒《さら》すことになる。思案した秀吉は、徳川家康の三女・振姫《ふりひめ》を正室に迎えることを条件に、会津領の相続を認めることにした。これにより、秀吉と秀次の溝が深まったという。

鶴千代は元服して秀隆《ひでたか》と名乗り、のちに秀行《ひでゆき》と改める。

信直が耳にしたのは三月になってからであった。

（当家にとって、蒲生家がそのまま認められてよかったのかのう。馴染みのない、扱いづらい大名が移封されてきたほうがよかったのではなかろうか）

利正のことを考えれば蒲生家であるが、南部家のことを思案すれば秀隆の蒲生家では不安である。

（かようなこととなれば、徳川家の重臣の娘でも利正に妻《めあわ》せればよかったのう。まあ、徳川が蒲生の後ろ盾になったゆえ、いざという時は大事ないか）

思案していると、同じ三月、関白秀次の指示で商人の田中清六《たなかせいろく》が信直の許に下向し、鷹を所望してきた。秀吉との関係が歪《ゆが》んでいると聞くので、これはこれで心配の種である。

「近頃、太閤殿下と関白様の間が怪しいと聞くが、いかようになっておるのか」

上方から届けられる報せを、信直はそのまま田中清六にぶつけてみた。

「目敏《めざと》いですな。手前も左様に伺っております」

「誤魔化《ごまか》すな。太閤殿下は、このまま関白様に職を続けさせるのかと、問うておる」

「さあ、手前には判りかねます。武士と商人《あきんど》は元来違うものでございますが、仮に手前が南部様であれば、両方の札に銭を張っておきます」

田中清六は信直に笑みを向ける。

「博打《ばくち》と同じにするな。武士の間では、それを二股膏薬と申し、両方から疎《うと》まれる」

「家の存続を賭けるのは、博打と同じではありませぬか？　一方に張れぬのならば、二人で張るもまた一つ。南部家は親子が健在でしたなあ」

「喰えぬ男じゃ。そちは大事ないのか」

海千山千《うみせんやません》、上方の商人らしい田中清六の言葉に、思わず信直は両頬を吊り上げた。

「上方では商売の相手に文句を言いません。さもなければ天下人といえども背を向けられます。お二方とも、よく御存じです。手前は儲かれば閻魔《えんま》様にでも、物を売ります。命は売り時を思案致しますが」

「いつ売る？」

「逃げられなくなった時。店が潰《つぶ》れるかもしれぬ時でございましょうか。そうならぬようにするのが商人でございます。まあ、鷹ぐらいで家が傾くことはございますまい」

長年付き合ってきた田中清六の言うことなので、信直は信じて鷹を持たせて帰途に就かせた。

一ヵ月ほどして利正から、秀吉と秀次の間が険悪になり、石田三成らが動いているので、あまり秀次には接するな、という報せが届けられた。

（治部少輔《じぶのしょう》か、されば関白職を剥奪《はくだつ》されるかもしれぬな）

秀吉の命令に忠実な三成が動けば、まず失態はなく事は遂行《すいこう》されるであろう。

（贈った鷹を返せとは申せぬ。太閤にも贈るか）

仕方ないと思いつつ、信直は秀吉にも鷹を贈った。

豊臣家は権力の継承争いで、きな臭くなっているが、南部家は薬臭くなっていた。信直の中風は年々悪くなるばかりで、最近では馬に乗るのも困難だった。寡勢でも強脚の駿馬を駆り、素早い移動で敵に勝利してきた信直なので、騎乗できないのは、自身でも情けなくて仕方ない。

信直よりも切実なのは、婿の八戸直栄《なおよし》である。この頃、騎乗どころか起きることもできず、千代子《ちよこ》が付ききりで看病する状況であった。直栄にそれほど思い入れがあるというわけではないが、長女の夫ということで気掛かりでならない。信直の判断によって大名になれなかった八戸家の嫡子ということも重なっている。信直は根城《ね》で看病する千代子に、毎日のように書を記し、直栄を気遣った。

七月、関白秀次と太閤秀吉の確執は、急転直下の結末を迎えた。秀次に謀反《むほん》の噂が立つや否や、秀吉は三成らを差し向けて、十分な詮議《せんぎ》もさせず、八日には官位官職を剝奪し、十三日には紀伊《きい》の高野山《こうやさん》に追放。十五日には福島正則《ふくしままさのり》を検使とし、秀次を自刃させた。

乱逆《らんぎゃく》を未然に防いだと言えば聞こえがいいものの、お拾に全てを継承するため、秀次を悪人に仕立てて殺害したというのが真実であろう。秀次の死で、豊臣家の血を引く男子はお拾一人になった。

二十日、秀次の叛逆《はんぎゃく》に託け《かこつ》、秀吉は、自身とお拾に対して忠節を誓う起請文を徳川家康、前田利家のほか二十八人の武将から三成ら六人の奉行宛てに提出させている。

国許にいる信直や、名護屋に在陣する利正はこの忠節状に署名していない。

八月二日、秀吉は秀次の妻子三十余名を三条河原《さんじょうがわら》で斬首させ、秀次の側近や昵懇の者を連座したとして斬首、あるいは禄を召し上げて流人とし、各大名家に預けたりもした。贅《ぜい》を尽くした聚楽第《じゅらくだい》は惜しげもなく取り壊させた。秀次の痕跡は微塵《みじん》も残したくないようだった。

連座した淡路《あわじ》・荘田城主《しょうだ》の船越景直《ふなこしかげなお》は南部家に預けられた。

責めを負わされた伊達政宗は、慌てて上洛して申し開きを行った。

「天下に二人とおらぬ太閤殿下ほどのお方が、両目で見ても見誤られたものを、隻眼《せきがん》の某《それがし》が見誤ったとして咎《とが》められるのは筋違いでござろう」

政宗は詰問使の施薬院全宗《せやくいんぜんそう》らを言いくるめ、秀吉の任命責任を言及して事なきを得ている。

山形《やまがた》の最上義光《もがみよしあき》は娘の駒姫《こまひめ》が秀次の側室だったので、謹慎処分にさせられた。

贈物をした信直や秋田実季、津軽為信らは罪には問われなかった。

浅野長継は連座を疑われ、前田家領の能登・津向《つむぎ》に配流された。これにより父の長吉は失脚し、南部家は前田利家を取次にせざるをえなかった。

矢継ぎ早に報せは届けられた。

(予想どおりなどと申してはおれぬの。当家に難が降り掛からなかったことは幸い。そういえば、九戸が斬首される前に、いずれ滅ぶと叫んだことが現実となったか。騙し討ちの祟《たた》りか。されば太閤も。とすれば……いや、将棋や囲碁ではあるまいし、多かれ少なかれ戦は騙し合いじゃ)

因果応報《いんがおうほう》を信じるわけではないが、信直はものの哀《あわ》れを感じた。

哀《かな》しみは身内にも起こり、八月十七日、ついに八戸直栄が死去した。享年二十四。

千代子が嘆く姿を思い浮かべると不憫でならないが、信直は病の身を押して八戸家の菩提寺である大慈寺《だいじじ》で営まれた葬儀に参列した。同寺は根城から二里ほど南東に位置している。

「お屋形様、御自《おんみずか》らお運び戴き、感謝の極みに存ずる」

嫡子を失った悲しみは想像を絶するものであろう。父の八戸政栄が落胆した表情で礼を述べる。

「心痛を察する」

喪主にかける、いい言葉は見つからなかった。

残暑の厳しい中、葬儀は粛々と行われた。終了後、信直は千代子と八戸政栄の三人の座を持った。八戸家の跡継問題である。政栄が健在であるうちはいいが、それでもすでに五十二歳。家督を決めておいたほうが、信直としても気が楽である。千代子が産んだ嫡子の新発意丸《しぼちまる》は夭折していた。

「千代子はまだ若い。お屋形様の許に戻られ、再婚するのがいいのではないか？」

義父の八戸政栄が千代子に言う。千代子は、この年二十六歳であった。

「なにを申されます。わたしは八戸の女として生涯を終えます。されど、わたしが新たに婿を迎えるのもお断り致します」

直栄が死去したばかりなので仕方なかろうが、信直の期待は、あっさりと否定された。

（まあ、落ち着けば思案も変わろう）

信直は千代子を引き取って誰かに嫁がせるか、八戸に残るならば婿を迎えさせようと思っていた。

「されば、いかがするつもりか？」

「些《いささ》か早うございますが、禰々子《ねねこ》の夫に三五郎《さんごろう》殿を迎え、八戸の家督を継がせようと存じます」

三五郎は八戸政栄の次男で、この年九歳になる。千代子の娘の禰々子は十歳であった。

「それは良きこと。歳も近く、禰々子と三五郎なれば八戸家は安泰じゃ」

八戸政栄は喜んだ。政栄にすれば息子と孫の婚儀。この当時、叔父と姪が結ばれることは、別に珍しいことではなかった。

「八戸殿と千代子がいいならば、儂は構わぬ。されど、八戸は北を抑える要。二人でしっかりと後見するように」

信直は領内の安定を求めるために反対しなかった。

（世の順なれば、政栄が死に、儂が死ぬ。政栄が死んだら、我が家臣を送り込むか）

先行きのことを考えながら、信直は大慈寺を後にした。

ほぼ同じ時期、別の難題が持ち上がった。かねてから、北出羽の比内を領有する浅利頼平と主君の秋田実季が争っていた。これに朝鮮出兵や伏見城普請の費用負担を巡り、拍車がかかった。

文禄三年（一五九四）に作成された『秋田城之助殿分限帳《じょうのすけどのぶんげんちょう》』によれば、秋田領は九万八千五百石で豊臣家の蔵入地は二万九千石とされた。頼平は七千三百石とされているので、相応の負担は当然と実季は頼平に命じるが、元々比内は自領、頼平は実季に所領を安堵されたとは思っておらず、しかも秋田領の実質石高は十五万石を超えるという。頼平は、これを主張して実季の命令を拒否、昵懇である津軽為信の支援を受けて、八月二十四日蜂起し、米代川畔《よねしろがわはん》で秋田勢と対峙した。

津軽為信の長男・信健《のぶたけ》の正室は秋田実季の妹。この期に及んでも、為信は秋田家との閨閥《けいばつ》よりも政略のほうを重視しているようであった。一般的に信健の正室は実季の娘と言われているが、信健は実季の二歳年長なので、妹のほうが信憑性がある。

何事もなければ、この八月二十二日、信直は次女の於満《おみつ》を忠次郎英季に輿入れさせるつもりであったが、きな臭くなっていたので延期させることを千代子に告げていた。

（延期どころか、別家になるやもしれぬな）

秀吉は秋田実季に本領を安堵しているので、浅利頼平が領主に逆らえば一揆も同じ。お拾に、より多くの財産を残そうとする秀吉ならば、統治能力不足として秋田家を取り潰すことも考えられる。信直は危惧した。

この年の十一月十八日、上方に在する利正は従五位下、信濃守に任じられた。利正もようやく大名の嫡子として都で認められたので、信直としても安堵している。

これにより、ようやく南部家にも伏見に屋敷を築くことが許された。一ヵ所は伏見城本丸から十五町ほど北西の地・現在の京阪本線の藤森駅の西口辺り。もう一ヵ所は本丸から半里ほど南西の地で、現在も地名として残る南部町。二ヵ所とも狭いものの、許されたので信直も安堵した。

国許に在する信直は領内の情報の伝達を早くするため、伝馬《てんま》の継所を設け、乗り継ぎ用の馬を各宿場に用意し、伝馬使が情報を早く届けられるようにした。

そして、まだ和賀、稗貫郡が落ち着かないので、信直は十二月五日、和賀旧臣の鬼柳《おにやなぎ》源四郎《げんしろう》に、一族の式部少輔《しきぶのしょう》を出仕させるように命じた。

鬼柳式部少輔が出仕したのは年が明けた文禄五年（一五九六）四月のこと。

「帰参を認める。こののち、そちは一揆の討伐をする側に廻り、励むがよい」

四月二十六日、信直は鬼柳式部少輔に三百石を与えた。これにより、ほかの和賀旧臣たちも帰参を申し出るようになった。信直は快く応じ、微禄ではあるが所領を与え、南部家の力とした。

前後して稗貫旧臣の亀森玄蕃《かめもりげんば》らが尼となっていた稗貫中務広重《なかつかさひろしげ》未亡人の於三《おさん》を連れてきた。一般的に於三は広重の父・大和守広忠《やまとのかみひろただ》の正室と言われているが、年齢から察して広重の妻とするほうが相応しい。この年二十六歳になる。

稗貫広重は秀吉の小田原討伐に参陣せずに領地を没収された広忠の嫡子で、その後、和賀、稗貫一揆を蜂起させるも、討伐軍の黒沢義任《くろさわよしただ》、三迫《さんのはざま》兵庫《ひょうご》らに攻められて討死した。広忠の死亡年は広重同様に天正十九年、文禄三年説があって定かではない。いずれにしても、夫と死別した於三は剃髪して月庵《げつあん》と号し、一族の菩提を弔《とむら》っていた。

亀森玄蕃らは稗貫氏の名跡が途絶えるのを憂え、月庵を信直の許に連れてきた次第である。

「……なにとぞ、お屋形様のご慈悲を賜り、稗貫家の再興を叶えて戴きますようお願い致します」

月庵は深々と頭を下げて懇願する。雪のように白い肌をした北国の美人。楚々とした仕種に信直は惹かれた。

「稗貫殿は気の毒でござった。月庵殿の意向は承知したが、再興ともなれば、然るべき者を当主に立てねばなるまい。縁者はおられるのか」

まだ斯波郡に斯波詮真《あきざね》が権勢を振るっていた頃、南部氏は斯波氏と戦い、月庵の義父・稗貫広忠らが和平の斡旋や調停役を務めたことがある。信直も稗貫氏に悪い印象は持っていなかった。

「伊達に逃れた者はおりますが、伊達は当家を騙した仇《かたき》にございます」

清楚な中にも厳しさを見せる月庵である。出家しても怒りは鎮められないようであった。稗貫広忠の異母弟の盛耀《もりてる》は逃れ、伊達家に仕えている。

仇の伊達に仕えている者を受け入れて、いらぬ争いを起こしたくはない。信直は盛耀に再興を許す気はないが、別の形ならばいいと思案する。

(再興を約束することで稗貫旧臣を取り込めば、国境の守りは堅くなり、一揆を抑え込めるの)

信直は得であると判断した。

「よかろう。されど、勝手に伊達領を侵すような真似は許さぬ。よろしいか?」

「有り難き仕合わせに存じます。この者たちも身を賭して励むでしょう」

憂いある表情の中で、月庵はわずかに笑みを作って礼を口にした。

(清雅《せいが》じゃのう。それゆえに応じたか)

決して月庵の魅力に惑わされたわけではないが、多少なりとも魅了されたのは事実であった。

「さしあたっては三戸にでも住まわれよ」

旧領に戻すには惜しく、とはいえ福岡に置くのも気が引ける。一番いいと信直は思案した。

これにより、月庵は三戸の報恩寺《ほうおんじ》に庵を結び、暮らすようになった。信直は新たな楽しみを見つけたような気がした。

その後、信直は南蛮の菓子が手に入った、蕗《ふき》や夏蕨《なつわらび》が採れたといっては報恩寺に足を運んだ。

「いつもお気遣いを戴きまして、感謝致します」

丁寧に礼を言う月庵の優しい口調に、信直は癒《い》やされた。月庵は稗貫広重の正室だっただけに、教養があるだけではなく、薙刀を手にすることもでき、茶も点《た》てられる。話も巧みなので、信直は毎度茶の席を楽しんだ。

「茶室を建てたほうがよいの」

「勿体なきお言葉。左様な贅沢は無用にございます。お家のために使われますよう」

家の事情を知っているのか、月庵は慎み深い女性であった。

「畏《おそ》れながら申し上げます。お屋形様の御台所様は公儀の掟に従い、都でお暮らしなされていると伺っております。この際、月庵様をお側に置かれてはいかがにございましょい。


うや」

廊下に端座する亀森玄蕃が進言する。

「これ、お屋形様にご無礼ですよ」

慌てて月庵は注意する。というよりも、自身の自尊心を傷つけられた叱責かもしれな

い。


「いや、願ってもないこと」

「お戯《たわむ》れを。尼を揶揄《からか》われますな」

含羞《はにか》みながら月庵は告げる。

「月庵殿さえよければ、我が側に迎えたいが、いかがか」

代弁してくれたので、信直は亀森玄蕃に感謝したい気分だ。

しばし無言のまま考えていた月庵は身を正した。

「かような身でよろしければ、お仕えさせて戴きます」

しとやかに平伏して月庵は応じた。

これにより、月庵は信直の側室になり稗貫御前と呼ばれるようになった。剃髪しているので、髪が伸びるまでは尼姿のままでいることにした。都で人質となっている照ノ方を憚《はばか》り、正室のいない居城に入るのは申し訳ないと、三戸城に入ることになった。

(遣いではなく、上洛したおり、直に報せよう)

少々後ろめたさを覚えながら、信直は稗貫御前と褥《しとね》を共にした。

四

まだ検地を行っていないものの、少しずつ領内の地固めは行われていた。このまま平穏な日が続くことを願うが、乱世は安らかな暮らしを長続きさせてはくれなかった。

閏《うるう》七月十三日の子《ね》ノ刻（午前零時頃）、都を中心とした畿内で推定マグニチュード七・一にも及ぶ大地震が発生し、伏見城は倒壊して六百人が圧死し、京・方広寺の大仏も壊れた。『舜旧記《しゅんきゅうき》』には「死者数万人」と記されるほどの大被害に見舞われた。

伏見にある南部家の屋敷も残骸となったものの、幸いにも死者が出ずにすんだ。唯一の男子である利正の身になにかあれば一大事。報せを受けた信直も、ほっと胸を撫で下ろした。

地震で伏見城が使用できないので、九月一日、秀吉は大坂城で明使節を引見した。明使節は秀吉に明皇帝の冊封状《さくほうじょう》、金印、冠服《かんぷく》（漢服）を進呈した。冊封とは明（中国）の皇帝が周辺諸国の君主と名目的な君臣関係を結ぶことである。初日は恙無《つつがな》く終了した。

翌二日、臣下に認められたとは知るよしもない秀吉は、満足の体で明使節を饗応《きょうおう》。その後、秀吉は花畠の山荘に鹿苑僧録《ろくおんそうろく》の西笑承兌《さいしょうじょうたい》らを呼び、冊封状を読み上げさせた。

「ここに特に爾《なんじ》を封じて日本国王となす」

秀吉の機嫌を損なわぬよう、文言は読むなと三成らに念を押されていたが、僧籍に身を置く西笑承兌は、偽りを口にすることはできなかった。

「なにゆえ明の輩《やから》に封じてもらわねばならん。余《よ》が王ならば、御上はなんとなすのじゃ!」

朗読を聞いて激怒し、講和交渉を破談したのはあくまでも家臣たちへの大袈裟な振舞いで、秀吉の真意は別にある。

秀吉は、明にまで兵を進ませる気などはなくなっている。朝鮮の地においてわずかながらでも所領を確保できれば十分。戦を終了させるには、明にではなく朝鮮に勝利したという名目が必要。秀吉は幾つか講和の条件を突き付けたが、朝鮮王子を人質にする、これを無視されたことが怒りの原因であった。

四日、明使の沈惟敬《しんいけい》は朝鮮王子のことには触れず、朝鮮における日本軍の完全撤退を書面にして秀吉に渡した。これを読ませた秀吉は本気で怒髪衝天に達したと、イエズス会の宣教師ルイス・フロイスは同会の総長に報告している。

国を侵略された朝鮮は、明国に日本との講和を委ねていた。日本は明国と交渉をしながら、朝鮮に敗者の礼を取ることで収束を図ろうとした。朝鮮は敗北したとは思っていない。この矛盾を承知で小西行長らは沈惟敬らの偽使者を認め、画策していたわけである。講和が纏まるはずがなかった。

五日、秀吉は加藤清正に翌年の朝鮮再渡海を命じている。

十一月十五日、加藤清正は諸将に先駆けて居城の肥後《ひご》・隈本《くまもと》城を発ち、朝鮮に向かう。報せは東陸奥の福岡城にも届けられた。

「和議は決裂したか。こたびは我らも渡海させられるやもしれぬな」

側室を娶ったばかりの信直であるが、のんびりとはしていられない。

雪深くなる前の十一月中旬、信直は差し当たり、二百の兵を率いて上洛の途に就いた。

都では、この十月二十七日、凶事に際してその影響を断ち切るための災異《さいい》改元《かいげん》を行い、文禄から慶長《けいちょう》に改めている。

十二月十七日、嫡子の成長を待ちきれない秀吉は、お拾を四歳で元服させ秀頼《ひでより》と名乗らせた。

信直が伏見に到着したのは年も押し迫った頃であった。

指月山《しげつやま》に築かれていた伏見城は崩壊して、とても同じ場所に再築するのは困難な状態。秀吉は同地から十町ほど北東の木幡山《こはたやま》に築き直している最中であった。

秀吉は急造の屋敷に在しており、信直は兵を置くと、その足で挨拶に出向いた。

「ご尊顔を拝し恐悦至極に存じます。遅ればせながら、秀頼様ともども殿下にはご無事でありましたことお祝い申し上げます」

「大膳大夫か、遠路大儀。あれな地震などに負ける余ではない。もっと堅固な城を築いてやるわ」

大言を吐くのはいつもの秀吉であるが、信直は秀吉に、かなり老《ふ》けたという印象を持った。

（太閤も寄る年波には勝てぬか。他人事ではないの）

信直の病も進行している。一刻も早く利正に継承できるものは、継承させる必要があった。

屋敷を下がった信直は、西の南部屋敷に足を運んだ。北屋敷は家臣たちが入った。屋敷程度の建物なので、建て直しは終えていたものの、庭や屋敷の裏側などにはまだ傷跡が残っていた。

家臣たちの挨拶を受けたのち、信直は正室の照ノ方と二人になった。

「長く質の暮らしをさせてすまぬの。その、なんだ……。国許にもいろいろあっての……」

ばつが悪い。言いづらい状況の中で話しはじめると、すぐに照ノ方が遮《さえぎ》った。

「側室を持たれたとか。病のわりには、お盛んなことで」

激怒しているというわけではなさそうだが、機嫌は明らかに良くはない。

「知っておるなら、早う申せ。別に、そなたに隠すつもりはなかった。直に儂の口から話そうと思っていたまでのこと。決して、そなたへの情が冷めたとか、飽きたとか、そういったものではない。あくまでも南部家のためじゃ」

少々狼狽《うろた》えながら信直は説明するが、言い訳をしているようにしか聞こえなかったであろう。

「左様なことを申せば於三殿に悪いではありませぬか。好いたと、申しなされ」

「いや、なんだ、その。そなたの次にの」

「まあ、うまくお逃げなされたこと。ほほほっ……。離れ離れで暮らしておるのです。仕方ないと諦めております。お許ししてさしあげます」

信直をやりこめた照ノ方は、うまく悪戯を仕掛けられた童のように、ころころと笑った。

「逃げも戦いの一つゆえの」

本気ではないので、信直は安堵の溜息を吐いた。

「されど、一つ申し上げておきます」

照ノ方の美貌から笑みが消えた。なにを言おうとしているのか信直には判っている。

「安堵致せ。正室はあくまでもそなたじゃ。それと、於三との間に子ができようとも、南部家の跡継は利正。これだけは曲げぬ。於三が子を産めば稗貫を継がせ、南部家の家臣とする」

「それを聞いて安心しました。体に障《さわ》らぬよう励みなされ」

納得してくれたことは有り難いが、まだ揶揄《やゆ》されているようで気恥ずかしかった。

年が明けて慶長二年（一五九七）元旦、秀吉は大坂城に下向して、諸将から参賀の挨拶を受けた。信直も利正と大坂に移動して皆と肩を並べた。南部家の屋敷は網島《あみしま》にある。

秀吉は秀頼への忠誠を改めて誓わせ、朝鮮への再出兵を重ねて宣言した。文禄の役の時のように九州、四国、中国の大名が中心であることは大筋で聞かされたが、動員する者の名は発表されなかった。信直とすれば、出陣は避けたいところ。そのような出費や人力は、不来方城普請に使いたかった。

その後、信直は南部家の取次を務める前田利家の玉造《たまつくり》屋敷に足を運んだ。

「何年も前から申し上げている新城普請の件でございますが、未だ許可を戴いておりません。大坂や尾山（金沢）を見習い、安定した国造りをするためにも、早急にはじめる必要がございます。伏見の普請、朝鮮の軍役等、他家同様に果たしますゆえ、ご進言して戴きますよう」

馬等を贈ったのち、信直は懇願した。

「弾正（浅野長吉）も難儀だったゆえ、棚上げにされていたのであろう。承知した。南部の安定は陸奥の安定も同じ。一両日中に、殿下に申し上げよう」

快《こころよ》く利家は応じてくれた。利家が危惧する津軽為信と伊達政宗に挟まれているのが南部家。口にした心中は本音であるようだった。

（前田殿も老けたのう。殿下ともども異国への出陣どころではなかろう）

戦場の勇者は今や昔。すっかり痩《や》せて覇気は感じられない。老練になったのかもしれないが。

三が日が過ぎて、秀吉からの許可が降りた。

「さすが年寄《としより》じゃ」

信直は喜んだ。秀次事件以降、秀吉は、徳川家康、前田利家、毛利輝元《もうりてるもと》、小早川隆景《こばやかわたかかげ》、宇喜多秀家《うきたひでいえ》、上杉景勝を年寄衆として豊臣政権の重役とした。一般的に大老とされているが、各書状等の良質な史料は全て年寄という役名しか記されていない。

年寄を補佐し、これを監視し、実務を担うのが石田三成、増田長盛《ましたながもり》、長束正家《なつかまさいえ》、徳善院《とくぜんいん》（前田）玄以《げんい》、浅野長吉の五奉行である。長吉は秀吉の親族で元来は一番に数えられるべき武将であるが、秀次事件の連座の影響で左遷を余儀無くされ、前年ほどからようやく職務に復帰していた。

実際に五奉行の名が登場するのは翌年のことで、それまでは富田《とみた》一白《いっぱく》（知信《とものぶ》）、宮部《みやべ》継潤《けいじゅん》、大谷吉継、片桐且盛《かたぎりかつもり》（のちの且元《かつもと》）のほか、鷹匠の佐々《さっさ》正孝《まさたか》（のちの行政《ゆきまさ》）も奉行として働いている。

帰宅した信直は嫡子の利正に向かう。

「朝鮮出陣があるゆえ、儂は帰国できぬ。そちは儂に代わって普請の指揮を執るように」

信直は利正に帰国の許しが出るまでの間、新城築城に関する細々とした指示を出した。

一月下旬には利正に帰国の許可が出され、二十五日には秀吉から別の命令が出された。伏見城普請で使用する秋田の杉を受け取り、京に届けるように、というものであった。

実はまだ秋田実季と浅利頼平が比内で争っており、奉行の片桐且盛は一月半ほど前に両者を上洛させ、紛争を調停するように佐々正孝に命じている。正孝は佐々成政《なりまさ》の兄・

成経《なりつね》の嫡子である。比内の杉は良質なので、城や仏閣の建築時には重宝された。

秋田実季を支援するのは石田三成、長束正家、佐々正孝ら実務に長けた奉行衆。浅利頼平の後押しをするのは前田利家、浅野長吉のほか徳川家康など実力者なので、なかなか収束しない。お陰で信直の次女の於満は、紛争中の秋田家の忠次郎英季に輿入れできないでいた。

「南部家の未来を担う城となる。心して普請するように」

命じた信直は一息吐いて続けた。

「国に戻ったら側室を持て」

「なんと、まだ、左様なものは必要ありませぬ」

「武姫への気遣いは判るが、子孫繁栄は南部家のため。そちに渡海命令が下り、万が逸のことがあれば嫡流が途絶える。これは政《まつりごと》である。よいの。家老たちには申しておく」

信直は、気の乗らなそうな嫡子に念押しをして帰国させた。

多大なる出費は覚悟の上であるが、借金をしても返せる見込みが信直にはあった。まずは検地をしていないので、行えば石高は倍近くになること。さらに、本気で取り組んだところ、思いのほか多くの金が採掘できたこと。加えて下北半島にある田名部の七湊《しちそう》が整い、北前船《きたまえぶね》が直に領内に入湊できるようになったことは大きい。信直は南出羽・酒《さか》田《た》の豪商、加賀与助《かがよすけ》や、越前・敦賀《つるが》の道川三郎左衛門《みちかわさぶろうざえもん》には船役銭を免除して交易を盛んにしている。

（北の端に位置する当家とて、上方の制度を取り入れ、国許の特性を活かした仕置を行えば、領国を富ませることができる。さすれば他家の顔色を窺わぬ強き家を築くことができよう）

その要《かなめ》が不来方城の普請であり、発展する城下町造りである。信直は利正に期待した。

二月二十一日、秀吉は朝鮮再出兵における陣立を発表した。先手は加藤清正と小西行長らとし、以降、三番から七番とし、後詰も加えて総勢十四万一千余の軍勢が組織された。二手をなくしたのは清正と行長が騒動を起こすからで、鬮《くじ》引きで交互に務めることになった。

すでに加藤清正は渡海しており、文禄の役から朝鮮に在陣している武将は、一旦帰国させた兵を呼び戻し、ほかの武将たちも続々と出航していった。

渡海も名護屋在陣も免れた信直は、八戸の千代子に書状で喜びを伝えている。

帰国した利正は三月六日から不来方城の普請を開始した。利正は起工式と同時に、不来方の名は縁起が悪いとし、盛る岡の意を含めて盛岡《もりおか》と命名したという。

総監督は、南部利正。

奉行五人衆は、八戸政栄、石井《いしい》直光《なおみつ》、桜庭直綱、中野正康、大光寺《だいこうじ》正親《まさちか》（光親《みつちか》から改名）。

縄張下司地割奉行は、内堀頼式《うちぼりよりのり》、四戸上総《しのへかずさ》。
奉行並五人衆は、浄法寺重好《じょうほうじしげよし》、大槌広紹《おおつちひろつぐ》、日戸秀武《ひのとひでたけ》、簗田勝泰《やなだかつやす》、江刺重隆《えさししげたか》。
五人の奉行の管轄を区割りし、青、黄、赤、白、黒色で一丈二尺（約三・六七メートル）の旗を立て、その下に一千石以上の者が大四半旗を持ち、その下に、以下の石高の者が小四半旗を持って附属した。百石以下の者は軍役の召し使いを伴って参加し、旗はなく、袖に色別の印をつけた。

人夫は、すでに検地を終えている地からは百石につき三人とし、ほかはそれに準ずるように命じた。人を出し渋る者も出たので、ならば代わりに人数分の米を納入しろと触れると、領主たちは百姓を賦役として動員したので、日に三千数人が常時、盛岡城の作業にあたることになった。

盛岡の築城地は北上川と中津川が合流する小丘陵部（比高二十メートル）で、両川は梅雨時や、秋雨時にはよく暴れる。両川の堤防を堅固にし、惣濠とするために、二つの川から掘削された内濠で囲郭にする。小山となっている北ノ舘を崩し、辺りの沼地を埋め立てて、外曲輪にもする。福岡城に続き、石垣も使用する。東西十町少々（約一・一キロ）、南北十二町（約一・三キロ）に及ぶ規模である。これを大きくとりまく城下まで含めれば半里四方にもなる予定だ。同城の修築程度ではなく大工事になりそうだ。まずは北の上田沼《かみたぬま》の埋め立てからはじめた。

総監督の利正は日々、陣頭指揮に立っている。その最中、ある人夫が気になり、声をかけた。

「その方の面体は、並みの百姓には見えぬ。さだめし名のある者だろう、名を申せ」

利正の問いを聞き、家臣たちは諜者であろうと、即座に囲んだ。

「いえ、儂は銭で雇われた人足でございます」

「偽りを申し続けるならば、このまま斬り捨てる。正直に申せば見逃してやる」

「畏れ入ってございます。某は伊達家の家中にて、南部様の新たな城を探りにまいりました」

真偽のほどは定かではないが、一転して人夫は利正の推測どおりのことを認めた。

「左様か。そちはこの普請の様子を見て、いかに思うか？」

「されば、申し上げます。全て結構な惣構えですが、唯一の欠点は、あれなる山かと存じます」

人夫は、まだ手をつけていない北ノ舘の小山を指した。浅野長吉の指摘と同じである。

「まだまだじゃの。陸奥は落雷の多い地。あの山があれば、天守が焼けても、城下を一望できる。帰って伊達殿にそう申せ。儂は城内にある山を奪われるような戯《たわ》けではないとな」

利正は言い放つと、人夫を処罰することなく家臣を添えて国境まで送り届けさせた。

（これは修正せねばの。意地でも愛宕山《あたごやま》は崩さぬ）

誰もが思うことならばしてはならない。利正は思案し、その旨を伏見の信直に伝えた。

町割りをするので、利正は奉行を集めて尋ねた。

「城下の町割りは『一』の字がよいか、『五』の字がよいか」

利正の問いに、皆は首を傾げるが、しばらくして北信愛が口を開いた。

「『五』の字がよかろうかと存じます」

知将の北信愛は、利正の思案を理解したようである。

「左様か。儂もそう思う」

考えを察する重臣がいて、利正は安堵した。謎かけのような『一』の字は奥州道中の左右に町を配置するもの。関東以西のように人口が多く往来の多い地では旅人の通行なども重なり、町は繁栄しやすいが、奥羽では難しい。『五』の字は都と同じく碁盤の目のように区画整備するもの。地方では城を中心に二重三重に取り囲み、町中を平均化するほうが栄えると言われている。利正は意欲を燃やした。

冬の間は深雪で普請ができないので、降雪までは昼夜を問わず作業に勤しませた。

伏見で武姫が人質になっていることもあり、南部直系の血筋を保つ意味もあり、利正は皆の勧めもあって、帰国してすぐに二人の側室を持つことになった。一人は今淵将監《いまぶちしょうげん》政則《まさのり》の娘で於三代《おみよ》ノ方《かた》。もう一人は石井伊賀守直光《いしいいがのかみなおみつ》の妹で於岩《おいわ》ノ方《かた》と呼ばれた。共に色白の南部美人であった。

目の前に二人を連れて来られたので、どちらかを断れなかった結果でもある。

（二人同時とはのう。かようなことでよかろうか）

いくらなんでも二人同時とは申しておらぬ。日本《ひのもと》も南部家も大事な時に女に現《うつつ》を抜かしている場合かと、信直から叱責されないか不安である。

ただ、女性は利正の心を和《なご》ませてくれる。そのかいあってか、じきに二人とも身籠った。

（父上も喜ばれよう。されど、儂と武姫の相性は悪いのかのう）

男女のことは利正にはよく判らなかった。信直には即座に報せた。

慶長の役がはじまり、七月ぐらいまでには大方の日本軍も朝鮮への渡海を終え、足場を固めながら北上し、半島の西中ほどに位置する忠清道《チュンチョンド》の稷山《チュクサン》まで攻め上ったものの、秋からは明の大軍に圧され、半島の南、慶尚道《キョンサンド》や全羅道《チョルラド》の海岸線を守るのが精一杯という状況になっていた。道《ド》は道路のことではなく、日本でいえば九州や四国のような国よりも大きな地域に相当する。

兵糧も武器も乏しい中で戦う日本軍を他所に、秀吉は前線基地となる肥前の名護屋には足を運ぼうとはせず、上方の洛中、伏見、大坂を行き来するばかり。これに諸大名も付き合わされるので、迷惑なことだった。

秀吉一人、景気がいいとはしゃいでいるが、伏見城の普請も朝鮮への物資の負担も大名持ちで負担は増えるばかり。秀吉は泡《バブル》のような豊かさと実益を錯覚しているのかもしれない。

信直や奥羽の大名などは上方の高い米を喰わねばならず、畿内にいるだけで出費は嵩《かさ》んだ。

（豊臣の世は内から崩れるのではなかろうか）

最近の秀吉を見ていて、信直はよく思う。

それでも、嬉しいことは利正の側室が、ほぼ同時に妊娠したという吉報が届けられたこと。

（やはり儂の判断は正しかった。あとはどちらかが健やかな男子を産んでくれればの）

信直は嫡孫の誕生を期待した。

国許では十二月十四日、利正が信直に代わり、亀森玄蕃に所領を安堵した。稗貫御前も喜んだという。

慶長三年（一五九八）が明けてすぐ、会津で九十二万石を得ていた蒲生家が改易処分にされるという騒ぎになった。表の理由は前当主の氏郷が死去したのち、幼い当主の秀《ひで》隆《たか》では家中の内紛を抑えきれなかったことによる。裏の理由は力量不足の当主に責を負わせることよりも、美貌で誉れ高い氏郷未亡人の冬姫に側室になるように求めたところ、拒まれたからだという。冬姫は、淀ノ方よりもお市御寮人《いちごりょうにん》に似ていると言われていた。

利正の正室・武姫は蒲生氏郷の姪であり、養女でもある。武姫から信直に取り成してくれるように頼まれた。

「尽力致そう」

できないと突き放すのは不憫なので、信直は優しく告げた。

（儂の意見が通るならば、今少し重き扱いを受けていよう。まあ、少しでも役に立てばの）

信直は奉行に復帰した浅野長吉を訪ねた。

「儂も危惧しておるが、これには殿下の思惑のほか、治部らの企てがある様子。上杉を越後から動かしたいらしい。儂からも頼んでみるが、まずはご自身で徳川、前田両巨頭を頼られよ」

これ以上、睨まれたくないせいか、浅野長吉はうまく躱《かわ》した。

（上杉を会津に移す理由は金山か）

この慶長三年（一五九八）に記された『伏見蔵納《くらいり》目録』によれば、上杉景勝領の越後、佐渡、庄内で二千二十一枚七両余、伊達政宗領は七百枚、佐竹義宣領は二百二十一枚八両余、最上義光領は百六十三枚八両余、南部信直領は四十枚五両五分、相馬《そうま》義胤《よしたね》領の二十五枚六両余が主な東日本の上位を占めている。これらが秀吉に上納され、豊臣政権の経済を支えていたことになる。

金一枚は十両。一両は一石と同じとされている。一石は米百五十キログラム。米十キロを四千円で計算すれば一石は現在の米値では約六万円。年間、上杉家は十二億一千三百二万円、南部家は二千四百三十三万円を上納していた。勿論、その分、賦役の一部を免除されてはいる。

（まあ、あの二人も抛《ほう》っておくまい）

浅野屋敷を後にした信直は、徳川屋敷に足を運んだ。

「なにとぞ、蒲生家が存続されることを内府殿《だいふ》から殿下に進言して戴きますよう」

信直は家康に頼んだ。内府とは内大臣のことで、家康は二年前に任じられていた。

「当家も蒲生の改易は望んでおらぬ。努力致そう」

鷹揚に家康は応じた。蒲生秀隆の正室は家康三女・振姫が輿入れしていた。

続けて信直は前田利家の許を訪れた。利家の次男・利政の正室には氏郷の娘・籍《せき》が嫁いでいる。

信直に懇願されずとも、家康も利家も懸念しており、秀吉を説得した。豊臣政権の二代巨頭に説かれ、さすがの秀吉も譲歩せざるをえず、蒲生家は十八万石に減らされ、宇都宮に移封となった。

その後、秀隆は秀行《ひでゆき》と改名している。

過ぐる文禄四年（一五九五）の秀次事件以降、秀吉は六人の年寄衆を定め、政に参加させた。その体制は筆頭家康に対抗させるため、知将で名高い小早川隆景と、本家の甥である毛利輝元を一組とし、前田利家に監視させるようにしていた。

ところが前年の慶長二年（一五九七）六月十二日、小早川隆景は六十五歳で生涯を閉じてしまった。毛利輝元は叔父家である吉川、小早川のいわゆる両川の言うことを聞いていれば、なにもせずとも暮らしていけた凡々育ち。とても家康に対抗しうる存在ではなかった。

宇喜多秀家はまだ若く、上杉景勝は中央と一線を引いているようなところがある。残すは利家しかいない。石高にかなり開きがあるものの、秀頼の後見役でもあり、消去法でも利家が家康を牽制する役目となり、秀吉は利家を家康と並べさせ、年寄の両輪とするようになった。

（太閤も二人の訴えには応じたか。まあ、減封にはなったが、家が残っただけでもよかろう。されど、明日は我が身じゃな）

一安心と胸を撫で下ろす信直であるが、自身の病は進行し、手足の痺れが酷くなっていた。跡継は利正に決めているが、まだ家中を掌握はしていない。今もし、信直が死去すれば、内紛が起きても不思議ではない。すぐに死ぬわけにはいかない、という気持を強くした。

一月七日、上杉景勝に会津移封が命じられ、会津入国は三月二十四日とされた。石高は七十万余石から百二十万石への加増であるが、豊富な金山と、青苧《あおそ》の収益、日本海側の豊かな漁場と海運を失うことになった。おそらく猪苗代湖《いなわしろこ》の湖運だけでは並ぶことができないだろう。さらに軍神と謳われた謙信が鍛えた兵の大半は百姓なので、会津に連れて行くことは掟に触れるのでできない。

（会津への移封は上杉には損やもしれぬな。移封は伊達と徳川のせいか。当家には……）

氏郷亡きあとの蒲生家と、年寄衆の上杉家を比較すれば、南部家には後者のほうが戦力になる。ただ、上杉家が秋田家を支援したことにより、南部家は北出羽での力を失った恨みがある。九戸一揆のおりには秀吉の命令ではあるが、支援してもらった恩があるので、差し引きなしといったところ。なにをするか判らぬ伊達政宗を隣に構える信直とすれば、上杉家と昵懇になっておくのが得策であると考え、遣いを伏見屋敷に送った。

このところ、南部家には間接的に関わる出来事が相次いで起こる。この正月、懸案であった秋田実季・浅利頼平問題が、さらに泥沼化した。

両家の訴えを豊臣家の奉行が調査したところ、天正十九年（一五九一）から慶長元年（一五九六）までの六年間で、浅利氏は二千三百七十石が未納であることが明らかになった。調べたのは算術に明るい長束正家であった。これにより、浅利頼平の訴えは棄却され、秋田実季が勝利した。

浅利頼平を支援してきた前田利家や浅野長吉は、戦場を駆けてきた武将で算術には疎《うと》い。数字で示されては、手を引くしかなかった。

納得できない浅利頼平は、最後の頼みと徳川家康を縋《すが》った。頼平と津軽為信は昵懇なので、為信も家康に懇願した。

津軽為信が家康に擦り寄った理由は、わずか四万五千石の石高しかないのに、一万五千石の蔵入地を定められたからだという。家康の力を利用して、なんとかこれを解消させようとしているらしい。そのための贈物も多々していた。

贈物云々は別として、年寄筆頭の家康としては、昵懇にしている大名から頼まれたからには、敗れるわけにはいかない。本腰を入れて比内における浅利と秋田氏の領有問題を遡《さかのぼ》って調べようとしていた矢先の一月八日、浅利頼平は大坂で急死した。一説には秋田氏に毒殺されたとも伝わった。毒は秋田家臣から頼平の側近の佐藤大学《さとうだいがく》に渡されたという。

報せは即座に信直の許に届けられた。

（秋田と婚約をしている当家とすれば比内の安定は喜ばしいが……）

噂でも毒殺を命じた当主の弟に娘を嫁がせる父親の信直とすれば、心中穏やかではなかった。しかも、秋田実季が家康を敵に廻すというのはいいことではない。毒殺は珍しいことではないが、他の武将も含め、非常に心証が悪かった。

（輿入れの件は、今少し先延ばしにするか）

南部家のため、娘のため、信直は様子を見ることにした。

というのも、浅利頼平の毒殺を知り、頼平の弟・頼広《よりひろ》は比内の笹舘《ささだて》城に籠って武力に訴え、頼平と共に上坂した妻と子の広治《ひろはる》は秀吉側近の隠内儀衆の一人おちあを頼った。

秋田実季は、すぐに浅利頼平の妻子を渡すように長束正家に求めるが、おちあの許に匿われているので手出しできない。

「某は浅利妻子の跡目相続をかねがね秋田太郎（実季）に申し入れているので、引き渡しさえすれば万事、無事円満に解決する」と長束正家はおちあに巧言《こうげん》をもって引き渡しを求めた。

「浅利頼平を罰しても、妻子には罪はない。広治への跡目は約束する」と秋田実季も進言し、これに徳善院玄以や増田長盛も加担するが、おちあは妻子の身を憚《はばか》って応じなかった。

おちあは長束正家らが手を出すことのできない女性なので、秀吉の側室か、あるいは正室・北政所に仕える侍女なのかもしれない。いずれにしても、引き渡しはされなかった。

浅利頼平急死後も津軽為信は浅利家を支援し、塩などを送っていた。

長束正家らが出した納入裁定の決議をもって、秋田実季は弟の忠次郎英季に、比内の地を押さえ、笹舘城を開城させるように命令。下知を受けた英季は浅利頼広に勧告するが、頼広は城門を閉ざして一戦を構える姿勢である。比内は再び兵が対峙し、解決するのは秋を待たねばならなかった。

三月十五日、秀吉は己の権威を再び天下に示すかのように、伏見城から一里ほど北東の醍醐《だいご》寺《じ》・三宝院《さんぼういん》にて盛大な花見を行った。俗に言う、醍醐の花見である。

花見を敢行するために秀吉は桜植《おうしょく》奉行を立て、馬場から檜山《ひやま》まで七百本もの桜樹を植樹した。大和《やまと》の吉野山《よしのやま》をお膝元に再現しようという発想である。自ら深雪山《みゆきさん》と号し、寺領一千石を与えるほどの甲斐があり、辺りは繚乱《りょうらん》の桜が鮮やかな色を披露した。

諸将は所々に茶屋を設けた。茶屋は式台の上に畳を敷き、各々の家紋を染めた陣幕で囲い、入口を捲っている簡単なもの。誰でも出入りできる無礼講というのが表向きの造りである。

信直も照ノ方や武姫を呼び、爛漫《らんまん》の桜を満喫していた。

「利正にも見せとうございましたなあ」

桜を堪能しながら照ノ方が言う。

「まだ雪が残る中、盛岡の普請をはじめたという。桜を愛《め》でるのは、終わったのちであろう」

信直は酒を口に、新城の完成を楽しみにした。

ほどなく、秀吉が幼い秀頼と共に南部家の茶屋に顔を出した。

「ここは日本一の馬を育てる南部家じゃ。早うそなたが南部の駿馬に乗って走る姿を見たいのう」

六歳の秀頼に早い成長を促すかのように言う秀吉は、まさに好々爺《こうこうや》。口調は温和になったというよりも、口が廻らなくなったような気がする。少し前までは矍鑠《かくしゃく》としていたが、動きが鈍くなったようである。秀頼の手を引いているが、引かれているように信直には見えた。

後方には華美な衣装に身を包んだ正室の北政所や淀ノ方ら多数の側室を引き連れている。所々に設けられた諸将の茶屋に立ち寄っているようであった。

「粗末な我が茶屋に足をお止め戴きましたこと、光栄の極みに存じます」

信直に続き、照ノ方が挨拶する。

「かような艶《つや》やかな場に席を設けさせて戴きましたこと、お礼の申しようもございませぬ」

「内儀殿も息災でなにより。存分に楽しむがよい」

告げると秀吉は上機嫌で次の茶屋へと向かった。

（あの様子では、そう長くあるまい。儂も他人事ではない。やれることをやっておかねばの）

老いた秀吉を見送りながら、信直は病が重くなる自分を重ね合わせ、焦《あせ》りのようなものを覚えた。

この春、北信愛の養子・十左衛門直吉《じゅうざえもんなおよし》が奉行として秋田領の境の鹿角郡を検分していた時、石野村の白根山《しらねさん》で金が産出され、信直を喜ばせた。

北直吉は桜庭光康《さくらばみつやす》の三男で母は北信愛の末妹。光康が死去し、光康大人が未亡人となったので、信愛が引き取り養子とした。幼少時から文武に優れた直吉は、この年二十三歳である。

三月下旬、信直は病を理由に帰国許可を求めると、内々で許しが出た。

帰国許可に伴い、同月二十七日、秋田、津軽、南部において杉を伐採して敦賀の大谷吉継に送るように、秀吉から朱印状が出された。伏見城普請が杉の伐採に変更されたことになる。

南部領で上方よりも遅い桜が開花すると、相次いで産声があがった。

今淵将監政則の娘・於三代ノ方は待望の男子を、石井伊賀守直光の妹・於岩ノ方は女子を産んだ。母子共に四人は健やかだという。およそ一ヵ月ほどして信直の許にも吉報が届けられた。

「さようか！　男子が生まれたか」

武姫への気遣いをしつつも、信直は歓喜した。

「そなたも婆様になったの」

信直は正室の照ノ方に笑みを向ける。

「爺様こそ。ほんに目出《めで》たい」

信直に微笑み、照ノ方も孫の誕生を喜んでいた。

男子は亀丸《かめまる》、女子は糸姫《いとひめ》と名づけられた。

五月初旬、信直は従五位下に叙任された。位《くらい》一つで伏見城の資材不足を解消しようということか。位は名誉ではあるが、信直には高い買い物となったかもしれない。それでも帰国できるので上機嫌。信直は逸《はや》る気持で帰途に就いた。

下旬には普請途中の盛岡城に立ち寄った。福岡城よりも広い地に二千人以上の人夫が参集されている。皆は梅雨の晴れ間に汗を滴らせ、作業に勤しんでいる。

「思いのほか、歳月がかかるかと存じます」

二十三歳になった嫡子の利正が告げる。少し見ない間に逞《たくま》しくなっていた。

「なにゆえか」

「先にお報せしたとおり、少し強い雨が降るだけで三つの川が暴れます。堅固な堤を築かねば城に在することも困難。城下はなおさらです」

「さもありなん。南部家の未来を担う城じゃ。慌《あわ》てず、確実に固めよ」

信直というよりも利正の城になる。信直は助言しながら、ぼんやりと普請現場を眺めていた。
二、三日、普請の様子を見たのち、信直は福岡城に帰城し、念願の孫に対面した。
「おう、愛《う》いのう。そちは南部の宝じゃ」

亀丸に満面の笑みを向けて信直は抱き上げた。

千代子が産んだ外孫も可愛いが、やはり内孫は格別のものであった。

糸姫にも気遣いした信直であるが、於岩ノ方には不満のようであったらしい。

「わたくしも男子を産みとうございます。男子を産むまでは褥《しとね》を共にさせて戴きます」

と於岩ノ方はだだを捏《こ》ね、利正を困惑させたという。

帰国と同時に、信直は家康に大鷹を三居《すえ》（羽）贈った。秀吉からの命令とはいえ、宿敵の津軽家から杉を受け取って送らねばならない。家康と為信は昵懇。家康を通じて為信に、下知どおり従うように助言してもらうためである。なにかあれば争乱になる。為信とは戦いたいが、今はその時ではない。混乱を避けようということである。

六月二十六日付で、家康からのお礼状が届けられ、使者の阿部《あべ》伊予守《いよのかみ》正勝《まさかつ》から承知したという、家康の返事が伝えられた。正勝は武蔵の鳩《はと》ヶ《や》谷で一万石を与えられている。

時を同じくして秀吉の容態が思わしくない、という急報が齎《もたら》された。

信直が帰途に発った直後の五月八日、秀吉は有馬《ありま》の温泉に湯治《とうじ》に行く予定であったが、それさえもできぬほど体力が衰えていたらしい。

その後、快復する兆しはなく、死期を悟った秀吉は五年寄《としより》、五奉行に何度も秀頼への忠誠を誓う誓紙を書かせ、形見分けもすませた。それでも不安な秀吉は、自身が主家の織田家を乗っ取り、主君・信長の息子を殺《あや》め、改易、あるいは飼い殺しにしたことなど忘れたかのように、諸将を枕頭に呼び寄せ、秀頼の行く末を懇願した。

信長の亡霊に魘《うな》されるようになった八月十八日、丑《うし》ノ刻（午前二時頃）、太閤秀吉は伏見城で死去した。享年六十二。百姓の子に生まれ、従一位、関白、太政大臣にまで上り詰め、天下を統一し、異国にまで兵を進めた男は日本史上でも特出した英雄であった。

報せが東陸奥の福岡城に届けられたのは、およそ一ヵ月後の九月中旬。

（左様か、太閤は逝《い》ったか）

信直は万感の思いにかられた。信直にとって秀吉は、津軽郡の割譲を除けば、良い天下人であった。金の上納や天下普請、朝鮮出兵の負担などは課せられたものの、おそらくどの時代でも、ある程度のことは要求されるであろう。

（いずれにしても、類い稀なる天下人が逝ったのじゃ。まだ異国で諸将は戦っておる。

このままではすむまい。再び世は乱れるに違いない）

秀吉死去の報せを受けた信直は、即座に嫡子の利正を呼び寄せ、子細を告げた。

「……そこでじゃ、そちはこれより上洛致し、太閤殿下の墓前に手を合わせてまいれ。その上で周囲の状況をよくよく見極めよ。おそらく、内府（家康）と豊臣の家臣との間で割れよう」

「殿下が亡くなれば、某も左様に思っておりました。して、いずれに付くつもりですか？」

「無論、勝つほうじゃ。お家を賭けるのじゃ、負けるほうに付くつもりはない。割れるゆえ、両陣営に気遣いをしておけ」

信直は公然と言いきった。秀吉への恩は賦役《ぶやく》で果たしたつもりだ。今なお杉の運搬をしている。

「承知致しました。出発する前に、父上の御名の一字を賜りとうございます」

「儂の老い先が短いということか」

「いえ、上方でなにがあるか判りませぬ。その時、大納言（利家）殿の偏諱《へんき》だけでは死ねませぬ。某は南部家の嫡子。死ぬ時は南部家の者として死にとうございます」

力強く利正は主張する。

「唯一の男子である、そちを死なすわけにはまいらぬが、申しようは一理ある。されば『直』の字を与えるゆえ、これよりは利直《としなお》と名乗るがよい」

「有り難き仕合わせに存じます」

「ついでながら、伏見では子作りに励んでまいれ。武姫も気掛かりであろう」

信直は笑みを作る。強力な懇望もあってか、於岩ノ方は再び妊娠していた。

「そうであればいいのですが。とにかく、伏見に上ります」

笑みを返した利直は、慌ただしく上洛の途に就いた。

同じ頃、徳川家の使者が福岡城を訪れ、秀次事件に連座して南部家に預けられていた淡路《あわじ》・荘田《しょうだ》城主の船越景直《ふなこしかげなお》を召還するようにと命じてきたので、信直は従っている。

（やはり内府は独自に動き出したか。筆頭の年寄では満足すまい。さて、いかなることになるか）

船越景直の背を福岡城の櫓《やぐら》の上から眺め、信直は日本全土を戦雲が覆うことを予感した。

この秋、北出羽の笹館城は陥落、浅利頼広は討死。比内郡は忠次郎英季が管理することになった。南部家にとって、北出羽が安定し、英季の地位が高くなることは喜ばしいことであった。

浅利頼平の妻子は大坂のおちあに庇護《ひご》された。広治はのちに鷹匠として佐竹氏に仕官することになる。

元来、比内郡が落ち着けば於満を英季に輿入れさせる予定だったが、秀吉急死で奥羽も乱れることが予想できる。信直は、もうしばらく様子を見ることにした。

第九章　新当主と北ノ陣

一

利直が伏見に到着したのは慶長《けいちょう》三年（一五九八）十月中旬のこと。

まず利直は母の照《てる》ノ方《かた》に挨拶をした。一緒に武姫《たけひめ》もいる。

「遠路、ご苦労です。お子たちは息災ですか」

労《ねぎら》う照ノ方は武姫を気にしつつも、孫の話を聞きたくて仕方ないようであった。

「はい。母上から贈られた産着《うぶぎ》に包まれて、よう乳を飲んでおります」

母に喜びを伝えるのは、息子としての情。利直は言葉を選びながら告げた。

「そうですか。そなたも乳母の乳をよう飲んだものです」

遠い目をして照ノ方は懐かしんでいる。

「武姫から贈られた太鼓の玩具を鳴らすと喜んでいたぞ」

羨《うらや》ましそうにしている武姫を、利直は気遣った。

「左様ですか。さればまた贈りましょう」

気がなさそうに武姫は言う。子を得られぬ嫉妬と重圧が複雑に絡み合っているようであった。

その晩、利直は武姫と久々に褥《しとね》を共にした。

「また、ご側室が懐妊とか」

「妬《や》いておるのか？　そなたは正室。誰が子を産もうとも南部家の子であり、そなたの子となる」

「殿下亡きあと、北政所《きたのまんどころ》様よりも淀《よど》ノ方《かた》様のほうがご正室らしゅうございます」

実家の蒲生《がもう》家も減封されているせいか、武姫の声が小さい。

「そなたは、ようやく女子らしくなってきたのではないか。これからじゃ。よいか、誰がなんと言おうとも、そなたが産んだ男子が我が跡継じゃ。側室を持つのは政じゃ。安堵せよ」

諭《さと》した利直は十五歳になる武姫を抱きしめた。

翌日、気持を切り替えた利直は、かつて南部家の取次を務めていた五奉行の一人、浅《あさ》野《の》長政《ながまさ》を訪ねた。長政はこの七月に長吉から改名している。

「遠いところ、ご苦労に存ずる。そうじゃな、父御（信直）は病でござったの」

信直に代わって上洛した利直を見て、長政は納得していた。

「存じてのとおり、今は唐《から》、朝鮮と戦をしている最中ゆえ、殿下の死が漏《も》れれば渡海している味方の形勢が悪くなるばかり。ご遺体は密かに葬られておるが、死は秘され、まだ葬儀の日取りも決めておらぬ。よって、秀頼《ひでより》様へお悔やみを申し上げられたのちは、冥福を祈られよ」

粗《あら》探しをするなと、浅野長政は言う。

秀吉の遺体は遺言によって死去の晩、夜陰に乗じて石田三成《いしだみつなり》らによって密かに運び出され、東山三十六峰《ひがしやまさんじゅうろっぽう》の一つ、阿弥陀ヶ峰《あみだがみね》中腹の油山《あぶらやま》に埋葬されている。

浅野長政の指示に従い、利直は伏見城に登城して秀頼に挨拶をしたのち、前田家に足を運んだ。

「遠路大儀じゃ。南部家の忠義、殿下もさぞかしお喜びであろう」

利家《としいえ》はしみじみと言う。

「こののちは、いかがなさるおつもりですか」

「すでに朝鮮への遣いは送っておる。皆の帰国を待って殿下の葬儀を行うつもりじゃ」

明・朝鮮との戦について、五年寄《としより》・五奉行（十人衆）の合議によって講和して撤退することに決まり、命令を受けた徳永寿昌《とくながながまさ》、宮城豊盛《みやぎとよもり》、山本重成《やまもとしげなり》が使者として朝鮮に向かっている。

「その前に争いにならねばよいが。くれぐれも軽はずみなことはせぬよう。内府《だいふ》には気をつけよ」

南部家の津軽《つがる》攻めを注意されているのかと利直は思ったが、どうも違うらしい。

九月十四日の勝手な船越景直《ふなこしかげなお》の召還より早く、家康は秀吉が死んだ翌十九日、争乱に備え、三男で跡継第一候補の秀忠《ひでただ》を即座に帰国させている。次男の結城秀康《ゆうきひでやす》は伏見の手許に置いて、次の事態に対していた。

「気をつけろとは？」

「しきりに諸将の屋敷に足を運んでおる。これは御掟《おんおきて》に背く行為じゃ」

御掟は文禄《ぶんろく》四年（一五九五）八月二日、秀次《ひでつぐ》事件後に秀吉が定めたもの。

事前許可のない大名間の婚儀の禁止。諸大名間の昵懇の禁止、誓紙交換の禁止。喧嘩口論の禁止。妻妾《さいしょう》の多抱禁止。大酒の禁止。乗り物の規定であった。

「これも御掟に背いておりますか」

「取次は別じゃ。それにそなたは名代じゃが、当主ではなかろう。登城せぬでの会談は違反じゃ」

利家は厳しく言うが、抜け道もあるようだった。

「承知致しております」

頷いた利直は前田屋敷を下がり、伏見の西屋敷で履物を脱いだ。

数日後、利直は側近の岩舘右京亮義矩《いわだてうきょうのすけよしのり》を徳川屋敷に遣わし、以前から家康が求めていた大鷹を三居《すえ》（羽）贈った。信直の助言でもある。

時期が時期だけに家康は十一月二日、阿部正勝《あべまさかつ》にお礼状を持たせて南部屋敷に派遣し、利直に労いの言葉をかけた。

「奥羽では、まだまだ手の届かぬこともござろう。なにかあれば相談してくだされ」

「ご丁寧な挨拶、痛み入ります」

「白根山《しらねさん》（金山）の件、まだ奉行は知らぬ様子。当家は他言しませぬゆえ、ご安心めされ」

阿部正勝の言葉に、利直は愕然とした。

（徳川の諜者は、豊臣の調査する力よりも上なのか）

隠し金山は隠田《かくしだ》よりも厳しく処罰される。悪ければ改易。弱味を握られ、利直は焦りを覚えた。

「いや、まだ、お報せするほどの量ではござらぬゆえ……」

「かようなご時勢ゆえ、貯《たくわ》えは必要。励まれるがよい、と主は申してござる。某は鷹の礼を申しにまいっただけにござる。こたびは、このあたりで」

告げると阿部正勝は南部家の屋敷を後にした。

（これでは徳川家に逆らえるわけはないのう）

利直は背筋に冷汗を流しながら国許に報せた。

南部家に鷹の礼状を送った家康は、島津龍伯《しまづりゆうはく》、増田長盛《ましたながもり》、長宗我部元親《ちようそかべもとちか》邸に、届け出もなく相次いで直に足を運んでいる。『御掟』などは気にも留めていないようであった。

朝鮮で泥沼の戦いをしていた日本軍は、十一月中旬頃から撤退を開始し、十二月上旬に博多《はかた》の湊に上陸しはじめた。博多の宿で帰国祝いの宴が開かれ、その席で加藤清正《かとうきよまさ》らが怒りを爆発させ、石田三成を斬ろうとするところを周囲の武将が仲裁して、なんとか場を収めたという。

加藤清正らにすれば、戦功の歪曲、物資輸送の不備、侵攻作戦の失敗、戦場認識の皆無など、そもそも朝鮮出兵そのものが失策であったことも全てが三成のせいだと思っている。元々、清正らの尾張《おわり》武闘派と、三成ら近江吏僚《おうみりりょう》派の仲は悪かった。清正らは秀吉を非難できないので、否応なしに鉾先は三成ら奉行に向けざるをえなかった。

諸将は、十二月中旬には秀頼への挨拶のために伏見に上った。

これを家康が見逃すはずがない。待ってましたとばかりに、家康は積極的に加藤清正や黒田長政《くろだながまさ》ら石田三成を憎む武断派の武将たちに近づき、温かく労いの言葉をかけた。さらに清正らが心を寄せる秀吉の正室、北政所の許にも精力的に足を運び、誼《よしみ》を通じていた。この行動で、反三成、反近江、反奉行派の武将たちが、伏見の徳川屋敷に機嫌伺いと称して顔を出すようになった。

三成の思案は家康の力を削ぐこと。三成は増田長盛、長束正家《なつかまさいえ》、徳善院玄以《とくぜんいんげんい》ら奉行のほか、上杉景勝《うえすぎかげかつ》・直江兼続《なおえかねつぐ》主従、前田利家、宇喜多秀家《うきたひでいえ》、安国寺恵瓊《あんこくじえけい》、小西行長《こにしゆきなが》、佐竹《さたけ》義宣《よしのぶ》、相馬義胤《そうまよしたね》などと密に連絡を取り合い、抑え込む策を練っていた。

まだ若い利直は微妙な立場にいた。旧取次の浅野長政は家康派、現取次の前田利家は奉行と与《くみ》しているわけではないが反家康派。妹の満姫《みつひめ》と婚約が決まっている秋田英季《あきたふさすえ》の兄・実季《さねすえ》も同じ。

比較的親しい利直の正室・武姫の養兄である蒲生秀行《がもうひでゆき》や南部家の宿敵・津軽為信《つがるためのぶ》は家康派。

（殿下亡きあと内府殿は随一の実力者であるが、石田方には十人衆のうち八人が与しておる。父上からは勝つほうに付けと言われているが……）

家康に弱味を握られているが、今の段階で利直に選択できるはずはなかった。

様子を見る中でこの年は暮れていった。

国許では天正《てんしょう》十九年（一五九一）の一戸城《いちのへじょう》合戦で受けた鉄砲傷が元で、十月十八日、花巻《はなまき》城将を務めていた北秀愛《きたひでちか》が死去した。嫡子を失い、父の信愛《のぶちか》はたいそう嘆いたという。

北家の家督は秀愛の弟の直継《なおつぐ》に決まったが、まだ若いということもあり、福岡城の信直は、隠居している七十六歳の北信愛を説き、花巻城将に据えた。信愛は松斎《しょうさい》と号している。

秀吉が死去し、信直には雲次《うんじ》の太刀が形見分けとされた。

慶長四年（一五九九）の元旦、伏見城の千畳敷きの大広間で秀頼への参賀の挨拶が終わった。この席で、秀吉の遺命に従い、十日には秀頼が伏見城から難攻不落の大坂城に移徙《わたまし》することが正式に発表された。家康は伏見にあって政務を見ること、利家は大坂で秀頼の後見をすることが決められている。

秀頼が大坂に移れば諸将もこれに倣う。大坂には徳川屋敷がない。家康を孤立させようという、秀吉が死去する前に三成らが立てた策である。

閉議ののち利直は帰宅しようと廊下を歩いていると、徳川家の家臣・阿部正勝に呼び止められた。

「信濃守殿、ちとよろしいか。会って戴きたい方がござる」

「会う？　承知致しました」

南部家の内状を知る阿部正勝の申し出なので、利直は懸念しながらも応じた。

案内された伏見城内の一室で待っていると、阿部正勝が鍾馗髭《しょうきひげ》の男を連れて現われた。津軽為信である。髭殿と言われるだけあって、胸まで伸びていた。この年五十歳になる。利直の前に座す津軽為信は、二十四歳の利直を見下しているような目を向けていた。

南部家の宿敵を目の前にして、利直は身が熱くなった。

（此奴、徳川を使ってまで当家と和解せんとするのか。秋田との婚約を恐れておるとみえる）

秀吉が死去し、こののち世が乱れた時のことを思案し、先手を打とうとしているのであろう。南部家を出し抜いて小田原《おだわら》に参陣し、独立を果たしただけあって、目敏い男だと思わされた。

「両家に諸事情はござろうが、殿下もご他界され、日本《ひのもと》は新たな船出をせねばならなくなった。かような時、隣国でいがみ合っているのは、よきことではござらぬ。我が主は仲立ちしてもいいと申してござる。このあたりで和解してはいかがでござろうか」

阿部正勝は両者にというよりも、利直に向かって言う。かつて家康は信直に拒まれているので、ならばまだ手垢のついていない息子にと、別の手段を選んだのであろう。金山の件も布石かもしれない。

「当家は徳川殿にお任せ致す」

髭に覆われた口を開き、津軽為信は言う。

（一歩踏み出せば、我が脇差が届くの。この場でなにもせぬこと、父上は腰抜けと言われようか）

祖父の仇を前にして躊躇《ちゅうちょ》していることを、利直は自己嫌悪している。

（儂一人の腹ですむならば構わぬが……病の父を路頭に迷わせるわけにはいかぬ）

豊臣政権が確立されてから、殿中で他の大名に斬りかかった武将は誰もいない。前例はないが、おそらく改易のいい対象になろう。信直の息子は利直一人、軽はずみな真似はできなかった。

「その儀は父・大膳大夫もお断りしたかと存ずる。とは申せ、当家としては御掟を遵守《じゅんしゅ》し、勝手に兵を向けるようなつもりはござらぬ。さりとて、狎《な》れ合うつもりもござらぬ」

「年寄筆頭・内大臣・徳川家康の肝煎《きもい》りを足蹴《げ》になさるか」

「大浦（津軽）家のご長男（信健《のぶたけ》）の内儀は秋田殿の妹君。にも拘わらず、大浦家は主家に背いた浅利家を支援致した。口先でなにを申されても信用できませぬ」

きっぱりと利直は言いきった。

津軽信健の烏帽子親《えぼしおや》は石田三成。それでも為信は家康に誼を通じていた。機を見るに敏《びん》かもしれないが、周囲からは表裏の者と見られている。

「浅利とは旧縁浅からぬ間柄。これを無にすることこそ信義にもとる。支援と申しても塩を売るは正統な商売。これを禁止するならば、日本いやさ、偏《あまね》く商人の生業はなくなる」

「商いがしたければ商人になればよい。当家は亡き太閤殿下から信義を高く評価された武門。こののちも信義を貫く所存でござる」

利直は阿部正勝のほうを向いたまま告げた。

「信義とは片腹痛い。大膳大夫殿は義父の主君に寝たきりとなる大怪我を負わせ、その子を殺めて三戸《さんのへ》家を簒奪した。貴家が儂を非難する道理があろうか」

憤懣《ふんまん》をあらわに津軽為信は吐き捨てた。

「家督を巡って命を狙われれば、誰でも防ごうとするもの。我が父は一度たりとも主家の城に仕寄せたことはない。晴継《はるつぐ》殿は残念の一言に尽きる。体が弱かったようにござる」

南部家は表向き、晴継の死は病死と伝えている。

「貴家では暗殺を病死と申すか。されば、返り忠は正統な行いじゃな」

「祖父を殺めたのは正統と？　さすが表裏の御仁。うまく歪《ゆが》めて結びつけるもの」

腸《はらわた》が煮えくり返っているが、利直は堪えながら蔑んだ。

「石川は悪政をしていたゆえ、領民に背かれた。儂は悪を討ったに過ぎぬ」

「浪岡《なみおか》の北畠《きたばたけ》も滅ぼされたとか。自分以外は全て悪政とは都合がいい」

「もう、止められよ。儂は両家の亀裂を深めるために会わせたのではない」

利直と為信の言い争いに嫌気が差し、阿部正勝は窘《たしな》める。

「深めているのは南部のほうにござる」

為信は利直のせいにする。徳川には逆らいませんと媚びを売っていた。

「顔を合わせれば溝は深まるばかり。決して交じらぬものもござろう。交じらずとも構《かま》わぬものもあるかと存ずる。当家は豊臣に背かず、内府殿とはこのまま良き間柄を続けさせて戴きたいと願ってござる。誓紙を出したいところでござるが御掟に背くゆえ、これはご勘弁を」

淡々とした口調で利直が答えると、阿部正勝は、頭の固い若造だとでもいった表情で顔を顰《しか》めた。

結局、和解はならず。利直は伏見城を後にした。

（おそらく不快にさせたであろうの。機嫌をとっておくか）

利直は、上方に曳《ひ》いてきた中で一番の駿馬を家康に贈った。

一月十日、予定どおり秀頼は伏見城から大坂城に移徙《わたまし》した。万石以上の諸将は警護の役目を兼ねて一緒に付き従った。末端の兵まで数えれば十万を超えるであろう。利直も供奉《ぐぶ》した。

無事に役目を終え、利直が網島《あみしま》の南部家屋敷に戻ろうとした時である。南部家が第一に警戒しなければならない武将と出会《でくわ》した。隣国の梟雄・伊達政宗《だてまさむね》である。

三十三歳になる独眼竜政宗は家臣たちを引き連れ、そしらぬ顔で歩いてくる。二度も奥羽で一揆を煽動し、三度改易の危機から逃れた男だ。秀吉が死去したので重石がとれてのびのびとしているように見えた。天下取りの機会を虎視眈々と狙っているのかもしれない。

政宗が支援した一揆の被害を直に受けたのは南部家である。腹立たしくもあるので無視して素通りしようかとも思ったが、利直は年下でもあり、国境を背にする誼でもあるので目礼だけはした。

「これは南部殿、丁寧な挨拶、痛み入る」

丁寧でもないが、政宗にとっては先に挨拶させたという自尊心を満足させたことが声に出させたようである。表情もどことなく勝利感に満ちているせいか、笑みを湛《たた》えていた。

「内府殿と昵懇になるのを拒んだとか。さすが南部殿は気骨がござる。されば、治部(三成)殿の組でござるか。あるいは親子で分かれる目算でござるか」

絶対に人前では話すべきでないことを政宗は口にした。野卑ぶりに利直は憤り、同時に疑念を持つ。

（なにゆえ、伊達が？　漏れたのか？　いや、徳川が漏らしたのか）

瞬時に利直は察知した。家康は政宗を使って南部家を混乱させ、収拾できるか試しているに違いない。その上で屈服させようという魂胆であろう。

政宗はわざと利直を怒らせ、疑心暗鬼にさせ、信直との間に溝を作り、事起こりし時は和賀《わが》、稗貫《ひえぬき》あるいは、もっと北にも手を伸ばす算段であろうと利直は認識した。

「昵懇を公にするのは御掟への違背。さりとて家臣どうしの交流を止めるわけにはいき申さぬ。徳川家とは良き関係でござる。また、取次は前田家にて、良き指示をして戴いてござる。治部殿ら奉行の方々には棹入れ（検地）の指導を頼んでいるところ。父は療養の暮らしを楽しんでござる」

一つずつ、慎重に利直は説明した。

「ほう、そのわりには随分と国境を固めてござるの。当家に兵を向けられるおつもりか」

「和賀、稗貫は領有してから日が浅いゆえ、力を入れるのは当然の仕置にござる」

二度も一揆を仕掛けながら、ふざけるな、と言い返したい利直だ。

「あの辺りは誰が領主でも従わぬ、という者が多いゆえ、気をつけられるがよい。隣国の仲ゆえ、手に余るようならば声をかけられよ。いつにても助力致そう」

侵攻しようという前振りなのか、政宗は鷹揚に言う。裏には九戸《くのへ》一揆を自家で解決できなかったであろう、という蔑みが滲《にじ》んでいる。

「どこぞの曲者が煽動せぬようにするための強化。ご懸念は有り難いが、当家には無用にござる」

「悪い輩《やから》がいたものじゃ」

悪びれることなく言ってのける政宗である。

「まったく」

「大膳大夫殿は病で在国か。宿敵は大坂にあって国を空けておる。仮病なれば、取り戻す好機じゃな。今なれば諸将もすぐには動けまい。旧領を取り戻す絶好の機会。羨ましい限りにござる」

これほどあからさまに嗾《けしか》ける者も珍しい。政宗自身も、旧領ならびに生まれ故郷の米沢を奪取しようと目論んでいるのかもしれない。

（なるほど、内府が当家にも気遣いしているわけじゃな）

家康は政宗と盟約を結びながらも、二度も秀吉に咬みついた男を信用していない。万が逸のことを考えて南部家に接近していることを利直は理解した。

「恨みはあっても勝手な出陣は御掟に違背。当家は公儀に背くつもりはござらぬ。但し、一寸なりとも当領を侵せば、全兵あげて戦う所存。病の父も同じ思案にござる」

「それは重畳。されば、こたびは、このあたりで」

勝手に話を打ち切り、政宗は歩み出した。

（やはりあの男、油断がならぬな）

政宗と話しているだけで、真冬にも拘わらず利直は背中に汗をかかされた。

二

諸将は大坂にある自分たちの屋敷に入ったが、同地に屋敷を持たぬ家康は、片桐且元《かたぎりかつもと》（秀吉の死後、且盛《かつもり》から改名）の弟・貞隆《さだたか》の屋敷を宿所とした。

翌日の晩、三成の重臣・嶋左近《しまさこん》が、家康の身辺を忍びに探らせていた。これを家康は暗殺者がいると騒ぎ立て、片桐屋敷を出立。計画の上か、途中まで招き寄せていた井伊《いい》直政《なおまさ》の兵に守られて伏見の屋敷に帰宅した。家康に通じる藤堂高虎《とうどうたかとら》や、黒田長政らは伏見に警護の兵を送っている。

大坂への移徙で、徳川家に与する武将は多少いるものの、家康を伏見に孤立させることができたのは事実。三成は満を持して、『御掟』違反の指弾をすることにした。

前年の秋頃から家康は内々に政略結婚を進めていた。六男の忠輝《ただてる》と伊達政宗の長女・五郎八姫《いろはひめ》。松平康元《まつだいらやすもと》の四女・満天姫《まてひめ》を家康の養女として福島正則《ふくしままさのり》の養嗣子・正之《まさゆき》に。小《お》笠原秀政《がさわらひでまさ》の娘・氏姫《うじひめ》を家康の養女とし、蜂須賀《はちすか》家政《いえまさ》の息子・至鎮《よししげ》にと。黒田長政、加藤清正らにも話を持ちかけていた。これは『御掟』の「事前許可のない大名間の婚儀の禁止」に違反している。

十人衆のうち、家康を除く九人で協議し、中村一氏《なかむらかずうじ》、生駒親正《いこまちかまさ》、堀尾《ほりお》吉晴《よしはる》らの三中《ちゅう》老《ろう》と相国寺《そうこくじ》の塔頭《たっちゅう》・豊光寺《ほうこうじ》の長老の西笑承兌《さいしょうしょうたい》を徳川屋敷に向かわせた。

下知どおり三中老と西笑承兌は『御掟』の違背を家康に詰問した。

「届け出のない大名間の縁組は禁じられております。これを破るのは異心があるからでござろう。もし、明確なご回答がないならば、こののちは十人衆（五年寄・五奉行）の位から除き申す」

「『御掟』のことは忘れておった。近頃もの忘れが酷くて敵わぬ。とは申せ、物忘れを取り上げて、儂に逆心ありとはいかなる魂胆か。貴殿らは儂を秀頼様から遠ざけようとしているようだが、それこそ太閤殿下の遺命に背くことではないのか？」

家康に軽くあしらわれるどころか逆に言い返され、詰問使は反論できずに徳川屋敷を退散した。

詰問使は、家康のみならず、伊達政宗や福島正則にも追い払われた。唯一、十四歳の蜂須賀至鎮だけが非を認めたものの、至鎮のみを罰するわけにもいかず、縁組の件は暗黙の了解となった。

家康は詰問使の訪問を逆手にとり、奉行と年寄衆が家康を排除するために兵を伏見に進めてくると吹聴《ふいちょう》して諸将の参陣を求めた。

これも計画の上か偶然か、番替えで上洛途中にあった徳川四天王の一人・榊原康政《さかきばらやすまさ》が途中で報せを聞くと、戦さながらに兵を急がせ、二十九日には伏見に着陣した。

家康の指示どおり、藤堂高虎と黒田長政は、大坂にいる反三成の仲間に集合をかけた。

黒田《くろだ》如水《じょすい》、加藤清正、加藤嘉明《よしあき》、浅野長慶《ながよし》（長継《ながつぐ》から改名）、福島正則、蜂須賀家政、長岡忠興《ながおかただおき》、池田照政《いけだてるまさ》、森忠政《もりただまさ》、京極高次《きょうごくたかつぐ》、大谷吉継《おおたによしつぐ》らが応じた。吉継は争乱を止めるためだという。

諸将は家康の上屋敷の周囲に兵を布陣し、屋敷の周囲を竹柵《ちくさく》で結び、新たな外郭を築き、楼櫓《ろうろ》を急造して敵対姿勢を示した。

この間、利直は静観していたが、そういうわけにもいかなくなった。

「女子衆を大坂に移せ」

伏見が火の海になるかもしれない。南部家のみならず、まだ移動を終えていなかった女子衆は家臣たちに守られて伏見を逃れ、大坂の屋敷に入った。

「ご無事でなにより」

母の照ノ方と武姫の顔を見て、利直は安堵したが危惧は深まった。

（かように割れた状況で、儂はいかに立ち振る舞えばよいか）

利直は困惑するばかり。利直も南部家も津軽家以外に憎いと思う大名はない。どちらかに加担したくはないが、大きな戦に発展すれば旗幟《きし》を鮮明にする必要がある。

警戒する伊達政宗は、徳川屋敷の警護に参じていない。津軽為信、秋田実季も。

（恨みがない以上、敵は増やさぬがよい。争いになれば、弥《いや》が上にも増えよう）

できる限り中立を保とうと、利直は心掛けた。

一触即発の状態が続き、まさに暴発寸前。危惧した四人の年寄衆は協議を行い、三中老によく言い含めなかった責任もあるということになり、五奉行が責任をとることで事の収拾を図った。

二月五日、家康は四人の年寄と五奉行に、九人は家康にと互いに誓紙を差し出しあって和解した。最初から僧籍にある徳善院玄以を除き、残り四人の奉行が剃髪して家康に詫びたので、ようやく伏見は武装解除された。自尊心の強い三成は、秀吉の喪に服すためと言い訳をしているが。

婚約の仲介をした堺の商人の今井《いまい》宗薫《そうくん》は、蟄居謹慎させられた。

ひとまず事が収まったので、利直は前田屋敷に足を運んだ。控えの部屋で待っていると、重臣の徳山則秀《とくやまのりひで》が姿を見せた。

「殿は所用があって外せぬとの仰せ。用件は某が承《うけたまわ》りましょう」

「されば、某は亡き太閤殿下の許しを得て築城している最中、急報を聞き、上洛した次第。秀頼様の移徙も無事すみましたので、帰国の許可を得たいと存じてまいったのでござる」

「左様でござるか。確かに承り申した。追って返事が届けられるかと存ずる」

喜ばしい返答を聞き、利直は前田屋敷を後にした。

(九人衆が一歩引く形になったのは、前田殿の病が悪化したからだというのは真実やもしれぬな)

歩きながら利直は思案する。参賀の挨拶のおりも、上座で眠っているような表情だった。若き日は六尺豊かな体軀とのことであるが、見る蔭もなく枯れていた。秀吉と同じ天文《てんぶん》六年（一五三七）生まれなので、いつ倒れても不思議ではなかった。

父信直の病も気掛かりでならない。

利直の申し出は伝わっていないのか、なかなか許可は降りなかった。病身の利家は、南部家に構っている暇はなかった。

二月二十九日、三成が東山《ひがしやま》の方広寺《ほうこうじ》で秀吉の法要を行う中、利家は病身を押して、長岡忠興、加藤清正、浅野長慶と共に伏見の徳川屋敷を訪ねた。大坂と伏見の和解が建て前であるが、実際は自身の寿命を悟ったのかもしれない。

利家の徳川屋敷訪問で、大坂と伏見というよりも利家と家康の溝が埋まった。三月八日、家康は先の返礼のために大坂の前田屋敷を訪問。この席で利家は、死の淵を迎えた秀吉のように、嫡子の利長《としなが》を頼むと、涙を浮かべて家康に懇願したという。

誰でも自家のほうが大事。利家が豊臣家よりも前田家の存続を第一にするのは当然のこと。利家は家康に媚びを売るかのように、伏見の徳川屋敷は脆弱で危険なので、堅固な向島《むかいじま》の屋敷に移るように勧めた。三月二十六日、好意に従い、家康は伏見の城南、宇《う》治川《じがわ》南の向島に移動した。

目的を果たした利家は力尽きたかのように、閏《うるう》三月三日卯《う》ノ刻（午前六時頃）、大坂城内の前田屋敷で死去した。享年六十三。利家の死により、嫡男の利長は年寄五人衆の一人に加えられた。

利家の死は、その日の午後には親戚の長岡忠興、浅野長慶に伝えられ、すぐさま家康にも届けられた。喜んだ家康は藤堂高虎、黒田長政に下知した。

藤堂高虎と黒田長政は、利家が死去した当日の夜、加藤清正、福島正則、浅野長慶、池田照政、加藤嘉明、長岡忠興、脇坂安治《わきさかやすはる》、蜂須賀家政らの武闘派を煽り、三成を討つために大坂の石田屋敷に向かった。

この時、三成はずっと前田屋敷に詰めていた。武闘派の動向を摑み、嶋左近は主君の身を案じて前田屋敷に三成を迎えに行き、石田屋敷に引き上げた。

ほぼ同じ頃、三成と昵懇の佐竹義宣が武闘派の動きを知り、石田屋敷に駆けつけた。義宣は機転を利かせて、三成を女輿に乗せて玉造の宇喜多秀家の屋敷に逃れさせた。

上杉景勝、直江兼続、相馬義胤らもすぐに参じ、三成は諸将に護衛されながら伏見城の石田曲輪に入った。主君の入城を見届けた嶋左近は、指示があり次第出陣できるよう居城の佐和山《さわやま》に向かった。

翌四日の朝方、加藤清正ら武闘派の諸将が伏見に到着。清正らには伏見城に入る権限がなく、城門も固く閉ざされているので入城できなかった。これにより城の内外で双方の睨み合いがはじまった。

注意が三成に向いているのをいいことに、同じ日、家康は前田家の老臣・徳山則秀を同家から出奔させた。家康は年寄や奉行を抑え、根廻しに勤しんでいる。秀吉が二大巨頭体制を構築するために白羽の矢を立てた前田家は、背信者を出した。

新当主の力量不足を世に知らしめて満足する家康は、伏見城の石田曲輪に籠る三成に、佐和山に隠居することを勧めた。利家が死去し、家康排除の急先鋒であった三成がいないと、残る年寄も奉行も覇気がなく、勢いを増して専横を続ける家康を止めようとしない。

支援を受けられない三成は、家康の提案という名の独断の裁定を飲まざるをえなかった。閏三月十日、三成は家康の次男・結城秀康に護衛されて伏見を発った。

三成を追い廻した加藤清正らには、なんのお咎《とが》めもない不公平な裁定であった。

同じ十日、家康は徳山則秀と同様に前田家の重臣・片山延高《かたやまのぶたか》を出奔させようと試みたが、さすがにこちらは失敗し、延高は前田家の家臣に斬られた。

家康は謀《はかりごと》の失敗を悔いず、内部攪乱の成功を喜んだという。

新たに年寄となった利家嫡子の利長は、二度の謀略を受けても、家康を恐れて反論しなかった。

家康の専横は続く。閏三月十三日、家康は利家の遺言だと称して伏見城の西ノ丸に入り、留守居の長束正家と徳善院玄以を追い出して同城を占拠した。

身勝手すぎる、と年寄衆と奉行衆は抗議するものの、家康は軽くあしらっている。

(徳山は内府に通じていたのか。されば、我が申し出が伝わらぬのも道理)

徳山則秀の出奔を知り、利直は納得した。

(利家殿が逝けば、年寄は名ばかりで、前田はほかの大名と同じ。浅野殿も内府に擦り

寄っているならば、当家も倣うしかないの。今のところは)

現状を判断し、利直は伏見城に赴き、改めて家康に帰国願いを求めた。

「居城が定まらぬでは良き仕置ができぬ。父御の病も心配でござろう。帰国なされよ」

あっさりと家康は許可した。人質を求められるかと思いきや、それもなかった。

(かようなこととなれば、最初から年寄筆頭に申せばよかったの。まあ、利家殿に義理を欠くゆえ、それはできぬが)

改めて家康の力を確認した利直は、秀頼を立てながら家康に従えと留守居に命じ、帰途に就いた。

利直が帰国したのは四月半ばのこと。東陸奥でも緑が輝いていた。

「おう、男子か。でかしたぞ於岩。そなたの執念じゃな」

生まれたばかりの赤子を抱き上げ、利直は顔を綻《ほころ》ばせた。

「執念とは人聞きが悪い。神仏がわたしの願いをお聞き届けくださったのです。お名に『彦』の字を戴きとうございます、とお屋形様に申し上げたところ、よかろう、と仰せになられました」

於岩ノ方は懇願する。

(我が幼名の一字とすれば家督を願っておるのか。父上もまた安易な)

家督相続の火種になりかねない。利直は危惧した。

「左様か。されば『彦丸』と致す。母は違えども亀丸を兄として慕い、武姫を我が正室として尊敬するように育てよ。まあ、育てるのは傅役《もりやく》の役目じゃが」

利直はしっかりと釘を刺しておいた。

その後、改めて信直の前に罷《まか》り出た。

「内府の権勢は盛んか。そちの思案は正しい」

信直は嫡子から上方でのことを直に聞き、納得するものの諸将の対応が情けない気もした。

「されど、まだ内府は天下人ではない。あくまでも豊臣家筆頭の年寄に過ぎん。太閤亡き今、それで満足はせんであろう。内府が天下人になるには、一度、大きな戦をする必要がある。内府にはどうしても敵が必要なのじゃ」

「敵がおりましょうか。よもや秀頼様に弓引くわけにもいかず、さりとて仇のように咬みついていた治部少輔も隠居させられました。前田は臆して抗議すら致しません」

「まあ治部少輔以外、自ら好んで内府を敵にはすまい。仕掛けられても前田のように我慢するか、あるいは屈するであろう。気概のある大名は島津、上杉、伊達ぐらいかのう」

と自ら口にしながら信直は、政宗の存在が気になった。

「皆、上方から遠い地にございますな。兵を向けるのは一苦労になりそうで……」

話す利直は、なにかに気づいた反応をした。

「判ったようじゃの。内府が遠方に兵を向ければ、内府を敵視する治部少輔が兵を集めて挙兵する。さすれば日本は再び乱れる。これを制した者が天下人となろう。秀頼様をいかに取り込むかが勝利の鍵を握ることになろうか。あとは、北政所かのう。内府の敵にされぬことじゃ」

「いくら内府が嫌いでも、治部少輔の下に兵が集まりましょうか。治部少輔は内府に負けず劣らず嫌われておりますぞ。特に加藤、福島らは斬り刻んでも飽き足りぬと豪語しております。それと、内府は北政所様に近づき、誼を通じていると専《もっぱ》らの噂。ゆえに、加藤らが内府に与しております」

「さもありなん。まあ、あとは治部少輔の手腕じゃな。秀頼様のご母堂（淀ノ方）は近江の出。同じ近江出身の治部少輔を信頼しているとか。そのあたりが兵を集める行《てだ》てになろうか」

あれこれ思案すると、戦はそう遠くない気がする。にも拘わらず……。

「日に日に重くなる病が口惜しくてならん」

「お気の弱いことを申されますな。事起こりし時、父上には戦陣に立ってもらわねば困ります」

半分は本音であろう。利直は九戸一揆討伐しか戦経験がない。

「そうしたいものじゃな。それより、そちは決して油断してはならぬ。すでに内府には金山のことを摑まれているならば、これを利用して近づくがよい。相談する形にして指示を仰ぎ、鷹でも馬でも贈るがよい。隣には曲者もおるしの。冬には普請が続けられぬゆえ、上方に上るがよい」

「承知致しました」

「かような身ゆえ、そちは儂に代わってやらねばならぬことが多々ある。まずは於満《おみつ》の輿入れ。大浦を抑えるためにも、早々に実行に移せ」

「秋田は浅利の件で内府に睨《にら》まれております。秋田は何度も詫《わ》びの使者を伏見に送っておりました。於満には悪いと思いますが、この婚儀は流し、別の家に嫁がせるべきではありませぬか」

秋田実季は閏三月二十七日にも、阿部正勝に浅利頼平叛逆の陳謝を長文でしている。

「そちの申すことは尤《もっと》もじゃが、於満は何年も待っておる。花が美しい時期は短い。悔いて儂より先に逝かれては敵《かな》わぬ。それと、儂も、あれの花嫁姿を見たいもの。御台も望んでいよう」

南部家のことを考えれば利直の言うとおりだが、親心に信直は負けている。また、遠く上方で人質暮らしをさせている照ノ方にも申し訳がなかった。

「畏《かしこ》まりました」

「金山はすぐに実入りとなるので、このまま開発を進めさせよ。されど、いつ枯れるか判らぬ。歳月はかかるが新田を起こすことが南部の安泰に繋がる。居城を盛岡に移すにあたり、周囲の田を豊かにせねばならぬ。北上川の水を田畑に引き込むよう甚六《じんろく》に命じである。そちが指揮を執れ」

釜津田《かまつだ》甚六は金山師で、掘削《くっさく》の技術に長けていた。

「仰せに従います」

「検地もせねばならぬな。儂の失態じゃが、真の収穫量が判らぬのは、当家だけであろう」

信直の言葉どおり、明確な差し出し検地もしていないのは、日本広しといえども南部家だけである。まだ、三成が仮にと言った十万石で通っていた。

「ご安心なされ、父上は療養に励《はげ》んでください」

父の体を気遣い、利直は素直に頷いた。

翌日、利直は普請中の盛岡城に向かった。

信直の下知どおり、釜津田甚六は見前《みるまえ》から北上川の水を西に向かって流すための灌漑《かんがい》用水路を掘りだした。のちに鹿妻本堰《かづまほんせき》と呼ばれ、昭和初期に雫石《しずくいし》川から引かれる新鹿妻《しんかづま》堰《ぜき》と合わせ、鹿妻穴堰《かづまあなぜき》と言われる。これによって新田が増えるが、まだ随分と先のことであった。

上方の商人・田中清六に対し、信直は稗貫郡の大迫《おおはさま》郷に知行を与え、産金の権利も認めた。清六は商人だけに機を見るに敏で、秀吉亡き後の天下人は家康と定め、奥羽をよく知ることから商人の枠を超えた取次のような役までこなしていた。信直の対応により、清六は南部家に好意的であった。

因《ちな》みに田中清六の兄・清左衛門《せいざえもん》は、三河・岡崎《おかざき》十万石の田中吉政《たなかよしまさ》に仕えている。

七月から岩手郡で検地がはじまり、八月には信直に代わって利直が知行状を発行している。

秋には満姫が秋田に輿入れすることになった。

当日、身なりを整えた満姫が居住まいを正して信直の前に罷り出た。

「病の父上を残して嫁ぐのは心苦しくてなりませぬ」

涙ぐみながら満姫は言う。

「嫁ぐ前になにを申す。儂のことより、結ばれる夫のことを考えよ。そなたは南部の女子として秋田に赴くのじゃ。向こうで涙を見せれば、南部家が侮《あなど》られようぞ」

「国境を越えたら泣きませぬ」

「それでよい。大坂の母にも見せてやりたかったの。文でも書くがよい。健《すこ》やかに暮らせよ」

照ノ方のことを口にすると、いっそう満姫は声を震わせた。

泣きやむこともなく、満姫は輿に乗り、秋田に向かっていった。比内《ひない》の郡代をも務める英季《ふさすえ》が檜山《ひやま》郡の檜山城主だったので、満姫は檜山御前と呼ばれるようになった。

誰もが、こののち世が乱れるであろうと予想し、諸将は上方の動向を窺いながら来《きた》る日に備えている。南部家も同じであるが、この大事な時に、面倒な事件が起こった。

閉伊《へい》郡の中でも独立し、郡という扱いを受ける地に遠野保《とおのほ》がある。これを支配するのは阿曽沼《あそぬま》氏で、秀吉の関東、奥羽討伐前までは、まさに小大名として君臨していた。そのため自尊心が高く、当時の当主の広郷《ひろさと》は、秀吉を蔑《ないがし》ろにして小田原に参陣せず、所領を失った。

一揆防止のため、蒲生氏郷《うじさと》や浅野長政が取り成したので、信直は南部麾下として阿曽沼広郷に遠野保の所領を安堵した。広郷は文禄年中に死去している。

遠野保は一万石を有する所領であり、安定した支配をするためにも信直は阿曽沼家に仕置を任せていたので、跡を継いだ広長《ひろなが》はほかの家臣と同程度の忠節は示していた。

ここにきて、横田《よこた》（鍋倉《なべくら》）城主の阿曽沼広長と、親戚にあたる鱒沢舘主《ますざわだてぬし》の鱒沢左《さ》馬助《まのすけ》広勝《ひろかつ》との間で隠し田を巡る紛争が起きた。広勝は阿曽沼家の家老の一人でもあった。

裁定を依頼され信直は、桜庭直綱《さくらばなおつな》に調査させたところ、鱒沢広勝の言い分が正しいという報告を受けたので、鱒沢家有利の判断を下した。

鱒沢広勝と桜庭直綱は昵懇なので、不当な裁決を受けたと阿曽沼広長は怒り、直綱を闇討ちしようと兵を送った。直綱の従者が何人か死傷したものの、直綱暗殺は失敗に終わった。

「戯《たわ》けめ！　我が裁定に矢玉で応えたのか」

信直は床の中で激怒した。

「阿曽沼は許せませぬ。お家滅亡の危機に際し、お屋形様の恩情にて助けてもらった恩を、仇で返すとは言語道断。九戸の陣のおりにも先代（広郷）は参じず、孫三郎（広長）のみを参じさせました」

闇討ちを受けた桜庭直綱は嚇怒《かくど》して主張する。

滅亡を防げたものの、先代の阿曽沼広郷は南部家の家臣という地位が気に喰わず、健康でありながら病と偽って居城を出ず、九戸の陣には嫡子の広長を参陣させた経緯がある。

「なにとぞ阿曽沼討伐を某《それがし》に命じてください」

桜庭直綱は身を乗り出して懇願する。

「まあ、待て。兵はいつでもあげられる。阿曽沼には、そちへと死した者への謝罪をさせよう」

腹立たしいのはやまやまながら、世の中に怪しい風が吹きはじめている。病が重い身でもあるので、信直は穏便にすませたかった。

阿曽沼家の使者が信直と桜庭直綱に謝罪したものの、広長本人が姿を見せることはなかった。

家中に不安を抱えながら、信直は病が重くなり、起きられぬようになった。

「かような体たらくで生きているとは情けない。いっそ討死して最後の花を咲かせたいものじゃ」

伏せたまま信直は愚痴をもらした。

「なにを仰せです。まだ働いてもらわねば困ります」

身の回りの世話をするのは側室の於三《おさん》である。三戸城から移っていた。

「そうじゃのう。まだ稗貫の再興も果たしておらぬゆえの」

申し訳ないと思いながら信直は告げる。さすがに於三に信直の子を産ませるのは困難である。

「そうじゃ、利直を呼んでくれ」

急に嫡子と話したくなり、信直は盛岡の普請場から利直を呼び寄せた。

「これにまいりました」

利直は父の臥所《ふしど》の横に座す。信直は於三に背を支えられながら上半身を起こした。

「盛岡の様子はいかに？」

「順調にございますが、先の大雨で三川が暴れました。堤の普請には力を入れねばなりません」

「左様か。儂が死んだあとのことじゃが……」

言いかけたところ、即座に遮《さえぎ》られた。

「縁起でもないことを申されぬよう。父上が存命ゆえ周囲が大人しくしておるのです。上方が怪しくなっている昨今、気弱になりませぬよう」

「まあ、聞け。そちの気遣いは嬉しいが、儂の生死に拘わらず、切っ掛けがあれば伊達は兵を進めてくる。これを抑えるには、悔しいかな徳川の力が必要じゃ。儂の死など、隠しても半月で露見するゆえ意味がない。早々に使者を送るか、そちが伏見に上り、家督を相続したことを明確に致せ」

「承知致しました」

利直は素直に頷いた。

「天下が乱れ、二つに割れた時、迷わず徳川に付け。豊臣への義理は天下への義理。陸奥の安寧こそ天下への忠義と思案致せ。取次の浅野、前田も徳川に付いたのじゃ、これに従うのが筋というもの。大浦は徳川に与しているゆえ、津軽に兵を向けることは難しかろうが、少しでも妙な動きを見せれば、混乱に乗じて仕寄せるもよし。大浦は当家の返り忠が者。大浦の首は当家の悲願じゃ」

「畏まりました」

「南部の一族は大事にせよ。されど、いずれは一族衆として丁重に扱いながらも政には関わらせぬように致せ。南部家の場合難しいが、家老は血の薄い者がよい。有能であれば一族が家老を務めるのも仕方ないが、合議をもって決定すること。宿老の独断にて事を決めさせてはならぬ」

家督相続に際する北松斎《しょうさい》（信愛）の行動には感謝するが、二度と独断専行する人物を作ってはならない。政権を維持する制度を築く必要がある。信直がずっと思ってきたことであった。

「肝に銘じます」

「秋田にまでは手が廻らぬであろうゆえ、敵方に廻れば国境を堅く守るだけでよい。一番の敵は伊達となろう。味方のふりをしても一揆を蜂起させるやもしれぬ。それゆえ、儂が死去したのちは、この於三に然るべき武将を迎えさせるか、養子を取って稗貫家の再興を果たすように」

「仰せのとおりに致します」

察したように利直は深く飲み込んだ。

「質となっている照《てる》のこと、頼むぞ」

まだ言いたいことは山ほどあるが、疲れたので信直はそのまま眠りについた。

微睡《まどろ》む中で、うっすらと人の影が見えてきた。父の高信《たかのぶ》であった。

（父上、申し訳ありません。仇を討つことは叶いませんでした。近く改めてお詫び致します）

信直は肚裡《とり》で謝罪するが、高信はなにも語らず闇の中に消えていった。

次に見えたのは信直の養父・晴政《はるまさ》とその子の晴継《はるつぐ》である。

（さぞかし儂を恨んでいよう。されど、悪いのはそちらじゃ。最初の取り決めを破棄し、迷った挙げ句、百姓の娘に産ませた実子に家督を継がせようと、情を示したことが全ての過ち。せめて、赤子が元服するまで政務を執れ、と家督を儂に譲れば楽隠居できたものを。そなたは晩年の太閤と同じ、今の世を見よ。秀次殿がいれば、世も乱れておるまいて。晴継は残念であった。周囲を固める側近も育てなかった、父の責任じゃな。まあ、そっちに行った時に話し合おうぞ。口ではなく腕というならばそれもよし。刻は永遠に

あるというゆえ)

告げると晴政・晴継も闇に吸い込まれていった。

最後に見えてきたのは九戸《くのへ》政実《まさざね》である。

(死した者ばかりじゃのう。やはり儂を呼んでおるか。儂は死ぬのじゃなあ……)

実感はないが脳裏では理解している。信直は政実に向かう。

(儂は今、そちの城におる。今や我が城じゃ。宮野ではない福岡城じゃ。そちは儂ができなかった天下との戦いをした。されど、儂はそちができなかった、天下の中で一大名の主として南部家を認めさせることができた。この世での勝負は相子《あいこ》じゃが、そちは頭が固く思案が古いゆえ先に逝ったのじゃ。今度はそっちで戦おう。さしの勝負じゃ)

言うと九戸政実は笑みを作り、闇に溶けていった。

(もう誰も出てこぬのか。お迎えは来ぬのか。今の者たちがお迎えか。思い残すことは……)

天下争乱を前に、経験不足の利直に家を委ねて逝くこと。もう一度、照ノ方に会いたかったこと。於三の稗貫家をこの手で再興させられなかったこと。

(ない! あとは利直がやってくれる。儂よりも賢い嫡子じゃ。頼むぞ)

十月五日、利直に南部家を託した時、信直の息は福岡城で止まった。享年五十四。

『篤焉家訓《とくえんかくん》』によれば、信直は支族のわずか三百石の部屋住みという、主流から外れた地位より身を起こして南部家を纏めた。世を見る目がなく我《が》を通して滅びていった家が多くある中、時代の流れに逆らわずに中央の政権と結んだことで家を守り抜いた。津軽郡の奪還は果たせなかったものの、謀略と信義を併せ持つ武将だったので、十万石の基礎を築きあげたのは事実である。

信直は三戸の聖寿寺《しょうじゅじ》に葬られた。諡号は常住院殿前光録大夫江山心公大居士《じょうじゅういんでんぜんこうろくたいふこうざんしんこうだいこじ》が贈られた。

三

偉大な父であり当主が死去し、利直は急に重圧を感じた。利直が参じた戦いは九戸一揆討伐のみで、信直の戦歴に比べれば、圧倒的に経験が不足している。

（されど、今はまったく状況が違う）

信直の戦は同族争いばかりなので、とどめを刺すような戦いはしなかった。これに対し、利直は統一政権の中の南部家の二代目であるが、皆殺しも公然と行える他国の大名を相手にしなければならない。大事な時に死ぬなと言いたいところであるが、武将の器量を試す好機でもある。

葬儀ののち、利直は重臣たちを聖寿寺の本堂に集めた。八戸政栄《はちのへまさよし》、北松斎・直継親子、南正愛《みなみまさちか》、東正永《ひがしまさなが》、楢山義実《ならやまよしざね》、石井《いしい》直光《なおみつ》、桜庭直綱、中野《なかの》正康《なおやす》、大光寺《だいこうじ》正親《まさちか》らである。

「父が亡くなっても、儂は皆には先代同様の扱いをするつもりじゃ。ゆえに、皆も同様に仕えてもらいたい。異議があれば申すように」

皆の顔を見廻すが、よほどのことがない限り、この席で反する者はまず出ない。利直は続ける。

「大変な時期に父上は亡くなられた。上方はさらに混乱しているという。来年には戦になるやもしれぬ。誰が敵になるや、まだ判らぬが、調略の手を伸ばし、一揆を煽ってくるやもしれぬゆえ、油断なく備えるように。万が逸、敵に靡《なび》くような者があれば、一族郎党撫で斬りに致す。天下も返り忠が者を信用せぬであろうことは、九戸一揆で判っているはず。南部家のため、皆のため一丸となって戦乱の荒波を乗り越えようぞ」

新当主となった利直は二十四歳。堂々と言い切った。

「おおーっ！」

皆は利直の所信表明《しょしんひょうめい》に鬨《とき》で応えた。湿っぽさはない。危機意識は高まっているようだった。

危惧もある。阿曽沼広長は報復を恐れたのか、参列は家老に任せ、本人は姿を見せなかった。

決意表明ののち、利直は北松斎に話があると言われたので、別室に席を移した。

七十七歳の北松斎は、跡継の直継に手を引かれて部屋に入った。

「目を悪くなされたか」

足が弱った感じではないので、利直は問う。

「お恥ずかしい限り。夜はほぼ見えず、昼も半間先の顔が薄ぼんやりとしか見えぬ体たらく。かような目では奉公はできず、このあたりで隠居させて戴きたく、お願いする次第にござる」

焦点が合わぬような視線を上座の利直に向けて、北松斎は辞職を申し出た。

「北殿は我が父の先代、いや先々代から南部家を支えてこられた。我が父の危機を救ったのは北殿じゃ。父亡きあと、儂は北殿を父とも祖父とも思ってござる。これからの何年かは南部家の行く末が決まる大事な時期。目が見えずとも、長年の経験で物の本質が見えるはず。今少し若輩の儂に、いや、南部家のために尽力して戴けぬか？　無論、九兵衛（直継）のことも重き扱いをする所存」

利直は北松斎の手を取って説いた。

「ああっ、なんと勿体無きことか。この老体でよろしければ、命尽きるまで奉公致しましょうぞ」

声を震わせ、北松斎は感涙にむせんで誓った。

目が不自由なのは事実であろうが、利直に辞意を示したのは、老いた身を犠牲にして跡継の直継に重臣の地位を約束させる目的だったのかもしれない。

画策であろうとも、今の利直にとって北一族は重要な存在。別に嫌な感じは持たなかった。

北松斎との会談後、利直は於三と顔を合わせた。

（なるほど父上が惹かれただけあって美しいのう）

目蓋《まぶた》を腫《は》らし、哀しみに浸った面持ちは憂いがあって魅力的に見えた。この年二十九歳であるが、もっと若いように映る。

「亡き父上の遺言でござる。四十九日が過ぎましたら、再婚か養子を迎えてはいかがか」

利直は於三に勧めた。

「有り難きお言葉にございますが、亡きお屋形様の一周忌がすむまでは、菩提《ぼだい》を弔いたいと存じます」

失意に暮れた表情で於三は答えた。

「左様でござるか。されば一年後、遠慮のう申してくだされ。父上の下知だと思って」

今は仕方ないと利直は思う。しかし、伊達領との国境を固めるためにも稗貫の再興は必要だ。

信直の死を知らせる前に、体調が思わしくないことを利直は家康に報せておいた。同時に信直の死を知った家康が、照ノ方の人質を解き、小笠原直吉《なおよし》と共に福岡城に帰国させた。

利直の正室の武姫は、大坂の南部屋敷で人質になっていた。

「三戸ではないが、よもや国許で、そなたと会うことが叶うとは」

照ノ方は利直との再会に滂沱《ぼうだ》の涙を流して喜んだ。涙には信直の死も含まれているのであろう。

（内府の配慮であろうが、質を返すとは内府は当家を敵とは思っておらぬからか）

母の帰国は喜ばしいが、愚弄されているようで、えもいわれぬ憤りを感じた。勿論、利直は油断してはいないが。照ノ方は剃髪して慈照院《じしょういん》と号した。

通常、簡単に女性の帰国は認められないが、家康は武将たちが帰国を求めると遠慮なく許した。上杉景勝、毛利輝元、宇喜多秀家、前田利長などの年寄をはじめ、朝鮮に出陣していた加藤清正らも挙《こぞ》って帰郷した。家康が積極的に勧めた面もある。専横を推し進めるためであった。

まず九月九日、家康は重陽《ちょうよう》の節句を祝いに大坂に登城すると、家康の暗殺を企てている者があるといって大坂城にとどまった。容疑者は大野治長《おおのはるなが》、土方雄久《ひじかたかつひさ》、浅野長政、長岡忠興で、背後で糸を引くのは前田利長だという。

直ちに家康は北政所を説得して西ノ丸を退去させて都の三本木に移し、自身は西ノ丸に入って、暗殺計画の名簿に名を列ねた大野治長を下総《しもうさ》の結城家に、土方雄久を常陸《ひたち》の佐竹家に預けた。

かねてから浅野長政は親徳川派でもあり、神妙にしていたので領国の甲府で蟄居することで許された。警戒した長政は家康領の武蔵《むさし》の府中に自ら入り、身の潔白を明らかにした。

長岡忠興は豊臣秀次に金を借りていた。秀次事件が勃発した時、忠興は家康に金を立て替えてもらい、連座に問われなかった恩があるので、家康の暗殺などに加担することはまずない。それでも、疑われたので一大事。忠興の長男・忠隆《ただたか》は前田利家七女の千世《ちよ》を正室にしているので、すぐさま家康に誓紙を書き、三男の光千代《みつちよ》（のちの忠利《ただとし》）を人質として差し出して事なきを得ている。

　家康の暗殺計画は大坂城に居座る家康の口実で、仕立てた容疑者は大野治長と土方雄久。浅野長政、長岡忠興、前田利長を加えたのは、三成・嶋左近主従である。家康に家中を乱された利長に奮起させ、利家存命時のように、徳川対前田家という対立構造を復活させるための画策であった。

　三成らの謀を巧みに利用して、家康は加賀《かが》征伐を宣言した。同じ年寄の家康に屈するか、覇気を示すか、日本国中の大名が利長の動向に注目した。

　暗殺計画は濡れ衣であると利長は激昂するものの、家康を相手に戦をする気概はない。重臣の横山長知《よこやまながとも》を家康の許に向かわせて弁明するが許されず、やむなく母の芳春院《ほうしゅんいん》（まつ）を人質として江戸に差し出すことで、加賀征伐を止めさせた。これによって、前田家は家康に屈服したことになる。

　家康は宇喜多家にも調略の手を伸ばし、古参の重臣たちを煽って蜂起させると、秀家は自力で解決できず、一触即発の危機に陥った。自身で火をつけておきながら、家康は火消しに廻った。家康は仲介役を申し出て、万石以上の者たちを何人も他家に預からせることで内訌《ないこう》を収束させた。

さらに家康は毛利家の吉川廣家《きっかわひろいえ》を取り込み、小早川秀秋《こばやかわひであき》にも誘いをかけて、分裂を謀っている。

謀略を断行する中、家康は大坂城の西ノ丸を豊臣家の負担で天守閣に造り変えた。天下の大坂城は城に主が二人いるがごとく、二つの天守閣が存在するという奇妙な城になっていた。


家康の独壇場となっている大坂に、利直が到着したのは十二月も残りわずかという時。さっそく利直は登城し、秀頼に挨拶したのち西ノ丸に赴き、家康に大鷹五居《すえ》(羽)と駿馬三疋を贈って同丸の完成を祝った。

「不幸間もないのに上坂し、丁寧な挨拶痛みいる。大膳大夫殿の死は残念じゃった」

鷹揚に家康は言う。この年五十八歳。枯れるどころかさらに肥《こ》え、天下欲に満ちているせいか、脂ぎっていた。

「内府殿に賛辞を戴き、泉下の父も喜んでおりましょう。また、母の帰国をお許し戴き、感謝の極みに存じます。母は落涙して喜んでおりました」

「それは重畳。来年は忙しき年になるやもしれぬ。南部殿にも働いて戴こう。なにかあれば、そこな佐渡守《さどのかみ》に申されよ」

家康は脇に控える蝦蟇《がま》のような顔の老臣を目で示した。本多《ほんだ》佐渡守正信《まさのぶ》である。

「よしなに」

短く告げた本多正信は三河譜代の家臣で、鷹匠《たかしょう》あがり。熱心な一向宗徒で、一向一揆に参じて家康に背き、一時追放されたことがある。諸国流浪ののちに帰参が許され、関東移封後は相模《さがみ》の玉縄《たまなわ》で一万石を与えられている。この年六十二歳。正信は家康の懐刀。阿部正勝ともども、南部家の取次は正信ということになれば、利直としても心強い気がした。勿論、敵に廻せば、これほど嫌な人物もいないかもしれないが。

挨拶ののち、利直は西ノ丸を下がった。礼状は年が明けた正月七日付で出されている。

この年、十万石以上の大名で当主が死去した家は、加賀の前田家のほかは土佐の長宗我部《ちょうそかべ》家と陸奥の南部家である。果たして三家は、どのような年を迎えることになろうか……。

慶長五年（一六〇〇）早々、家康は調略に余念がない。

元旦に上杉景勝の名代として家臣の藤田信吉《ふじたのぶよし》が参城すると、家康は信吉に鼻薬を嗅《か》がせ、景勝に上坂を要求した。信吉は内応に応じている。

会津移封に際し、秀吉から三年の上洛、上坂の免除をされている上杉景勝は、天下人でもない家康の命令など聞く気などはなく、当然のように拒否した。

同じ時期、南出羽の角舘《かくだて》城主・戸沢政盛《とざわまさもり》や越後の春日山《かすがやま》城主の堀秀治《ほりひではる》らが、上杉家は出城を築き、道を広げ、川に橋を架け、武具や牢人を集めて戦の準備をしていると訴えた。

下知どおり藤田信吉は上杉家を出奔し、江戸城に入って景勝が謀叛の支度をしていると伝えた。

江戸の秀忠《ひでただ》から報せを受けた家康は、四月一日、家臣の伊奈昭綱《いなあきつな》と増田長盛《ましたながもり》の家臣・河村長門《かわむらながと》に相国寺塔頭・豊光寺の長老・西笑承兌が認《したた》めた詰問状を持たせ、会津に下向させた。

謀叛の疑惑を晴らせという書状を受けた上杉景勝は一笑し、主に代わって執政の直江兼続が西笑承兌への返書を認めた。俗にいう「直江状」である。

内容は、家康を非難し、時には馬鹿にし、最後は戦場で白黒つけよう、追記では文句があるならば会津に来い、口ではなく弓矢で勝負しよう、という挑発をした。あくまでも西笑承兌への返書であるが、誰が読んでも明らかな家康への挑戦状であった。

五月三日、伊奈昭綱から「直江状」を受け取った家康は、激怒して会津攻めを宣言した。

上杉景勝の上坂拒否を確信していたようで、「直江状」が届く前の四月二十五日、すでに家康は内々で福島正則、加藤嘉明、長岡忠興に会津への先陣を命じていた。

すぐに報せは利直にも届けられた。

（父上が申していたとおり、内府には敵が必要で、ついに見つけたか。上杉の拒否を一番喜んだのは内府であろう。儂も領内では城を普請し、川に橋を架け、道を整備し、武具の充実を図ったが、注意も指摘もされず、詰問も受けておらぬ。儂では、南部家では役不足ということか。南部を攻めても、天下取りの戦にはできぬということか）

敵になどされたくはないが、軽く見られたので、利直は少々腹を立てた。

六月二日、家康は家臣の本多《ほんだ》康重《やすしげ》、松平家信《まつだいらいえのぶ》、小《お》笠原《がさわら》広勝《ひろかつ》に対し、七月下旬には会津討伐することを告げ、出陣の準備をはじめさせた。

六月六日、家康は諸大名を大坂城の西ノ丸に集め、上杉討伐の進路と采配を発表した。

白河《しらかわ》口は徳川家康・秀忠。関東、東海、関西の諸将はこれに属す。

仙道《せんどう》口は佐竹義宣（岩城《いわき》貞隆《さだたか》、相馬義胤）。

信夫《しのぶ》口は伊達政宗。

米沢《よねざわ》口は最上義光《もがみよしあき》。南部利直、秋田実季ら最上川以北の諸将はこれに属す。

津川《つがわ》口は前田利長、堀秀治。越後に在する諸将はこれに属す。

家康は上方で留守居をする大名には百石に一人、会津討伐に向かう大名には百石に三人の軍役を課した。全てが出陣すれば、秀吉の小田原討伐に匹敵する二十万を超える軍勢だった。

（大浦は我らではなく、内府と陣を共にするのか）

西ノ丸の広間で発表された下知を聞き、利直は違和感を覚えたというよりも嫉妬した。

（徳川の譜代のような面《つら》をしおって。媚びを売り、取り入っただけであろう）

勝ち誇ったような目を向ける津軽為信に、利直は憤《いきどお》る。冷静に考えれば、南部家の外交下手は否めず、日本で一番最後に秀吉に認められた大名なので、期待されていないのかもしれない。

南部家としては、上杉家には秋田侵攻を阻止された恨みと、九戸一揆で後詰を受けた恩の両方を併せ持っている。憎くはない相手と戦うのは武門の倣い。秀頼から認証を受けた豊臣家筆頭の年寄から下知が出されたので、拒むわけにはいかなかった。

「最上の陣で再会致そう」

評議ののち、利直は同じ二十五歳の秋田実季に告げた。妹が実季の弟の英季《ふさすえ》に嫁いでいるので、以前よりも親しみがあった。

「承知」

表情は暗い。秋田実季は上杉家に恩があり、直江兼続や石田三成とは昵懇である。

（よもや下知に背くつもりではあるまいな）

利直は危惧する。万が逸、秋田家が上杉家と与すれば、戦火は南部領にまで及ぶ。伊達政宗は一応、会津攻めに参じることになっているが、なにをするか判らない。これに秋田家が敵に廻れば、南部家は米沢口に兵を進めることなどできなくなる。

（恩で上杉に与するのか？　上杉が天下の軍を受けて勝てると思うておるのか。とすれば、まこと上杉は石田と組んで内府を挟み撃ちにする気か。秋田が天下の敵になれば、於満が哀れ）

戦になれば女子は実家に戻されるものの、妹のことを思うと不憫《ふびん》だ。

「上杉に非がなくば、上坂して申し開きをすればいいだけのこと。年寄衆の一人ならば説明する責任がある。これを拒むは疾《やま》しいことがあるにほかならぬ。義と恩ならば義を取るが武家であろう」

思いつめたような秋田実季に対し、利直は言う。

「義か。なにゆえ左様なことを儂に申す？　誰ぞに説けとでも命じられたのか」

「迷っているように見えたゆえ」

「この世に迷いのない者がいようか。まあ、安堵されよ。儂も当主、家を傾けることはできぬ。儂の都合で、貴殿の妹を婚儀早々、出戻りにはさせぬ」

秋田実季は安心させようとするものの、明確に上杉攻めに参じるとは口にしなかった。

「それは良きこと。されば」

信用したわけではない。説いても無駄だと利直は判断した。ならば、一刻も早く帰国するべきである。秋田実季よりも早く。

網島の南部屋敷に戻った利直は、武姫と留守居の者を前にした。

「万が逸、敵が屋敷を囲むようなことがあれば、その前に大坂城に入れ。城は難攻不落であり、いかな敵でも秀頼に鉾先を向けることはなかろう」

逃げようとしても遠い南部領までは困難。途中で捕らえられるのが落ちである。ならば、一番堅固な城に入るのが安全だと利直は考えた。

「敵とは上杉にございますか？」

蒲生家から武姫に付き従ってきた奥家老の山田《やまだ》九郎衛門《くろうえもん》長豊《ながとよ》が、首を傾げながら問う。

「上杉と与する者。治部少輔という噂もある」

「されば御台様に具足を着せ、南部にお連れくだされ。この屋敷は某がお守り致します」

武姫を第一に仕える山田長豊が強弁する。

「それでは南部家が上杉に与し、返り忠すると疑われる。会津に向かう諸将も皆、妻子を大坂に置いておる。儂だけ背くわけにはいかぬ」

「治部少輔は淀ノ方様と昵懇ゆえ、淀ノ方様の命令と称して質にされる恐れもございます」

山田長豊の主張にも一理あると、利直は思わされた。

「そちの申すことは尤もであるが、治部少輔が諸将の妻子を質に取れば、会津に向かう兵が引き返し、皆の鉾先が治部少輔に向けられる」

と言った利直は、家康も三成も、それを狙っているのではないかと、思案した。

(されば御台を連れて帰ったほうがいいのではないか。もし、御台を質に取られても、儂は内府方に加担していられようか)

利直は口を噤《つぐ》んでしまう。

「たかが女子一人のことで、お家を傾けるような真似はなさいますな。わたしは摠見公《そうけん》(信長)が見込んだ蒲生氏郷の養女にて、南部家当主の御台所です。いらぬ心配はなされぬよう」

　気丈に武姫は言いきった。利直は救われた気分だ。

「さすが我が御台。必ず迎えにまいるゆえ、それまで早まった真似はすまいぞ」

　労いの言葉をかけた利直は、腰を上げた。

「ご武運をお祈りしております」

　背で武姫の健気な声が聞こえるものの、利直は振り向かずに足を進めた。

　帰途に就いた利直は、大坂、伏見、大津、敦賀《つるが》と陸路を通り、同地から乗船し、途中で幾つかの湊に停泊しつつ秋田湊で下船。同湊から鹿角、三戸を経由して福岡城に到着したのは六月末。急いだ甲斐があり、秋田家の兵に襲撃されることはなかった。

　利直が帰国した直後の七月一日、三戸城で於三が亡くなった。享年三十。信直の一周忌後に稗貫家の再興を果たすべく、再婚か養継子を迎えようとしていた矢先の不幸であった。

（それゆえ四十九日が過ぎてからにしては、と申したのに……。先行きを憂えた稗貫旧臣が、上杉との戦に乗じて一揆を蜂起させねばよいが）

　於三の死で、利直は危惧した。於三は三戸の報恩寺《ほうおんじ》に葬られた。法名は月庵円公《げつあんえんこう》とされた。

　帰城した利直は旅の塵を落とす間もなく出陣の準備をさせ、七月二日には敦賀の商人・道川三郎左衛門に南部領内の入津役の免除をした。かつて信直が行ったが、代替わりの書状を発行するのは常識である。商人の入国は情報の収集にもなる。上方の報せは一刻も早く入手したかった。

四

一方、家康が江戸に帰城したのは七月二日。数日間で徳川家以外の兵が七万余も江戸城に集結した。

七月七日、家康は江戸城で大評議を開き、会津攻めの日を七月二十一日に定めた。

同日、家康は旗本の中川忠重《なかがわただしげ》、津金胤久《つがねたねひさ》を山形城の最上義光の許に出立させた。二人は義光に書状で指示を出している。

「一、南部利直、秋田実季、小野寺義道《おのでらよしみち》、六郷政乗《ろくごうまさのり》、戸沢政盛、本堂茂親《ほんどうしげちか》は最上口に出ること。

一、赤尾津道俊《あかおつみちとし》、仁賀保挙誠《にかほきよしげ》は庄内《しょうない》に押し出すこと。

一、北国の兵は米沢表に打ち出し、会津に討ち入る時は最上義光を先手とすること。

一、南部、秋田、仙北《せんぼく》の衆は米沢に押し出ること。

一、扶持方《ふちかた》は一万石でも二万石でも入り次第に最上から借り、米沢で扶持方は申し出るように」

家康は翌八日には、重臣の榊原康政を先鋒とし会津に向けて出陣させた。

軍役は百石について三人。南部家は表高十万石とされているので三千人ということになる。上方に比べて人口数が少ないが、実質石高は十万石を遥《はる》かに超えているので、それほど苦しい出陣ではない。但し、書状の七月七日はグレゴリウス暦では八月十五日にあたり、各大名家では兵糧に余裕がなくなっていた。特に南部家は兵農分離をほとんどできていない。戦が長引けば家にいる女、子供が稲刈りを行わねばならず、長対峙は避けたいのが本音だ。

出陣に先駆けて、利直はわずか三歳の長男・兵六郎《へいろくろう》を元服させて家直《いえなお》とし、城代に命じた。秀吉が秀頼を四歳で元服させたことを愚弄していたが、我が身となると不安で仕方ない。これを実感した。

「そちは我が長男じゃ。城の守りを頼むぞ」

「はい」

なにを言われているのか家直はよく判らないであろうが、家直は重臣たちに教えられたとおり、元気に返事をした。

七月上旬、利直は三千の兵を率いて福岡城を出立し、奥州道中を南に進み、盛岡から沢内《さわうち》街道を南西に向かい、仙北（平和）街道を西に進んで白木《しろき》峠を越え、横手《よこて》から羽州《うしゅう》街道に入って南下を続け、中旬にはようやく南出羽の山形城に到着した。およそ六十三里半（約二百五十キロ）を移動したことになる。上杉家に与している懸念があったので、秋田領は回避した。

山形城は東を流れる馬見《まみ》ヶ崎川《さきがわ》の扇中部《せんちゅうぶ》に本丸、二ノ丸、三ノ丸を、同心円状に配置した輪郭式平城である。外郭（三ノ丸）は東西十五町（約一・六キロ）、南北四町二十一間（約四百七十四メートル）という広大な規模は日本有数で、奥羽最大を誇っていた。

（これが二十四万石の城か）

圧倒的な大きさの城に、利直は感嘆する。町を取り込むような城は、利直の理想と同じ。

（されど、起伏《きふく》がないゆえ、仕寄せられれば、案外脆《もろ》いかもしれぬな）

そんなことを思いながら入城した。三千の兵が入っても余裕の広さである。

「早々に遠路ようまいられた。心強い限りでござる」

本丸に入ると、安堵したような表情で出迎えたのは、政宗に引けを取らぬ梟雄の最上義光である。この年五十五歳の義光は甥の政宗どころか、実父の義守《よりもり》とも戦い、周囲の武将を暗殺させることも厭《いと》わぬ謀将でもあった。

「こちらこそ、最上殿の力、頼りにしてござる」

米沢口の主力は最上勢なので、利直の言葉に偽りはなかった。

「上杉め、取り入るのが長けていたゆえ年寄などに選ばれたが、もはや太閤はおらず、虎の威は利かぬ。天下を騒がしよったこと、後悔させてくれる。家は滅びるであろうが」

腹立たしそうに最上義光は吐き捨てる。庄内の奪い合いで敗れているので悔しくて仕方ないのであろう。その当時、義光は政宗に牽制されていたので、主力を向けられなかった恨みがある。上杉家にすれば、家臣の本庄繁長《ほんじょうしげなが》に任せていただけだと、鼻で笑うかもしれないが。

その後も続々と山形城には、南北の出羽衆が参集した。

戸沢政盛が一千二百、本堂茂親が二百七十、六郷政乗が百三十五、赤尾津道俊が二百五十、仁賀保挙誠が一千五百、滝沢政道《たきざわまさみち》が六十、打越光隆《うていちみつたか》が六十。

（やはり秋田は上杉と通じたか）

落胆していると、秋田家の重臣・湊《みなと》（秋田）四郎兵衛《しろうびょうえ》が一千五百を率いて入城した。

「秋田殿はいかがなされたか」

利直は問う。

「我が殿は本軍二千を率い、院内《いんない》（雄勝郡《おかち》）に陣を布いておられます」

湊四郎兵衛の返答を聞き、利直は安堵した。

「小野寺への警戒か、二股か、まだ判り申さぬな」

小声で最上義光は利直に告げる。

過ぐる天正九年（一五八一）夏、最上義光は小野寺氏の重臣・鮭延《さけのべ》城主の鮭延秀綱《ひでつな》を調略し、天正十四年（一五八六）には、小野寺義道と有屋峠《ありや》で戦って勝利。文禄三年（一五九四）には義道の忠臣・八柏道為《やがしわみちため》に偽書を送り、義道に背信したと思わせて道為を成敗させていた。

「されば小野寺は内府殿の下知には従いませぬか」

「上杉と昵懇というよりも、儂への反発で敵に廻るものと存ずる」

横手城主の小野寺義道は三万石。九百人を動員できた。

なにはともあれ、米沢口には最上義光の七千二百と南部利直の三千、秋田実季の本隊二千を含めれば、一万七千百七十五人を動員できる。皆、ひとまず安堵していた。

そこへ徳川家臣の中川忠重と津金胤久が山形城を訪れ、先の書状を渡した。

「我が主からの下知があるまでは、軽はずみな行動をなされませぬよう」

二人は何度も釘を刺した。

（この期に至って自重させるとは……内府は会津を攻める気がないというのは真実かもしれぬな。本気ならば、まずは後方を攪乱《かくらん》させるであろうに）

とすれば、いつまでも他国に在陣していたくはない。利直は領国を心配した。

会津討伐軍は七月七日以降、先陣の加藤嘉明や長岡忠興から順番に江戸を出発している。

徳川家が動いたのは七月十九日、前軍の大将を命じられた秀忠は三万七千五百を率いて出立、二十一日、家康も三万一千八百の兵と共に出陣した。

家康が江戸を居城にしていることで、これらの軍勢は東軍と呼ばれている。

同じ二十一日、長岡忠興は下野の宇都宮に達した。上杉軍が在する白河《しらかわ》の小峰《こみね》城までおよそ十九里（約七十四・六キロ）。行軍二日の距離に近づいているにも拘わらず、忠興は冷めていた。その日、忠興は、飛び地の豊後《ぶんご》・杵築《きつき》で留守居をする重臣の松井康之《まついやすゆき》や有吉立行《ありよしたつゆき》らに書状を宛てている。

「（前略）内府は今日二十一日、江戸を出立。我らは昨日、宇都宮まで移動した。こののちは引き返し、上方で働くようである」

予想なのか、内意を受けたのか、あるいは軍全体が不戦の雰囲気を持っていたのか、東軍の諸将は上杉軍とは戦わないという認識でいた。

片や決戦を覚悟する上杉軍は、すでに先陣と二陣が小峰城に入城し、三陣の本庄繁長らは関山《せきやま》に陣を布いている。これらの軍勢は一万二千。七月二十三日には景勝の本隊八千も長沼《ながぬま》城に入っていた。東軍に備える上杉軍は鴫山《しぎやま》城の直江兼続勢も含めて三万である。

不確実ではあるものの、上杉軍との挟撃戦を画策する石田三成は、七月一日、佐和山を出て大坂城で長束正家、増田長盛らと会談。十三日には安国寺恵瓊を招いて談合を行い、総大将は毛利輝元、副将は宇喜多秀家ということに決め、輝元、小早川秀秋、吉川廣家、島津惟新《しまづいしん》（義弘《よしひろ》）、長宗我部《ちょうそかべ》盛親《もりちか》に参集するよう誘いをかけた。

十七日、毛利輝元が大坂城に入ると、宇喜多秀家、徳善院玄以、長束正家、増田長盛が連署して十三ヵ条からなる家康への弾劾状「内府ちかひの条々」を諸将に送って挙兵した。

東軍に対し、西に位置することから、これらは西軍と呼ばれる。

最初の策として、大坂に在する諸将の妻子を人質として大坂城に入れて捕ることにし、家康から先陣を命じられた長岡忠興の屋敷に西軍の兵を差し向けた。

長岡忠興の正室のガラシャ夫人は入城を拒否し、小競り合いの末、死に追い込まれた。

三成も人質の命を奪おうとは思っていない。これ以上死なれては正義の戦いを公言できなくなるため、大坂の屋敷を遠巻きにするのみに方針を転換。人質作戦は失敗に終わった。これにより、南部家の武姫も監視されてはいるが、捕らわれることはなかった。

近江の愛知川《えちがわ》に関所を設け、東軍に加わろうとする大名を阻止したこともあり、西軍に参じる兵数は九万五千にも上った。

十九日、西軍は徳川家の重臣・鳥居元忠《とりいもとただ》が守る伏見城を攻め、八月一日、激戦の末に同城を落城させた。さらに東軍を迎撃するために東へ進んだ。

七月二十三日、家康は下総の古河《こが》に到着。その晩、摂津《せっつ》三田《さんだ》城主の山崎家盛《やまざきいえもり》の使者が、毛利輝元による大坂城西ノ丸の奪取、「内府ちかひの条々」という弾劾状を諸将に送っての挙兵、長岡ガラシャ夫人殺害、西軍による伏見城攻撃などの報せを伝えた。

翌二十四日、家康は下野《しもつけ》の小山《おやま》に着陣。その晩、鳥居元忠が出した浜島無手衛門《はまじまむてえもん》が本多正純に右と同じ報告をした。

二十五日、家康は小山に諸将を集め、北進するか西上するかの評議を開いた。俗にいう小山会議である。福島正則の主張にて西上が決定した。

家康は先鋒を命じた福島正則、池田照政を即座に西上させ、上杉家と与する佐竹義宣の追撃を阻止するため、茶の師である古田織部《ふるたおりべ》を送って説得させた。

伊達政宗は家康から内々で刈田《かった》、伊達、信夫、二本松、塩松《しおのまつ》、田村、長井の七郡・石高にして四十九万五千八百余石の加増を約束されている。この時の所領と合わせれば、百余万石の大名になる。いわゆる「百万石のお墨付」は、上杉家を牽制し、抑え込めば得られる石高であった。

東軍が西上するかもしれないという情報を摑んだ政宗は、口約束で終わると危惧。家康からの自重という命令を無視し、二十四日、刈田郡の白石城を攻撃し、翌二十五日攻略した。この時、城将の甘粕景継《あまかすかげつぐ》は留守《ず》だった。

政宗は、家康を泥沼の会津合戦に引き摺り込み、どさくさに紛れて被害を受けさせ、あわよくば再び天下取りの契機にするつもりなのかもしれない。

七月末近く、上杉家は東軍の反転を知った。まだ家康は小山に残っている。直江兼続は主君の上杉景勝に追撃を進言した。

「内府が挑んできたゆえ受けて立った。されど、内府は背を向けた。戦わず逃げる敵を討つことは『義』にあらず。あとは最上に備え、伊達を我が所領から追う」

先代の謙信を継承した上杉景勝の言葉であるが、領内を空にして滅亡を覚悟の追撃を上杉家当主としてできなかったのが本音だ。直江兼続の申し出は拒否され、上杉軍は東軍を追撃しなかった。

八月四日、家康は上杉軍への備えとして、下野の宇都宮城に次男の結城秀康と三男の秀忠のほか関東の諸将を残して小山を発ち、翌五日、江戸城に帰城している。

八月上旬、七月二十三日付の家康の書状が山形城に届き、最上義光をはじめ、在陣する諸将に上方の諸情報を伝えた。

「やはり治部少輔が挙兵したか」

最上義光の表情が曇る。家康の書状には、すぐに西上するとは書かれていないものの、西軍が蜂起すれば会津攻めをしないことは、誰にでも察しがつく。上杉家は百二十万石。六万の兵を動員できる。二分したとしても米沢口に参集する兵よりも多い。義光は謙信以来の上杉軍を恐れていた。

「方々は兵を引き退き、自領を堅固に守り、上杉に備えられよ」

家康の使者は口上で告げた。

「内府殿が帰城致せと申されるならば、従わねばなりませんな」

戸沢政盛が言う。鳥居元忠の娘を正室にしているだけあって、家康の命令には従順である。

「左様でござるな」

陣代として派遣されている湊四郎兵衛も同調すると、ほかの諸将も賛同した。家康の下知ならば、臆病風に吹かれて逃げた、と罵られることもなく公然と帰城できる。皆は喜んでいた。

「なにがあるか判らぬゆえ、今しばらく様子を見たほうがいいのではなかろうか」

臆していのは最上義光で、諸将を引き止める。

「下知に背いたと、所領を没収されでもしたら目も当てられぬからなあ」

仁賀保挙誠が告げると、赤尾津道俊も同意する。

「まさしく。藪蛇《やぶへび》になっては一大事」

誰もが上杉家とは戦いたくないようである。

「南部殿はいかに？」

今まで黙っていた利直に最上義光は問う。

「当領は一揆の盛んな地ゆえ、内府殿の下知どおり領国を守ろうと存ずる」

利直が答えると、最上義光は肩を落とす。

家康の命令なので、諸将は大手を振って帰城の途に就いた。利直も同じである。

八月十日を待たずに、南部利直らが帰途に就いたことを、上杉家は摑んでいた。

「最上口のことは、南部、仙北衆とも東軍が上洛に向かったことを聞いて陣を引き払った。最上はだらしなく取り乱したようである」

十二日、直江兼続は白河の小峰城将の岩井《いわい》信能《のぶよし》に対して書き送っている。

最上義光が米沢口に参陣する大名で頼りにしていたのは、兵の数からいっても南部家である。帰城に就く利直に対し、何度も使者を送ってよこした。

（それだけ上杉が恐ろしいのか。まあ仕方あるまい）

背信の疑いあり、などと家康に密告されては敵《かな》わない。十三日、利直は最上義光に対し、私曲《しきょく》と偽りのないことを誓う書状を送り、帰路の足を進めた。

数日後、福岡城に帰城した利直は、周囲のことが気掛かりで仕方ない。まずは伊達政宗のこと。調べさせたところ、白石城を落としたのち、八月中旬には帰途に就いたという。

「内府は江戸に戻り、近く上洛する。西軍には十人衆のうち七人が参じ、ほかの諸将も数えれば十万余。おそらく東軍も同じほどか。戦えば簡単に勝負はつかんだろうが、いかな形になるかのう」

扇子で煽ぎながら利直は側近の楢山義実に問う。

「京・大坂を西軍が押さえたとすれば、秀頼様も石田殿の手の内にあるのではないでしょうか」

「されば、内府は豊臣の敵ということになるのう」

「仰せのとおり。豊臣の旗が石田殿の陣に掲げられれば、内府殿に参じている福島、加藤殿ら太閤殿下恩顧の大名は、挙《こぞ》って陣を離れるか、鉾先を内府殿に向けても不思議ではありません」

利直と同じ考えを楢山義実が言う。

「さすれば内府に与した儂は、いかになる」

「内府殿が上方の戦で敗れれば、上杉勢が秀頼様の下知を受け、東軍に与した大名家に兵を向けてくるやもしれませぬな」

　思案したくないことを楢山義実が口にする。

「上杉か。伊達も、最上もいるゆえ、まず先に当家ということはなかろう」

「両家とも謀の多き家。密かに和睦することも考えられます。当家もそれなりの行《てだて》をしておくべきかと存じます。内府殿にさしたる恩はありませぬゆえ」

「二股膏薬になるが……いや、秀頼様への忠節ならば大事なかろう」

　利直は会津の上杉家に使者を送った。

　家康が江戸に戻ると、上杉家への接触を試みたのは南部家だけではなかった。

　八月十八日、最上義光は直江兼続に対し、家康の命令で仕方なく山形に兵を集めたが、敵対する意思はなく、最上に兵を向けないでください、という書状を送っている。その最後の条文は次のとおり。

「一、政宗は国許へ帰国し、貴家の御領分に兵を進め、一口も二口も撃ち破り、無礼を働きましたが、これをお許しなさいました。拙者は右に申し上げたとおり、脚を抱えて大人しくしており、今日まで御領分へ足軽一人も出していないのに、無礼を働く政宗を許し、拙者に兵を向けるのは、あまりにも酷《ひど》い処置でございます。

　右の条々お聞き届けくだされば、総領の修理大夫《しゅりのたいふ》（義康《よしやす》）を人質に差し上げ、そのほかにも家中の人質は二十にも三十にも御指図次第に差し出す所存です。拙者は兵一万を召し連れ、何処方《いずかた》までも出向き、馬前にて御用立て致します。然《しか》るべき命令を仰せ上げください。謹んで申し上げます」

卑屈なほど謙《へりくだ》った書状であるが、上杉家を欺《あざむ》くためのものであった。

伊達政宗も上杉家と和睦交渉を纏めていたことは、直江兼続が九月三日、福島城将の本庄繁長に送った覚書の一部で確認できる。

「一、関東に御出馬する時は、政宗に御同陣申し上げられ、駄目な時は家老の三、五人に兵三、五千も添えて立つように話してほしい。万が逸、戦況が難しくなろうとも、関東に出陣中、別心を抱かぬよう備えを固めるのが第一である。
一、最上は政宗同様に延々《えんえん》見合いをしていると聞く。交戦に及んだことも承知している。手堅く済ませることは、最上の遺恨を聞き、自らの遺恨を晴らさぬことにて、日を送って休み、外聞もなく第一に動かぬことを申し付けた。左様なことなので、もし、政宗方より手切れを申してきたとも、押し返して使者を遣わし、先々の無事を続けること。その内に自ら米沢に側近を申し入れる」
最上義光は海のある庄内を欲し、同地に兵を進め、上杉方と小競り合いを行っていた。

八月二十五日、上杉景勝は長束正家、増田長盛、石田三成、徳善院玄以、毛利輝元、宇喜多秀家に長文の書を送っている。その六条目は次のとおり。

「南部、秋田、小野寺らは秀頼様に御奉公申し上げると、こちらへ使者を向けて告げています」

書状は時として情報操作を行い、誇大に報告することも珍しくはないが、家康が西上して戦う味方の西軍に対し、上杉景勝が偽りを書く必要はないので、真実であろう。

八月末になり、商人の田中清六が、八月十九日に発した家康の書状を持ってきた。

「其許が御出陣したことは大変喜ばしいことです。内々のことは田中清六に申してありますので、御参陣の必要はありません。これまでの出陣は有り難いことです。早々に御帰陣して休まれたことは尤もなことです。慎んで申し上げます」

礼状を読んだ利直は田中清六に、内々のことを問う。

「上杉は確かに強敵だと存じます。西軍もあれこれ誘いをかけてくるでしょう。内府様が帰国なされ、これより西に兵を向けられて不安だとは存じますが、決して内応などなされませぬよう。また、勝手な戦をなさいませぬよう。貴家の存亡を決める時にございますぞ」

家康に厳命されているのか、田中清六は強調する。関東から北で先に火の手があがれば、東軍に与している諸将が動揺する。家康は、上洛戦を前に勢いを鈍らせることをしたくないようだった。

「案ずるな。儂は内府殿を支持しておる。周囲に変わったことはないか」

やや後ろめたさを覚えながら、利直は尋ねた。

「ご存じのことばかりでございましょう……」

田中清六は、伊達家と最上家が上杉家と和睦交渉ならびに小競り合いをしていることを伝えた。

「さもありなん。して、そちは東軍と西軍、いずれが勝つと思う?」

「手前の兄は田中兵部大輔《ひょうぶのたいふ》(吉政《よしまさ》)様に仕えておりますゆえ、東軍が勝ってほしいと願っておりますが、どちらが勝利しても立ち行くよう振る舞うのが商人にございます」

「ははは っ、愚問であったの。儂も見習いたいものじゃ」

「それでは二股膏薬になりましょう。今は主従一つになって初心を貫かれることが肝要です」

念を押した田中清六は、奥羽の諸将の許に家康の礼状を渡し、子細を告げて歩いた。

利直が上杉家に使者を送ったことは、和賀郡に隣接する北出羽の六郷政乗から、伊達家の重臣・水沢《みずさわ》城主の白石宗直《しろいしむねなお》に「南部は謀《はかりごと》隠し有り」と届けられた。

自分のことは差し置き、政宗は南部領に兵を向けられる、いい口実を得たことになる。

そうとは知らぬ利直は、伊達勢を警戒しながら、いまひとつ真意を摑めぬ秋田実季の動向を探っていた。

第十章　天下分目の裏側

一

　徳川秀忠《ひでただ》が三万八千七十余の兵を率いて宇都宮《うつのみや》城を出立したのが慶長《けいちょう》五年（一六〇〇）八月二十四日。離反した真田昌幸《さなだまさゆき》を討ち、中仙道《なかせんどう》を通り、尾張《おわり》の清洲《きよす》辺りで家康と合流する予定であった。

　九月一日、家康は満を持して江戸を出立した。率いる兵は三万二千七百余。

　三日、直江兼続《なおえかねつぐ》は南出羽の最上《もがみ》領を攻めるため、二万の兵を率いて米沢《よねざわ》城を出立した。すでに奥羽の諸将は帰城しているので、同領には最上家の兵しかいない。兼続は、秀吉から「上杉百二十万石のうち三十万石は直江山城守《やましろのかみ》にやったつもりじゃ」と言わしめ、陪臣《ばいしん》の身でありながら、直臣の最上義光《よしあき》よりも表向きでは多い石高を得ていた。実際には五万石程度であった。

　最上家を下せば、飛び地になっている南出羽の庄内《しょうない》との連携もしやすく、北に残る十万石以上の敵は南部家だけになる。しかも利直は誼《よしみ》を通じてきている。直江軍は勇み、連戦連勝で諸城を攻略し、九月十四日には山形《やまがた》城から一里半（約六キロ）ほど南西に位置する長谷堂《はせどう》城を包囲した。

城下にまで敵の接近を許したのは初めてのこと。最上義光は焦り、嫡男の義康《よしやす》を北目《きため》城に派遣し、伊達政宗《だてまさむね》に援軍を乞うた。

「これは好機、直江に勝利を取らせましょう。されど、上杉も相当の被害を受けるはず。その後、我らは一気に上杉、最上領を得ましょうぞ」

伊達家の重臣・片倉景綱《かたくらかげつな》は進言するが、政宗は首を横に振る。

「最上とは先代よりも不仲であり、以前ならば、そちが申すとおりに致すところじゃが、今は母上がおられる。最上を潰して母上の悲しむ姿を見とうはない。内府《だいふ》も喜ぼう」

過ぐる天正《てんしょう》十八年（一五九〇）、政宗が小田原《おだわら》に参陣する直前に勃発した毒殺未遂以来、実母の義姫《よしひめ》（保春院《ほしゅんいん》）は実家の最上家に戻っていた。

九月十七日、政宗は叔父の留守政景《るすまさかげ》を大将とし、騎馬四百二十、弓二百五十、鑓八百五十、鉄砲一千二百を派遣した。これに足軽も加わるので五千にも及ぶ軍勢である。母への優しさもあろうが、政宗は別の画策をしていたので、家康に良い印象を与えておこうと考えていたのかもしれない。

政宗の領土拡大欲は尽きることがない。「百万石のお墨付」を確実にするためにも再度、福島表に出陣し、周辺の城を攻略するつもりでいた。これを実現するには、絶対に北から攻められたくはないが、北には上杉家に使者を送った十万石の南部家があるので警戒しなければならない。

こんなこともあろうかと、政宗は来《きた》る日に備え、和賀義忠《わがよしただ》の息子・忠親《ただちか》を伊具《いぐ》郡の西根郷《にしねごう》に住まわせており、二年前、正式に五百石で召し抱えた。政宗は忠親を前にする。

「南部第一の武将は花巻《はなまき》城の北松斎《きたしょうさい》じゃ。彼奴を討てば、南部を手に入れるは易きこと」

政宗は和賀忠親に旧領回復の暁には所領を安堵することを約束して、一揆を蜂起するように命じた。水沢《みずさわ》城の白石宗直《しろいしむねなお》には後詰するように伝えている。

さらに大迫又三郎《おおはさままたさぶろう》・又左衛門《またざえもん》兄弟とその叔父の大迫十郎《じゅうろう》を言い含め、支援するように約束させ、江刺《えさし》郡の人首《ひとかべ》で一揆を蜂起するように煽り立てた。

二十五歳の和賀主馬助《しゅまのすけ》忠親は政宗への恩義を果たし、旧領を回復しなければならない。忠親の息子の久米助《くめすけ》は政宗の許で人質になっていた。

和賀忠親は密かに南部領の和賀郡に入り、和賀旧臣に声をかけると、譜代の煤孫下野《すすまごしもつけの》守治義《かみはるよし》、筒井縫殿之助《つついぬいのすけ》、斎藤久郎右衛門《さいとうくろうえもん》、江釣子吉資《えづりこよしすけ》、八重樫源三郎義実《やえがしげんざぶろうよしざね》、根子高純《ねこたかずみ》、桜田雅楽助《さくらだうたのすけ》、八反清水次郎右衛門《はったんしみずじろうえもん》ら上下二十余人が参集した。

九月十九日、和賀忠親らは勢いを駆《か》って旧居城の二子《ふたご》（飛勢《とばせ》）城を占拠した。北松斎が在している花巻城から一里半ほど南に位置している。

伊達家臣の上郡山主水《かみこおりやまもんど》が率いる浪人衆三百余は、国境を越えてすぐ、二子城から二里少々北に位置する田瀬館《たんせだて》を攻撃した。同館を守るのは南部氏に帰属した江刺隆直《えさしたかなお》麾下の小田代《おだしろ》肥前《ひぜん》氏基《うじもと》。急襲を受けた田瀬舘は陥落寸前まで追い込まれたものの、氏基ら五十余人が奮闘している間に江刺郡に在する及川左近《おいかわさこん》則政《のりまさ》・下河原《しもがわら》玄蕃《げんば》恒忠《つねただ》兄弟が救援に駆け付け、上郡山勢を排除して舘を守った。

同じく伊達家臣の藤田《ふじた》右衛門《うえもん》も浪人衆を率いて田瀬舘から二里少々西の口内《くちない》に侵攻した。これを田瀬舘から二里半ほど北西に位置する安俵《あひょう》城将の腹帯主膳《はらおびしゅぜん》は察知し、阻止するために出陣して口内で干戈を交えた。二十一歳の腹帯主膳は血気に逸《はや》って討死するものの、新堀《にいぼり》城主の江刺長作《ちょうさく》隆直と花巻城からの援軍が到着して、藤田勢は敗れ、退却を余儀無くされた。

稗貫旧臣の大迫又三郎・又左衛門らも稗貫郡に潜入し、旧臣に声をかけると、八木沢《やぎさわ》仲《なか》、白石越後《しろいしえちご》、田中隠岐《たなかおき》、堂前彦次郎《どうまえひこじろう》ら大迫譜代の家臣が参集した。大迫兄弟は伊達勢の猪倉伯耆《いのくらほうき》と富沢立斎《とみざわりゅうさい》の弓衆と鉄砲衆の支援を受けているので三百の兵に増えた。大迫勢は一気呵成《いっきかせい》に田中藤四郎《たなかふじしろう》が城将を務める旧居城の大迫城を攻撃し、藤四郎を討ち取って城を奪還した。

稗貫、和賀の郡代は花巻城に在する北松斎が務めている。松斎は、福岡城の利直に急使を送ると同時に、二子城を除く三城に援軍を送ったので、居城に残る者は男女合わせて数十にも満たなかった。和賀忠親らの狙いどおりである。同時蜂起は花巻城の防備を甘くする陽動作戦であった。

九月二十日の夜、七百八十余にも増えた一揆勢を率い、和賀忠親は花巻城に殺到した。

花巻城は西を除く三方を川に、西は広い水堀に守られた天然の要害で、南は豊沢川《とよさわがわ》との間が少し開いている。和賀忠親は軍を二手に分け、南東の搦手《からめて》には根子高純を大将とした四百。南西の大手には忠親を大将として煤孫治義、筒井縫殿之助、斎藤久郎右衛門らの三百八十余とした。

「敵の夜討ちにございます」

夜警の兵が慌てて本丸に駆け込み、裏返った声で報告をした。

「左様か」

北松斎は驚くものの、動揺すれば家臣たちが狼狽《うろた》えるので、余裕の体で褥から身を起こした。

「各城門を固めよ。城内の火は極力、灯《とも》さぬように。女子衆は一ヵ所に集めよ」

矢継ぎ早に指示を出し、七十八歳の北松斎は小姓に袴だけを着けさせると、歩み出す。

「危のうございます。具足を着けられませ」

十五歳になる小姓の中島才兵衛冨尊《なかじまさいべえとみたか》が、ほぼ視力を失った北松斎の手を取る。

「老体に具足は重い。大手まで連れて行け」

命じた北松斎は舘の外に出ると、騎乗させてもらって大手門に向かう。

大手門では豪勇の岩田源左衛門《いわたげんざえもん》が防いでいたが、衆寡敵せず。ついに破れてしまった。一揆勢は勢いに乗って三ノ丸、二ノ丸を落とし、ついに本丸に迫った。そこへ北松斎が到着した。

「誰ぞ弓を。儂を城門の上に上げたら、敵中に突き入れ。鉄砲の用意も忘れるな」

立て続けに指示を出し、北松斎は城門の上に座らせてもらった。同時に門は開かれ、城兵は外に突撃した。小姓の中島冨尊はまっ先に飛び出し、敵の八反清水次郎右衛門を討ち取った。

十六歳の岩間次郎助《いわまじろすけ》も負けずに首をあげた。ほかにも、瀬川藤三郎《せがわふじさぶろう》、笹木利助《ささきりすけ》、乙部右馬助義長《おとべうまのすけよしなが》、石川円兵衛《いしかわえんべえ》(をゑん)、佐藤権兵衛陳重《さとうごんべえのぶしげ》、新渡戸弥吉常継《にとべやきちつねつぐ》、伊藤小市郎助吉《いとうこいちろうすけよし》、三田伝内廣貞《みたでんないひろさだ》、松庵寺《しょうあんじ》の僧・存泰《そんたい》や地下人の瀬川久太郎武信《せがわきゅうたろうたけのぶ》、柳田治部《やなだじぶ》も奮戦し、敵を討ち取った。

「退け」

寄手を攪乱した北松斎は、味方の兵を城門の内に引き上げさせると、弓を放ちはじめた。距離は十間ほどではあるが、視力がほとんどないにも拘わらず、矢は見事に一揆勢に命中していた。

「よう当たりますなあ」

熊谷藤三郎《くまがいふじさぶろう》が隣で感心しながら矢を放つ。

「長年の勘じゃ。音で敵の様子が判る。戦陣でとる人の行動など、いつでも、どこでも同じじゃ」

言うや次々に弦を弾き、一揆勢を仕留めた。いくら射倒しても敵は湧くように接近してくるので、ついに矢が尽きてしまった。仕方なく北松斎は鉄砲を放つ。敵に当たりはするが、弓のように即射というわけにはいかない。

「玉はいらん。玉薬だけ込めよ」

北松斎は城門の内側で玉込めをする者に告げる。そこには仲居《なかい》の浦子《うらこ》と談議所の松《まつ》という、腹巻を身につけた女子が二人、交互に火薬を詰めていた。

「空放ちでは敵は倒れませんぞ」

自ら玉込めをして射撃する熊谷藤三郎が嗤笑《ししょう》する。

「そちやほかの者が仕留めるゆえ、儂は威《おど》しで十分。それで敵の足は鈍る。朝までじゃ。夜明けまで踏ん張れば盛岡からの後詰がまいる。あと二刻の辛抱じゃ。女子は石でも摑《つか》んで抛《ほう》り投《な》げよ」

声を嗄《か》らして北松斎は怒号し、城内の者は男女を問わず応えて動いた。鉄砲を手にする者は引き金を絞り、鑓を持つ者は城門を登ろうとする敵を突き落とす。女子は石を摑み、当たるかどうかは別にして門外に向かって投げつける。少しでも敵の侵攻を遅らせることを目的に奮闘した。

城には津軽の鉄砲名人、奥寺右馬尉定久《おくでらうまのじょうさだひさ》・右馬允定継《うまのすけさだつぐ》親子、定久の弟・右衛門定輝《うえもんさだてる》の三人衆がいた。この三人が城壁を越えようとした敵を何度も撃ち落としたので、なんとか破られずにいた。

刻を経るごとに城内に死傷者が続出した。辺りが白む頃には味方の兵は半数ほどになっていた。いよいよ夜明けという時、寄手が騒然としはじめ、攻撃力の勢いが弱まった。

背後の南や西の方を気にしている。

「盛岡からの後詰にございます！」

櫓《やぐら》の上から鉄砲を放つ小屋敷《こやしき》修理《しゅり》長義《ながよし》が、地獄で仏に会ったかのように叫んだ。

「おおーっ！」

小屋敷長義の声を聞き、城兵は安堵の歓声をあげ、寄手は落胆と不安の喊声を出した。

後詰は普請中の盛岡城を警備している北松斎の養子・十左衛門《じゅうざえもん》直吉《なおよし》や北湯口《きたゆぐち》主膳《しゅぜん》光房《みつふさ》で兵は三百ほど。これに周囲の百姓も加わり、数百になった。

陥落しない城に引き付けられて挟撃されれば、精鋭であっても潰されかねない。ましてや一揆ともなれば、劣勢を挽回するのは困難である。損害を多く出せば、士気を失い再蜂起は望めない。

「退け」

せっかく集めた兵を壊滅させてはならぬと、和賀忠親は退却命令を出した。

撤退する兵に北直吉らは追いつき、激戦となった。二十五歳になる直吉や北湯口光房に、一旦破られた岩田源左衛門も加わり、一揆勢を蹴散らし、屍の山を築いていく。

危ういと見た和賀忠親は筒井縫殿之助、成田《なりた》藤内《とうない》、斎藤久郎右衛門、煤孫治義らに殿《しんがり》を命じて南の飯豊《いいとよ》村方面に退く。それでも北直吉らの追撃は止《や》まず、一揆勢は東の二子城へ逃亡する。

一度、喰らいついたら北直吉は諦めない。和賀忠親の存在を知っているのか、大将を討とうと追いに追う。忠親の危機を知り、同城で留守居をしていた江釣子吉資が救援に駆け付け、忠親が乗る疲弊した馬と替え馬を交代させ、なんとか城に撤収させた。

追いきれなかった北直吉は地団駄踏んで悔しがり、一度、義父の待つ花巻城に戻った。

「ご無事でなにより」

この戦いで南部方の武士は四十五人、足軽三十人が討死していた。

「そちのお陰で命拾いをしたの」

養子の手を取って北松斎は喜んだ。

「敵は、この城を使いたかったのであろうな。火矢を射懸けられなんだは幸いじゃった」

「こののち、いかがなさいますか。二子城は、さして堅固ではありませぬ」

覇気ある北直吉は二子城攻撃を主張する。

「一揆とはいえ数百はいよう。我らだけの兵で城を落とすのは困難。福岡からの後詰を待とう」

逸《はや》る養子を宥め、北松斎は一旦兵を休ませた。

北直吉が指摘したように二子城はそれほど堅固ではない。翌二十二日、和賀忠親は旧岩崎《いわさき》城主の岩崎弥十郎義高《やじゅうろうよしたか》と相談し、籠れるように二子城から二里少々南西に位置する岩崎城を普請することにし、旧領民を集めて作業にかかった。

二十三日の夜、伊達家臣の白石宗直と葛西旧臣の母帯越中《もたいえっちゅう》から米十五石と火薬二荷《ふたに》

（馬荷分）が和賀忠親に送られた。米一石は当時の男性一人が一年間で消費する米の量で百五十キログラム。つまり二千二百五十キログラムが支援された。一人が一日に食する量がおよそ一合《ごう》（約百五十グラム）なので、一千人が普通に半月食える量である。十分とは言えないまでも、素早い対応であった。

北松斎から利直の許に一揆蜂起の急報が届けられたのは二十二日。北直吉が救援に駆け付けて、一揆勢を敗走させたあとのことであった。

即座に利直は楢山義実《ならやまよしざね》と桜庭直綱《さくらばなおつな》らに兵一千をつけて花巻城に向かわせた。北直吉らが一揆勢を排除させた報を聞いたのは二十四日のことであった。

「和賀（忠親）や大迫はいずこに潜《ひそ》んでいたのか」

利直は側近の小笠原直吉《おがさわらなおよし》に問う。先代の信直が領内の掃討をさせたはずである。

「伊達に仕えていたとのことにございます。それゆえ素早い蜂起ができたのかと存じます」

「伊達が後押ししたと？　彼奴は同じく内府に与《くみ》する儂を敵とし、兵を向けてきたというのか！」

怒髪衝天。利直は拳を震わせた。

（父上が申していたとおり。彼奴はついに牙を剝《む》きよった。もはや恐い太閤はおらぬゆえ、か）

信直の言葉を思い出した。思案するほどに腸が煮えくり返る。

「仰せのとおりにございます。いかがなさいますか？」

「伊達に抗議しても、しらを切られるばかり。首謀者を捕らえさせよ」

憤りをあらわに利直は命じた。

時を同じくして斯波《しば》郡に斯波詮真《あきざね》の息子の孫三郎詮国《まごさぶろうあきくに》が戻り、旧臣を集《つど》って一揆を蜂起させた。まさに同時多発一揆であった。

「またか。おのれ伊達め！　吉兵衛《きちべえ》に鎮めさせよ」

忿恚《ふんい》する利直は中野正康《なかのまさやす》を鎮圧に向かわせた。

利直は、すぐに和賀討伐に向かいたいが、領内で一揆が連続しているので、動くに動けない。まずは、家臣たちを信じて吉報を待つことにした。

ただ憎むべきは伊達政宗である。

その政宗は九月二十九日、徳川家臣の村越直吉《むらこしなおよし》と茶人の今井宗薫《いまいそうくん》に対し、書状を送っている。

「（前略）南部境のことはいろいろと六箇敷《むつかし》（難し）い状態でした。我らは使者を遣わして上方の様子を伝え、少しも敵意がないことを伝えても、南口に兵を残し、我らに謀《はかりごと》を巡らすばかりでした。仕方がないので南部に罷《まか》り出て、即時に申し付け、いかがと威しかければ、一段と困って、これからはなんでも従います、と申しました。近日、仙北（小野寺義道）は最上と手切れとなり、景勝に一味しました。近辺だと申すので、南部から仙北表に出陣し、最上のために後詰仕るように申し付けました。追々吉報をお届けします（後略）」

一揆が露見した時、正統な出陣であることを主張するためか、都合のいい内容である。北出羽で秋田家と小野寺家が盟約を結んだという、利直にとって気掛かりな報せが届けられた。

「小野寺は最上と犬猿の仲。ゆえに小野寺は上杉と与した。これに秋田も乗ったのか。最上の旗色が悪いゆえの。伊達が後詰を送ったというが、まだ旗幟を鮮明にするのは早かろう」

利直は危惧を深めた。事実ならば、ますます一揆討伐に福岡城を発つわけにはいかない。

上杉家は多勢で長谷堂城を包囲しているが、攻めあぐねて小康状態が続いていた。山形城の最上家には、ようやく伊達家の留守政景ら五千の援軍が到着したというところである。

「秋田と小野寺は、互いに所領を侵さぬ盟約（不可侵条約）あたりではないでしょうか」

気にするほどでもないと、小笠原直吉は言う。

「だといいが。もっと強い誼かもしれぬゆえ、今しばらく探るしかあるまい」

危惧しながら利直は動向を窺った。

誰が味方なのか判らない。疑心暗鬼の牽制に足をとられ、利直は福岡城から動けなかった。一揆討伐も捗《はかど》らず、日ごとに秋風が冷たくなる中の十月上旬、衝撃的な報せが相次いで届けられた。

数日前となる十月一日、山形城近くの長谷堂城を包囲していた上杉軍が突如囲みを解き、撤退を敢行。最上勢と後詰の伊達勢は追撃を行い、多数の上杉兵を討ち取ったという。

「落城が近いのに妙ですな。西でなにかあったのやもしれません」

「西軍が敗れたゆえ会津《あいづ》を守るつもりか。逆《さか》さに東軍が敗れたゆえ、西軍と江戸を挟み撃ちにする算段か。それにしても、上方は遠いの」

利直は南部領が上方から遠隔地であることを思い知らされながら、情報の収集に当たらせた。

二

本題はこれ。およそ一ヵ月前の九月十五日、徳川家康を大将とする東軍八万八千余と、石田三成《いしだみつなり》らの西軍八万三千余が美濃《みの》の西端に位置する近江《おうみ》と国境を接する関《せき》ヶ原《はら》で激突した。

辰《たつ》ノ刻（午前八時頃）に開始された戦は、地の利を活かして序盤は西軍優位で進んだものの、西軍の右翼ともいえる小早川秀秋《こばやかわひであき》、吉川廣家《きっかわひろいえ》らが家康の調略によって動かず、廣家に抑えられた毛利秀元《もうりひでもと》も戦えず、安国寺恵瓊《あんこくじえけい》、長束正家《なつかまさいえ》、長宗我部盛親《ちょうそかべもりちか》らは、毛利勢に倣って参戦しなかった。

　一進一退の攻防が続く中の午《うし》ノ刻（午後零時頃）、家康に威嚇された小早川秀秋は、東軍として西軍の大谷吉継《おおたによしつぐ》勢に突撃。小早川勢の背信を合図に、赤座直保《あかざなおやす》、小川祐忠《おがわすけただ》、朽木元綱《くつきもとつな》、脇坂安治《わきざかやすはる》らも東軍に寝返って、戸田重政《とだしげまさ》と平塚為広《ひらつかためひろ》勢を襲撃して、西軍は大混乱となり、劣勢に陥った。

　小早川勢の下山から半刻後の午ノ下刻（午後一時頃）には西軍は総崩れとなった。未《ひつじ》ノ刻（午後二時頃）、島津惟新《しまづいしん》勢による徳川家康本隊への敵中突破が行われ、西軍と島津家の意地を見せるものの大勢に影響を及ぼすことはできず、関ヶ原合戦の勝敗は、わずか半日で決した。

　総大将に祭り上げられた毛利輝元《もうりてるもと》は大坂城を動かず、三成が期待した秀頼の出馬もなかった。

　中仙道《なかせんどう》を通って西進した徳川の秀忠軍は、信濃《しなの》・上田《うえだ》城主の真田昌幸《さなだまさゆき》に翻弄《ほんろう》されて決戦の場には間に合わなかったという。

「大坂を押さえた治部少輔《じぶのしょう》が、八万以上の兵を集めて戦い、たった半日で敗れたのか……。返り忠も戦の倣《なら》いとは申せ、現実は酷じゃの。安芸中納言《あきちゅうなごん》（毛利輝元）も動かぬとは」

報せを聞いた利直は、ただ啞然とした。

両軍合わせて十七万余の兵が布陣する光景は、さぞ壮観であろうが、まったく想像できなかった。参陣したいという気持は武将ならば持っている。勿論、勝利する側での話であるが。

「東軍が西軍を一蹴したならば、もはや上杉も恐るるに足りませぬ。秋田も当家に兵を向けることもないかと存じます。一揆討伐に向かってはいかがでしょうや」

小笠原直吉が明るい表情で勧める。

秋田実季《さねすえ》が関ヶ原の結果を知るのは十月十六日なので、まだ情報を摑《つか》んではいなかった。

「さもありなん」

頷いた利直は、内堀頼式《うちぼりよりのり》を井伊直政《いいなおまさ》の許に使者として遣わし、家康への戦勝祝いを述べさせると共に、伊達政宗が南部領で一揆を煽動しているので、殲滅《せんめつ》に尽力することも伝えさせた。

十月十一日、利直は奥瀬直定《おくせなおさだ》や沢田定吉《さわださだよし》らの家臣たちに軍役を定め、陣触れをした。

翌十二日、利直は二千の兵を率いて福岡城を出立した。翌日、盛岡城に達した時には中野正康らによって斯波郡の一揆は鎮圧されていた。

「申し訳ありません。斯波孫三郎（詮国《あきくに》）を取り逃がしました。今、探しております」

中野正康が詫《わ》びる。

「構わぬ。伊達の許に逃れたのであろう。和賀を捕らえれば全て明らかになる。そちも加われ」

中野正康勢も加えた利直は普請中の盛岡城を発ち、その日は花巻城で兵を止めた。

「寡勢にての一揆の撃退、さすが北殿じゃ」

出迎えた北松斎を利直は労《ねぎら》った。

「敵が弱すぎただけのこと。十左衛門（直吉）や帯刀左衛門尉《さえもんのじょう》（楢山義実）が二子城に仕寄せた時、敵はこれを捨てて岩崎城に退いていたとのこと。十左衛門らは岩崎で敵と向き合ってござる」

「左様か。早々に討たねばならぬの」

利直の懸念は降雪である。あと半月もすれば降りはじめ、来春まで身動きできなくなる。気持ばかりが焦った。

翌日の朝食直後、鱒沢《ますざわ》忠右衛門《ちゅうえもん》広允《ひろみつ》が利直の前に罷り出た。広允は遠野《とおの》・阿曽沼《あそぬま》家の家老で鱒沢舘主の鱒沢左馬助《さまのすけ》広勝《ひろかつ》の嫡子である。鱒沢家は阿曽沼家の親戚でもあった。

「申し上げます、当家の主・阿曽沼孫三郎《まごさぶろう》（広長《ひろなが》）様、伊達と通じているようにございます」

「なに！」

思わず利直は声を荒らげた。この日、横田（鍋倉《なべくら》）城主の阿曽沼広長は利直に合流する予定になっている。所領問題で、先代の信直や桜庭直綱との確執はあったものの、利直と広長の間には、それほど険悪なものはない。小田原参陣以降、潜在的な不満は阿曽沼側にはあるのかもしれないが。

「阿曽沼は最上の陣にも参じたの。返り忠するとは思えぬが」

驚きはしたものの、利直には、この期に及んで背信する理由が判らなかった。

「先代の刑部少輔《ぎょうぶのしょう》（広郷）は健在だったにも拘わらず、九戸の陣には参じず、息子の孫三郎（広長）を参陣させてござる。しかも孫三郎は亡き常住院《じょうじゅういん》（信直）様の葬儀にも参列せぬ不忠者。孫三郎の内儀は伊達の家臣。返り忠しても不思議ではござらぬ」

北松斎が指摘する。広長の正室は伊達家臣で気仙《けせん》郡の世田米《せたまい》城主・世田米修理《しゅり》広久《ひろひさ》の娘であった。

「我が家中を乱す伊達の画策では？」

「仰せのとおりでござるが、阿曽沼は遠野の領主。このまま見過ごすわけにはまいりますまい」

遠野は一万石。公称とはいえ南部家の表高の十分の一を占めている。北松斎の言うとおりである。

「左馬助（広勝）はなんと？」

利直は鱒沢広充に目を向ける。

「父は病と称して、主の兵に参陣しませぬ。主が出陣したのち、横田城を押さえますゆえ、お屋形様には吟味して戴きますようお願い致します」

「あい判ったと左馬助に申せ」

訝《いぶか》しいと思いつつも利直は応じると、鱒沢広允は喜んで下がっていった。

「実は、阿曾沼家で起きた、ありきたりの内紛ではなかろうか」

「察しのとおりかもしれませんが、この期に内輪もめをしているようでは話にならぬ。下手をすれば遠野が敵に廻るが、うまく対処すれば、阿曾沼を遠野から切り離すことも可能。気仙と遠野は隣領ゆえ、紛争ののちは、然るべき者を配置なされるがよい」

年の功だけあって北松斎の考察は鋭い。助言に利直は頷いた。

阿曾沼広長は予定どおり、家老の上野《うえの》右近広則《うこんひろのり》と平清水駿河《ひらしみずするが》を残し、三百の兵を率いて横田城を出立した。直後、鱒沢広勝は横田城に入城。予《かね》てから上野広則、平清水駿河とは申し合わせていたので、占拠に大きな混乱はなかった。広則は広長の次弟である。

火渡舘主《ひわたしだてぬし》の火渡玄蕃《げんば》広家《ひろいえ》は、鱒沢広勝らに与することを断って火渡舘に帰舘のところ、鱒沢勢に攻撃を受けた。寡勢の火渡勢では守りきれず陥落寸前。広家は死体と偽り、籠に乗って脱出を試みたが、鱒沢兵の鑓に突かれて落命した。十二歳になる嫡子の倉之助《くらのすけ》はなんとか逃れ、広家が向かう先であった東禅寺《とうぜんじ》に匿《かくま》われた。

上野舘《うえのだて》にいた西風舘大学広久《ならいだてだいがくひろひさ》は、鱒沢広勝らの企てを知ると、横田城に赴いて阿曾沼広長の妻子を連れ出し、実家の世田米城に向かわせた。途中まで見送った広久は引き返し、利直に合流するところであった広長の許に罷り出て子細を伝えた。

「鱒沢め、返り忠か！」

急報を受けた阿曽沼広長は憤激すると、利直に後詰を依頼する使者を出すと、兵を返した。

片や、横田城を押さえた鱒沢広勝は、同城から二里ほど西に位置する自らの居館に戻り、周囲に兵を配置した。阿曽沼広長が帰城するならば、南の眼下の釜石《かまいし》街道を通ることになる。利直が言った「あい判った」という返事は、広長を討ち取れ、という命令だととらえていた。

激昂する阿曽沼広長は冷静な判断ができていないのか、待ち伏せを受けていることに注意が廻らず、急襲を受けて兵を乱した。

「横田の妻子は質に取っておる！　手向かい致すな」

鉄砲を放ったのちに鱒沢広勝が高台から叫ぶと、阿曽沼広長の家臣たちの闘志は急速に萎えた。

「なにをやっておるか！　返り忠が者を許すでない！　お屋形様の後詰がまいるぞ」

馬上の阿曽沼広長が大声で命じるものの、闘争心を失った兵の士気を回復させることはできなかった。

「お屋形様の後詰はまいりません。あるいは合意の挙兵やもしれません」

重臣の松崎監物《まつざきけんもつ》が阿曽沼広長に告げる。

「大名の当主が左様な阿漕《あこぎ》なことを致すのか！」

阿曽沼広長は、利直へも怒りの鉾先を向ける。

「このままでは質を取られた家臣たちが、殿に刃を向けるやもしれません。ここは一旦、舅様の許に落ち、再起を図ってはいかがにございましょう。某は来る日《きた》をお待ち致しております」

松崎監物が勧める。

「致し方ないの」

笛吹けど踊らぬ家臣たちに失意を感じ、阿曽沼広長は数人の従人を連れて、気仙の世田米城に落ちていった。家臣は広長から所領を安堵されている者が大半であるが、行動を共にすれば領地を失う。皆は簡単に土地を離れるわけにはいかない。兵農分離が進んでいない南部領の現実であった。

事が収束したのち、再び鱒沢広允が利直の許に訪れ、詳細を伝えた。

「左様か。伊達の後詰を得て仕寄せてくるやもしれぬ。左馬助には、遠野の安寧に努めよと申せ」

労った利直は、鱒沢広允を帰城させた。

(己のことを己で解決できぬ者は領主には相応《ふさわ》しくないということじゃな)

利直にとって、遠野の領主が阿曽沼広長である必要はない。安定して、南部家に忠節を尽くせばいい。援軍を送らなかった利直に悪態を吐いたという広長を利直は蔑んだ。

遠野が大事に至らず、安堵すると同時に、明日は我が身と、家中の掌握を徹底しなければならぬことを自戒した。

数日様子を見ていたが、遠野に争いは起こらなかった。十月十八日、利直は花巻城を出立し、江釣子《えづりこ》村の三日月田《みかづきた》に宿泊、翌十九日、横川目《よこかわめ》の田中瀬《たなかせ》で和賀川を渡河し、煤《すす》孫《まご》村の寺坂《てらさか》から上馬場《かみばば》へ進み、岩崎城西の兵庫《ひょうご》舘に兵を止め、東の出城を普請して本陣とした。

岩崎城は夏油川《げとうがわ》の西岸に沿って北東側に延びる丘陵の先端（比高三十メートル）に築かれた平山城である。北側は北上川の湿地帯を自然の惣濠《そうぼり》とし、さらに和賀川が流れて敵を阻んでいた。西にも広い堀が掘られているので、攻め口は南西ばかり。

（さして大きな城ではないが、地を活かして仕寄せづらくなっているの）

東から北、西とぐるりと遠望し、利直は眉間に皺を刻んだ。

城には和賀勢のほか、浪人衆を主体とした伊達家からの援軍を含め、一千五百余が籠っている。対して包囲する南部軍は遠巻きとなる二子城の兵も合わせて五千ほどを集めた。騎馬武者は三百、鉄砲は二百五十挺を揃えている。

利直は楢山義実、桜庭直綱、北直吉らを日ごとに先陣の大将として城攻めをさせるが、攻め口は南西一ヵ所に限られているので、負傷者ばかりを出して攻めあぐねた。

十月末には、ついに雪が舞いはじめ、十一月になると徐々に積もりだした。

包囲している最中、上方からの報せが次々に利直の許に届けられた。

過ぐる九月二十一日、西軍における実質的な総大将であり、関ヶ原合戦の画策者でもある石田三成は、近江・伊香《いか》郡の古橋《ふるはし》村の山中で田中吉政《たなかよしまさ》に捕らえられた。ろくな詮議も受けぬまま、十月一日、三成は小西行長《こにしゆきなが》、安国寺恵瓊と共に洛中を引き廻された末に都の六条河原《ろくじょうがわら》にて斬首された。

総大将の毛利輝元は、九月二十四日に大坂城の西ノ丸を明け渡し、大坂の木津《きづ》にある毛利屋敷に退いた。関ヶ原の本戦で毛利勢が日和見をすれば本領の百二十余万石は安堵されるはずであったが、「内府ちがひの条々」の添書を発行し、伏見、伊勢、四国攻めに兵を出したことを指摘され、毛利家には改易処分が下された。

決定を聞いた吉川廣家は驚き、自身に与えられる周防《すおう》、長門《ながと》の二ヵ国を主家の毛利輝元に与えるように奔走し、十月十日、認められて毛利家は六ヵ国が削減され、二ヵ国の大名になった。

最上領からの熾烈な撤退戦を行って帰城した直江兼続は、主の上杉景勝と相談の上、降伏することを決め、交渉の準備にかかっていた。

最上義光は手薄になった南出羽の庄内に兵を進めていた。

激戦を極めた関ヶ原合戦の急報を受けた伊達政宗は、即座に旧領奪回を開始し、南陸奥の福島城を攻撃したが、激しい抵抗にあって撃退されている。

十月十五日、家康は東軍に参陣した諸大名への加増を発表した。

尾張・清洲二十四万石の福島正則《ふくしままさのり》は安芸《あき》・広島《ひろしま》四十九万八千石、筑前《ちくぜん》・名島《なじま》三十五万

七千石の小早川秀秋は備前《びぜん》・岡山《おかやま》五十一万石、三河《みかわ》・岡崎《おかざき》十万石の田中吉政は筑後《ちくご》・柳《やな》河《がわ》三十二万石、肥後《ひご》・隈本《くまもと》二十五万石の加藤清正《かとうきよまさ》は同国五十二万石、丹後《たんご》・宮津《みやづ》十八万石の長岡忠興《ながおかただおき》は豊前《ぶぜん》・小倉《こくら》三十九万九千石、豊前《ぶぜん》・中津《なかつ》十八万石の黒田長政《くろだながまさ》は筑前・名島五十二万三千石、遠江《とおとうみ》・掛川《かけがわ》六万九千石の山内一豊《やまのうちかずとよ》は土佐《とさ》・高知《こうち》二十万二千石、下《しも》野《つけ》・宇都宮《うつのみや》十八万石の蒲生秀行《がもうひでゆき》は陸奥・会津六十万石などなど。

伊達政宗は「百万石のお墨付」を得ているものの、まだ、陸奥、出羽の小競り合いが収まらず、最上義光らも含め、論功行賞は行われなかった。

改易となったのは、小西行長、立花親成《たちばなちかなり》（のちの宗茂《むねしげ》）、小早川秀包《こばやかわひでかね》、長宗我部盛親、宮部長熙《みやべながひろ》、宇喜多秀家《うきたひでいえ》、増田長盛《ましたながもり》、長束正家、丹羽長重《にわながしげ》、前田利政《まえだとしまさ》、石田三成、安国寺恵瓊、織田秀信《おだひでのぶ》、木下勝俊《きのしたかつとし》、真田昌幸《さなだまさゆき》などなど。正家は切腹させられた。

合戦で西軍に兵を派遣し、兵糧を送った豊臣家は二百余万石の直轄領を所有していたが、家康は摂津《せっつ》、河内《かわち》、和泉《いずみ》で六十五万石に減らしている。豊臣家が一大名に転落した瞬間であった。

毛利輝元は減封、最終的には九十家の改易と四家の削封となり、石高にして六百数十万石。全国の三割余が東軍に加増されたことになる。改易による牢人の数は二十万人を超えるという。

西軍に与して処分等が決まっていないのは、島津龍伯《しまづりゅうはく》（関ヶ原参陣は弟の惟新《いしん》）、上杉景勝、佐竹義宣《さたけよしのぶ》、弟の蘆名盛重《あしなもりしげ》、岩城貞隆《いわきさだたか》、多賀谷宣隆《たがやのぶたか》、相馬義胤《そうまよしたね》である。

奥羽で曖昧な態度をとった武将もまだである。

津軽為信は美濃《みの》の大垣《おおがき》攻めに参じたものの、秀頼の小姓を務める嫡子の信建《のぶたけ》は参陣させず、大坂在番をさせていた。信建は三成を烏帽子親《えぼしおや》としていることもあり、万が一、東軍が敗れるようなことがあっても津軽家が残るように、真田、九鬼《くき》、蜂須賀《はちすか》、生駒《いこま》家と同じく二股膏薬を行った。

関ヶ原の敗報が大坂に届けられると、信建は密かに三成の次男・重成《しげなり》を若狭《わかさ》から乗船させて津軽に逃れさせた。津軽家の二股外交を知った家康は、津軽家に二千石の加増しかしなかった。

天下分目の関ヶ原合戦によって、豊臣政権の五年寄《としより》、五奉行制は崩壊し、年寄筆頭の家康は主家を差し置き、諸大名に対して天下人のごとく権力を振るっていた。

（戦は敗れれば無になるのが武家。他人事ではないの。太閤は唐入りを画策していたゆえ、当家に寛容であったが、内府は左様な愚行はすまい。早う一揆を片づけぬとな）

利直は昼夜をおかず攻めさせたが、城の守りは固く、攻略する足掛かりは摑《つか》めなかった。

岩崎の陣に井伊直政からの使者が視察に訪れた。

「難攻不落の城ではござらぬが、この雪が曲者。この冬に落とすのは難しいと主に報せましょう」

井伊家の使者は肩を縮ませて言う。寒さには馴れていないので早く帰国したいようであった。

関ヶ原の戦功により、井伊直政は上野の箕輪《みのわ》十二万石から近江の佐和山《さわやま》十八万石に加増の上、移封されている。但し、島津軍を追撃する最中「捨《す》て奸《がまり》」という鉄砲戦術を受けて深手を負っていた。

「忝《かたじけ》のうござる」

雪解けまでの猶予を得られれば、利直としては満足である。

十一月中旬、逃げるように井伊家の使者は岩崎を発った。利直も倣うことにした。

「城攻めはせぬでよい。城を出る者があれば討て」

利直は兵庫舘を南右馬助正愛《みなみうまのすけまさちか》と浄法寺修理重好《じょうほうじしゅりしげよし》に任せ、盛岡城に引き上げた。

若き主君を軽く見ている面もあろう。浄法寺重好は高齢を理由に勝手に帰城してしまった。

「あの戯《たわ》け！　儂を蔑《ないがし》ろにしておるのか！」

報せを受けた利直は手にしていた筆を折り、激怒した。すぐに呼びつけて叱責し、再び兵庫舘に向かわせようとも思ったが、士気が下がった者を戦陣に送っても陣が弛緩《しかん》するばかり。阿曽沼家の内訌《ないこう》があったばかりなので、主従の争いは避けたいところである。

（今に見ておれ。片がついたら処分してくれる）

憤る利直は、楢山義実を支援に向かわせた。

利直はただ雪解けを待つのではなく、一揆勢に内応を呼び掛けた。

「このたび、菱内《ひしない》（横川目村《よこかわめ》）に来た。岩崎城内での調略の件、その方の才覚にて首尾良く進めば本領を安堵する。父親のことも許すので、存分に励むように」

十二月七日、利直は煤孫七郎右衛門《すすまごしちろうえもん》（義実《よしざね》）に書状を送っている。父親は煤孫義村《よしむら》である。

包囲兵が城に入るのは困難であるが、城外にいる身内の者が入城するのは思いのほか簡単らしい。深雪で南正愛や楢山義実も手が廻らないのか、あるいは兵たちが顔見知りを見逃しているのか、岩崎城の兵糧が尽きて餓えることもなく、激動の年は暮れていった。

三

かなり雪が溶けてきた慶長六年（一六〇一）三月三日、利直は岩崎城攻めの軍役を定めた。

先手は大光寺正親《だいこうじまさちか》と簗田勝泰《やなだかつやす》、二手は毛馬内政次《けまないまさつぐ》と日戸秀武《ひのとひでたけ》、三手は桜庭直綱と葛巻直茂《くずまきなおしげ》、四手は中野正康と野田政親《のだまさちか》、五手は利直本隊で石井直光《いしいなおみつ》、北愛一《きたちかかず》、南正愛、東正永《ひがしまさなが》、北直継《きたなおつぐ》、六手が楢山義実と浄法寺重好、七手が八戸直政《はちのへなおまさ》、大湯昌忠《おおゆまさただ》、大槌広紹《おおつちひろつぐ》、八手は荷駄の沢田定吉《さわださだよし》、内堀頼式。以上、騎馬武者百九十八と、それ以外が四千五百七十一、総勢四千七百六十九人であった。

利直は信直時代を支えた一族衆を本隊、あるいは後詰に置いて身の回りを固め、遠縁の一族や家臣たちを前線に配置した。新たな態勢である。

昨年、包囲を放棄して勝手に帰城した浄法寺重好には、一言も文句を言わなかった。このたびは一兵でも多く欲しい時。ある程度の犠牲が出ることは覚悟していた。

「もはや雪に阻まれることもないゆえ、言い訳も聞かぬ。和賀程度の一揆を討てねば南部の存続はないと心得よ。出陣じゃ！」

闘志満々、利直が下知を飛ばすと、重臣たちは鬨で応えた。

「おおーっ！」

三月上旬、南部軍は満を持して福岡城を出立した。行き先は岩崎城。昨年から包囲を続けている家臣たちもおり、南正愛や楢山義実などは手勢のみを連れての行軍であった。

南部軍は八日、北松斎が城将を務める花巻城に入り、翌九日、江釣子村の三日月田を経て、その夜はかいころ（神楽）島で宿営した。十日、前年と同じように横川目の田中瀬で和賀川を渡河しようとしたが、おりしも厳寒の雪解け水で水嵩《かさ》が増して人馬共に渡れず、半里ほど東の長沼《ながぬま》村で夜露を凌《しの》いだ。十一日の早朝、水位が低くなったので田中瀬を渡り、岩崎城から十二町ほど南西に築かれている七折舘《ななおりだて》に陣を布いた。

城には旗指物のほか筵旗《むしろばた》も春風に翩翻《へんぽん》と靡《なび》き、多少の切り崩しが行われようとも士気が萎えていないことを表しているようであった。

「まこと彼奴らには兵糧攻めが利いておらぬのか？　まずは仕寄せてみよ」

十三日、利直は先手の大光寺正親と簗田勝泰に命じ、城攻めを開始させた。大光寺・簗田勢の騎馬武者二十八とそのほか四百十九人が、先を争うように南西の大手道《おおてどう》へと向かう。

一揆勢は籠城したまま固く城門を閉ざし、迎撃に努めるかと思いきや、意気盛んな大将の和賀忠親や城主の岩崎義高《いわさきよしたか》をはじめ、煤孫治義、毒沢一邦《どくざわかずくに》、成田藤内、晴山慶如《はれやまよしもと》、八重樫義実、蒲田宗現《かまたそうげん》ら三百余が出撃し、大光寺・簗田勢を攪乱して、潮が引くように城内に退いた。

「戯けめ、軽くあしらわれよって」

戦況を眺めていた利直は憤る。意気込んで出陣したのに、出鼻を挫かれて腹立たしくてならない。闘志が空廻りしている。じっくり攻めるように、叱責を飛ばした。

その後、霙《みぞれ》まじりの雨が降ったので、利直は様子を見ながら兵を押し上げた。竹束を前面に出して敵に備え、鉄砲・弓衆を配置して鑓衆を控えさせた。

大手口の先手は大光寺正親と毛馬内政次、西の搦手の先手は桜庭直綱と葛巻直茂らを備えた。

十七日は朝から青空が広がった。利直自身も七折舘を出て戦陣に立った。

「押し立てよ！」

大音声で利直は叫び、采を振り下ろした。

途端に南部勢は鬨を上げ、弓・鉄砲を放ちながら前進する。寄手から轟音が鳴り響くものの、城内からは反撃する音は皆無だった。

「なにゆえ、敵は静まり返っておるのじゃ？　挟み撃ちにする気か」

怪訝《けげん》に思った利直は、攻撃を続けさせながら、後方への物見をさらに遠くまで放った。

城内からの攻撃がないので、桜庭直綱は搦手から茶臼台《ちゃうすだい》の山へ上がり、本丸へ乗り込もうとした。さすがに城兵も防衛しようと城から出て防戦に努めた。桜庭勢の長沢六助《ながさわろくすけ》、四戸《しのへ》宗長《むねなが》らは敵の首を取るものの、川熊藤右衛門《かわくまとうえもん》は討死した。反撃が始まり、桜庭勢は押された。

「まだ、大手が進んでおらぬ。桜庭は深入りしすぎじゃ。退かせよ」

利直の下知を受け、桜庭勢が後退しかかると、城兵の山王海太郎《さんのうかいたろう》が櫓《やぐら》に上って怒号する。

「南部の大将は腰抜けじゃ。いつも家臣の背に隠れて鑓も握ったことがない。そのまま仕えていても家の行く末は知れておる。儂らと腑抜けを討とうぞ！」

斯波郡出身の山王海太郎は、つい先頃まで利直に知行百石で仕えていたが、なにを血迷ったのか岩崎城に走り、南部家の軍編成等を全て和賀忠親に報せ、寄手が迫ると利直を罵倒《ばとう》していた。

「痴《し》れ者め！　あの戯けを討ち取れ！」

拳を震わせて利直は厳命すると、同じ斯波旧臣の大萱生《おおがゆう》玄蕃《げんば》秀重《ひでしげ》が配下を率いて搦手に向かった。大萱生勢は茶臼台の下に達すると、秀重は家臣の小屋敷修理長義に命じる。

「よいか、心して狙え」

鉄砲上手の小屋舗長義は頷くと、密かに櫓の下に忍び寄る。それでも櫓の上の山王海太郎は気づかず、快調に毒舌を吐いていた。好機だと長義は狙いを定め、引き金を絞った。

「げっ」

玉は一発で山王海太郎の眉間を貫き、饒舌《じょうぜつ》な口調とは裏腹に冴《さ》えない声を残して櫓から落下した。小屋舗長義は即座に太郎の首を掻《か》いて利直の前に差し出した。

「天晴れじゃ修理」

歓喜した利直は栃内鹿毛《とちのうちのかげ》の駿馬に鞍《くら》を置き、小屋舗長義に褒美として与えた。

（攻めきれなかったか。まあ初日とすれば上々か）

ある程度の打撃を与えたものの、陥落には至らず、陽が落ちたので利直は兵を退かせた。

二十日、利直は自ら出陣し、西の万《まん》ノ門に押し寄せると、家臣たちも鬨をあげて猛然と門の中に攻め入った。この日はおりから西風が強く、各旗指物や馬印も翩翻《へんぽん》と靡いていた。

旗の音に岩清水蔵人義因《いわしみずくらんどよしより》が騎乗する馬が驚いて駆け出し、城外の枡形の内へ乗り入った。これを城兵の淵柳五郎右衛門《ふちやなぎごろうえもん》が追い、義因が乗る馬の前脚を斬った。たまらず義因は前のめりに転がり、五郎右衛門は袈裟がけに斬りかかる。それでも、肩の札《さね》に当たって身には通らなかった。

即座に岩清水義因は起き上がり、淵柳五郎右衛門と斬り合った。互いに剣戟《けんげき》を響かせるが、すぐに勝負はつかない。そこへ八《や》重畑《えばたけ》刑部《ぎょうぶ》入道《にゅうどう》休信《きゅうしん》が走り寄り、義因に横から体当たりを喰らわせた。義因が転ぶと、休信は五郎右衛門と共同で馬乗りになり、義因の首を討ちとった。

結局、この日も攻めきれず、利直は兵を退かざるをえなかった。

「冬の間、当家の包囲が手薄だったため、伊達の支援もあったでしょうが、もはやございませぬ。確実に敵は弱っております。お焦りになりませぬよう」

不快感に満ちる利直を小笠原直吉が宥《なだ》める。

「判っておる。案じるでない」

表情に出したことを自戒しつつ、利直は頷いた。

およそ半月ほど小競り合いが続く中の四月四日早朝、南東から一勢が接近して来た。

「兵数は？　いずこの者じゃ？」

報せを聞いた利直は即座に問う。

「兵数は百数十人。旗は立てておりませぬゆえ、おそらく伊達が煽った一揆かと存じます」

小笠原直吉が答えた。

「おのれ、伊達め。絶対に城に入れさせるな。挟み撃ちの失態も招くな」

嚇怒《かくど》する利直は八手までの侍大将に厳命し、これとは別に乙部長蔵義廉《おとべちょうぞうよしかど》と大光寺正親を兵と共に北から東に移動させ、新手に備えさせた。

岩崎城に接近する一揆勢は、伊達政宗の家臣・水沢城主の白石宗直、その家臣・鈴木《すずき》将監義信《しょうげんよしのぶ》が率いる百五十余人であった。新手は岩崎城の東南の夏油川原《げとうかわはら》を通り、城内に入ろうとした。

後詰の一揆勢を入城させないようにと、利直の本隊から石井直光なども派遣された。南部勢と一揆勢が干戈を交えた時、直光勢の中から石井又三郎《またさぶろう》が一番に進んで鐺を合わせ、敵の首を取ったのを皮切りに双方入り混じっての乱戦となった。戦いに大光寺正親らも加わった。

大光寺勢の宮森五郎吉《みやもりごろきち》は鈴木義信が騎乗する馬の前脚を斬り、義信を夏油川の中に突っ伏すように落馬させた。義信は即座に起き上がろうとするが、それより前に五郎吉は走り寄り、義信を突き伏せた。五郎吉は十五歳、義信は五十九歳。義信の首はすぐさま本陣に届けられた。ほかには、一揆勢の仁井田内膳《にいだないぜん》を南部勢の八木沢與四郎《やぎさわよしろう》が討ち取った。

乱戦の最中、鈴木義信の家臣の浜田甚助《はまだじんすけ》が乙部義廉に斬りかかった。この刃で義廉は深手を負い、あわやというところに大光寺勢が救援に駆け付け、命拾いをした。それでも、南部勢では今淵半九郎政慶《いまぶちはんくろうまさよし》、乙部長左衛門吉形《おとべちょうざえもんよしなり》・長五郎吉景《ちょうごろうよしかげ》兄弟ら十一人が討死している。

「半九郎が討死したか……」

報せを聞いた利直は肩を落とした。今淵政慶は側室・於三代《おみよ》ノ方《かた》の弟である。利直は政慶の嫡子・政且《まさかつ》に家督を継がせた。

一揆の新手は大将の鈴木義信が討たれたこともあって壊乱となり、我先にと敗走する。白石宗直と母帯越中は南部領の小田代《こだしろ》まで兵を出して撤収を図るが、追撃ほど容易く敵を討てる時はない。南部勢は逃げる敵の背後から襲いかかり、二里ほどの国境までの間で九十三の首級をあげた。

岩崎城に籠る一揆勢は味方への追撃を阻止しようとするが、南部勢は包囲を固めているので出撃できるはずもなく、虚《むな》しく届かぬ矢玉を城内から放つばかりであった。

「鈴木将監（義信）の首級は我らの手にあります。これで伊達も言い逃れできませぬ。また、これに懲りて、後詰も送られますまい。今少しでございます」

小笠原直吉が嬉しそうに言う。

「すでに一月《ひとつき》が経った。まごまごしていれば田植えの時期となる。早うせぬとな」

なかなか落ちぬ城に、利直は苛立った。

一揆の加勢は阻止したが、その日からさらに半月が過ぎ、四月十九日になっても岩崎城を攻略することはできなかった。利直は侍大将と重臣たちを本陣に呼び寄せた。

「かような多勢をもってして小城一つ落とせず、徒《いたず》らに日を送ることの、なんと口惜しきことか。一揆は政宗の加勢あれば、日数を経るほどに勢いを増し、九戸のごとく我が一分《いちぶん》の力では敵《かな》わざることになるやもしれぬ。左様な時は我が武威なく、弓矢の弱みと自他の誹《そし》りも遁《のが》れ難し。それゆえ明朝、総懸かりを致し、生死を賭けて勝負を決する。このこと下々まで触れよ」

利直は不退転《ふたいてん》の決意を示した。主君の言葉に、皆は顔を見合い、しばし声を発しなかった。

「畏《おそ》れながら、仰せの段は尤《もっと》もに存じますが、敵兵は長きにわたる籠城に飽き、その上、兵糧も不足し、放つ矢さえ惜しむ始末。近頃は加勢もなく、不満を吐くばかりになってござる。されば、この機に乗じて井楼《せいろう》を組み上げ、城内を見下ろし、新たな行《てだて》を思案されるべきかと存じます」

沈黙の中、長老とも言える北松斎が進言した。

「さもありなん」

可能性に賭けてみようと、利直は承知した。

「されば、城内が見渡せる井楼を組み上げよ」

利直は日戸内膳秀武と江刺長作隆直に命じた。

下知された二人は、その夜から岩崎城の南西に三つの井楼を上げるため、下台に萱《かや》を多く積んでいたところ、城兵は普請を阻止するために城から出撃してきた。日戸、江刺勢は破壊させぬように戦い、秀武の配下が二十数人討たれたものの、朝までには完成にこぎつけた。火の見櫓《みやぐら》のようなものではあるが、城を見るには十分のものであった。

日戸秀武らが井楼から城を見下ろすと、一揆衆のほとんどは薦《こも》や莚《むしろ》を塀の上に張って蔀《しとみ》にしていた。

「なんと難儀な。冬の間も、かような日を過ごしていたのかのう」

江刺隆直がもらすと、日戸秀武も続く。

「気概《きがい》あるのう。されど、兵糧も乏しいゆえ、そろそろ限界であろう」

即座に二人は利直に報告した。

「これまで暮らせなかったわけではあるまい。伊達の煽動に乗った戯けどもじゃ。救ってやる謂《いわ》れはない。望みどおり地獄に送ってくれる。投降などは一切認めさせるな」

厳しい口調で利直は命じた。

すでに四月も二十六日。東陸奥も初夏の装いで汗ばむ陽気になっていた。

「もはや呑気に兵糧攻めを続けるわけにはいかぬ。いかな手を使っても構わぬ。一両日中に総懸かりを致す。左様に心得よ」

利直は確個不動の心で下知した。

その晩、砂や小石を巻き上げるほどの大風が吹いた。包囲する南部勢も埃《ほこり》まみれである。これに閃《ひらめ》いたのは北松斎で、利直の許に罷り出た。

「火をかけましょう。この風です。あっという間に燃え広がり、朝には事が終わります」

「よくぞ申した。すぐに手配致せ」

急報が諸将に伝えられ、皆は四方を囲み、萱《かや》を束に集めて火をつけた。途端に周囲の茂みに燃え広がっていく。これだけではなく、寄手は東の風上から城中へ火矢を放つ。至るところで火の手が上がり、炎は強風に煽られて、餓えた鯨のごとく岩崎城を丸飲みにしていく。

城内では、とても消火などはできない。焼き討ちされた一揆勢は煙を吸って呼吸を止めるか、火に焼かれるか、わずかな望みを託して城を打って出るしかない地獄絵図と化した。

「出てきたぞ。放て」

大光寺正親や楢山義実は怒号し、備えさせた鉄砲衆に引き金を絞らせた。轟音が響き、筒先から閃光が走るたびに城外に出た一揆衆は血飛沫をあげて地に伏せた。瞬く間に屍の山ができ、仲間の死体を乗り越えたところを撃たれて死ぬ者も続出した。

首謀者の和賀忠親は妙楽院《みょうらくいん》という山伏一人を連れ、夏油川に飛び込んで川を下り、東の六原から落ちていった。これにほかの者も続いた。

「彼奴らは天下の罪人じゃ！　一兵たりとも逃すな」

利直は獅子吼《ししく》して熾烈《しれつ》な追撃を行わせた。利直自ら騎乗して矢を放つほどである。

「和賀が国境を越えようとも構わぬゆえ討て！」

激昂する利直は下知を飛ばすと、家康から御鷹御用を命じられている大矢小右衛門《おおやしょうえもん》が止めだてる。

「これにて一揆は殲滅。南部様や伊達殿と諍《いさか》いを起こせば、再び世は争乱になります。伊達殿が一揆を煽動したならば、証《あかし》をもって江戸に訴え、上様に裁定を任せられるべきかと存じます」

大矢小右衛門は軍監役も命じられていた。

「あい判った」

悔しさを飲み込んで利直は、追撃の兵を二里ほど南の国境で引き返させた。

岩崎一揆は火攻めで終焉。一千数百を討ち取った。

利直は丸焼けとなった岩崎城の普請を柏山伊勢《かしやまいせ》明助《あきすけ》に任せて帰途に就いた。江戸には一条助兵衛《いちじょうすけべえ》頼長《よりなが》を遣わし、事の次第を告げさせた。

すでに利直は鈴木将監義信の首を江戸に届け、政宗の一揆煽動を家康に訴えている。

報せを受けた家康は、政宗に和賀忠親を詰問するので上洛させろと命じた。

和賀忠親に吐露《とろ》されてはならない。五月二十四日、政宗は忠親を仙台《せんだい》の国分尼寺《こくぶにじ》で、白石宗直に始末させた。政宗は居城を岩手山《いわてやま》から仙台に移している。

政宗は和賀忠親との約束を守り、忠親の息子の久米助《くめすけ》を取り立てようとしたが、小原《おばら》忠継《ただつぐ》によって磐井郡《いわいぐん》摺沢《すりさわ》に落ち延びていた。

仕方なく政宗は和賀一族で黒岩千曳《くろいわちびき》城主だった黒岩月齋《げっさい》の子（孫とも）の又助《またすけ》を義弘《よしひろ》と名乗らせ伊達家の家臣とした。摺沢に逃れた久米助の詳細は不明。政宗の追手から逃れるため、氏名を変えたのかもしれない。

和賀忠親と一緒に伊達領に逃げた八重樫義実、煤孫治義、毒沢義盛、小原忠秀《おばらただひで》、蒲田治道《かまたはるみち》、筒井忠意《つついただおき》、斎藤源志《さいとうもとよし》らも始末された。

死人に口なし。家康としても真偽《しんぎ》を質《ただ》せなくなり、一揆の件は不問にせざるをえなかった。

利直が岩崎一揆に手を焼いている最中、伊達領・気仙の世田米城に逃れた阿曽沼広長は、岳父の世田米広久の支援を受け、旧領を奪還するため浜田喜六《はまだきろく》を先鋒に兵を進めた。

これを鱒沢広勝は事前に察知して、気仙郡の平田《へいた》に兵を進めたところ赤羽根峠で遭遇して戦いとなり、浜田喜六と鱒沢広勝は共に戦死し、勝敗がつかずに双方兵を退いた。

利直は鱒沢広勝の後を息子の広充《ひろみつ》に継がせた。

その後も阿曽沼広長は遠野に兵を進めたが、広充に追い払われている。

七月、伊達領と接する釜石《かまいし》の狐崎《きつねざき》城で不可解な一揆が勃発した。城主の荒谷肥後《あらたにひご》と葛西旧臣の鹿折信濃《しかおりしなの》以下、百六十余人が城に籠った。

利直への報せが届くより早く、伊達政宗は中島大蔵信貞《なかじまおおくらのぶさだ》らを船で派遣し、総攻めをかけて城兵全員を撫で斬りにし、潮のように引き上げた。討った者の鼻は家康の許に送り届けられた。

「伊達め、一揆を煽動し、露見せぬよう自《おの》が手で始末したのか」

領土に餓える政宗が城を落として占拠しないわけがない。報告を受けた利直は、自領を侵された屈辱感を噛《か》み締め、憤《いきどお》りながら推察した。

自ら証拠を消した政宗は八月十三日、なんと利直に書状を送ってきた。

「厳しく申し入れる。貴領で一揆が少々蜂起したことが伝えられ、心許《こころもと》なく思っている。申すまでもないが、早々に退治なされたことは尤もである。もし、当方の境目に逃げてくる者があれば成敗仕る所存だ。その験《しるし》があれば進んで伝えるように固く申し付けたので、ご安心を。先だってはご懇意に御使者を添えて戴いたので、こちらも必ず使者をもって申し入れる。このたびは右のようなことになり、心許ない次第である。まずは書状をもって申し入れる。疎意はない。慎んで申し入れる」

書状を読んだ利直は眉間に皺《しわ》を刻んだ。

「彼奴、儂を愚弄しておるのか」

まったく自分は一揆に関知していないと、しらを切るのではなく、どんな返答をしてくるのか、と挑発しているように利直には思えた。

「伊達には、いかな返書をしても、なんの解決にもなりません。あしらうがよかろうと存じます」

小笠原直吉の言葉に利直は頷いた。

「先だっては丁寧な書状を戴き、嬉しく思います。いずれ公儀の前で明確にしましょう」

利直は、そう返書をしておいた。

年下の利直が咬みついてこないことに政宗は焦ったのか、九月四日、再び書状をよこした。またも稗貫領で一揆が騒ぎ、南部家と伊達家が互いに牽制し合っている最中であった。

「(前略)このたびの一揆に、こちらの百姓が少々加わっていたことは言語道断である。併せて稗貫そのほかの者どもは筋目も正しく、根っから戦が好きなので少々罷り越したのかもしれない。こちらは努めて一揆のことは存ぜぬこと。境目の家中の者どもも、いずれも下々の者を召し連れて、白石表に在陣しているようだが、これまた存じなく、このたび退くようにとの注文を与り、こちらも退くように申し渡す。具《つぶさ》に書中をもって申し入れる。子細は口上にて申し渡す。一も二にも(こちらが一揆を煽動していることには)能《あた》わない。慎んで申し入れる」

いけしゃあしゃあと政宗は書いてのける。

「証拠はあるゆえ、楽しみになされよ」

利直は伊達家の使者に短く伝えた。

この返答に困っているのか、政宗は九月二十日、本多正信《ほんだまさのぶ》に南部家の一揆討伐は喜ばしく、伊達家は一切関係ない、と言い訳をしていた。

九月二十三日付で、西尾吉次《にしおよしつぐ》、津田秀政《つだひでまさ》、片桐且元《かたぎりかつもと》、本多正信から利直に書状が届き、西軍に属した尾張・犬山《いぬやま》二万石の石川貞清《いしかわさだきよ》、因幡《いなば》・鳥取《とっとり》五万石の宮部長熙《みやべながひろ》、大和《やまと》・郡山《こおりやま》七万石の岸田忠氏《きしだただうじ》、伊勢・井生《いう》一万石の松浦宗清《まつうらむねきよ》らを、預かれと命じられた。いわゆる配流である。

（陸の奥ゆえ、南部は配流地として見られているのか）

不快ではあるが、利直は了承している。

宮部長熙は十二月十七日、岸田忠氏は同月二十日、ほか二人も同時期に南部領に送られた。利直は盛岡で、丁重に扱うように命じている。

これより早く、なんとか領内も静まったので、十一月下旬、利直は江戸に向かって出立した。

四

利直ら一行が江戸に到着したのは翌閏十一月中旬であった。

秀吉の小田原討伐直後、家康が入国した頃の江戸は人も少なく、周囲は葦《あし》が生える湿地帯で、水鳥が多数生息する狩り場のようなところであった。その後、急速に埋め立てられ、江戸城を中心に「の」の字を描く町に家臣や町人たちが住めるように拡張されていた。都や大坂のように熟成された感じはないが、普請の音が絶えることはなく、振興地の熱気に満ちていた。

関ヶ原合戦後、諸大名は主を豊臣から徳川に変えるかのように、こぞって大名屋敷を建てていた。江戸に屋敷のない南部家は旅籠《はたご》に宿をとり、使者を江戸城に送って家康に謁見を求めた。

許可が下りたので、利直は数人の供廻を連れて江戸城に登城した。

大手門から一町半ほど西に進んで大手三ノ門（下乗門《げじようもん》）を通り、南に一町ほど歩いて中雀門《ちゆうじやくもん》を潜り、遠侍《とおさぶらい》を警護する番士に話をして、本丸御殿の中に入った。

入ってすぐの虎ノ間で待たされ、その後、案内されて西へと向かう。虎ノ間を過ぎ、松の廊下を通り、大広間の奥の白書院《しろしょいん》の下段の間で待つように言われた。

襖《ふすま》も壁も天上も金箔《きんぱく》の絵が描かれ、畳は青い艶が醸し出され、縁《へり》は繧繝《うんげん》や高麗《こうらい》仕立てで、藺草《いぐさ》の芳しい香りが漂っていた。まさに天下人の城である。

四半刻ほど待っていると、豪華な襖が開き、部屋に人が入ってきたので、即座に利直は平伏した。太刀持ちの小姓が二人と、肥えた家康である。下段の間には本多佐渡守正信が座した。

「ご尊顔を拝し、恐悦至極に存じます。遅ればせながら、関ヶ原のご勝利、お祝い申し上げます」

「よいよい。面を上げられよ。信濃守殿も、よう領国を守られた」

鷹揚に上段の間から家康は声をかける。

「恐れ入ります。すでにご報告致しておりますが……」

利直は改めて最上出陣から岩崎一揆までの経緯を伝え、特に政宗の一揆支援を強調した。

「貴殿の言い分は判り申したが、伊達殿は貴家が上杉と与したと申し出ておられるが」

家康に代わって本多正信が問う。

「当家にも上杉にも、左様な証《あかし》はござらぬはず。与したのは伊達のほうにございましょう」

「形に残さぬところは、なかなかの策士。伊達殿は一揆を煽ったのは南部殿のほうで、伊達家が排除したゆえ貴領に立て籠ったと申してござる。鈴木将監（義信）は一揆勢を追っている時に間違われて貴家に討たれた。貴家は一揆と伊達の家臣との区別もつかぬのか、と謝罪を求めてござる」

「なんと！　全て偽りにござる。和賀や稗貫は当領の旧臣、伊達領で一揆を起こす謂《いわ》れがござらぬ。伊達領には我らが追った和賀主馬祐（忠親）がおります。この者の登城を命じ、ご詮議戴きますよう。その上で伊達を同席の上、真実を明確にしてくだされ」

憤りをあらわに利直は主張した。利直が身動きできぬことを幸いに、大嘘を並べた政宗には腸《はらわた》が煮えくり返りそうである。

「伊達殿は、早々に和賀を討って首を届けてござる。逃れてきた家臣たちも処罰している様子」

政宗は家康に、和賀忠親らを追い詰めたところ観念し、主従揃って自刃《じじん》したと報告している。

「それは伊達が企てを揉み消したに過ぎませぬ」

利直が身を乗り出すように主張すると、本多正信は顎《あご》の細い蝦蟇《がま》のような顔に笑みを作る。

「南部殿、戦は単なる殺し合いではなく政の一環にござる。そのこと、肝に銘じられよ」

政宗の謀など百も承知、と本多正信の目が言う。

「左様にござるか」

これ以上、話を蒸し返しても益がないと判断し、利直は憤懣《ふんまん》を飲み込むことにした。

「一揆を討伐したとはいえ、太閤殿下ご存命の砌《みぎり》より、貴領では一揆が蜂起し、世を騒がせておる。こたびも静謐《せいひつ》を取り戻したのは、天下の大乱から一年ものちのこと。貴家には北と東の陸奥を治めるのは荷が重いように見えてならぬが、どこぞ、移りたい地はござるか」

冷めた口調で本多正信は言う。

（真の当所《あてど》はこれか！　此奴、ついに南部領を奪おうとするのか）

利直は瞬時に胃が重くなるような緊張感を覚えた。この期に及び、南部領はまだ検地が終わっていない日本で唯一の所領。終われば公称の倍を計上することができるであろう。しかも南部領は金山が続けて見つかっている。さらに湊の整備もまだ追い付かない。雪に悩まされるものの、これらが整えば、所領も広いので、豊かな国となることは明白。

徳川家が見逃すはずはない。

返答を間違えば、移封は現実となる。才覚を試される瞬間であった。

「我ら奥羽に住む者たちは古《いにしえ》より、蝦夷《えぞ》、東夷《とうい》、北狄《ほくてき》だと蔑まれ、忌み嫌われ、あるいは恐れられてきました。一揆が盛んなのは、左様な歴史があればこそ。長年住んでいる我らですら手を焼くこの地に、ほかの大名を据えても、再び世が乱れる元を作るだけ。しかも陸奥には、未だ天下に野心を抱く曲者がござる。これを北から牽制するには、奥羽広しといえども、当家しかございません」

利直は一息吐いて続けた。

「当家は太閤殿下ご存命の砌《みぎり》より、不忠を働いたことはございませぬ。こたびのことも、奥羽の諸大名がとった態度と当家を比べれば、いかに信が置けるかはご存じのはず。こののち内府様がさらなる高みにお立ちになられ、公儀を差配なされるならば、南部の地に当家が必要になります。こののちも当家は新たな公儀に忠節を尽くす所存にございます」

家康が新たな仕組みの政治体制を築こうとしていることは知っている。利直はこれを押した。

「こたびは信濃守殿一人にて討伐したではないか。先代の大膳大夫殿よりも優れているということ。南部領は信濃守殿に任せておくとしよう。二度と争乱がないことが前提じゃがの」

しばしの沈黙を、家康が破った。恩を売っておこうということであろう。

（結局は忠節を誓わせるための謁見か。伊達の煽動など申し立てても関係なかったか。

あるいは馬と鷹のお陰かの）

心証を良くしようと、利直は家康に馬や鷹の贈物を事前にしてあった。

「有り難き仕合わせに存じます。当家も諸将同様、我が妻を江戸に移す所存。どこぞ良き地に屋敷を築くことお許し戴きますよう、お願い致します」

忠義を形に示す必要がある。利直は両手をついて懇願した。

「信濃守殿は律儀じゃのう。佐渡守、良き地を探して差し上げよ」

寛容な口ぶりで家康は言う。

これにより、南部家は桜田《さくらだ》の地に屋敷を築くことが許された。現在の日比谷公園内にある、日比谷公会堂と日比谷図書館のある場所であった。

利直が政宗の一揆煽動を直に抗議したことは、あくまでも確認だったのかもしれない。家康らは鈴木義信の首級と大矢小右衛門からの報告、周辺大名からの聞き取りを経て、政宗が得ていた「百万石の御墨付」を無効とした。

最上家は伊達家からの援軍を得て上杉軍を排除した状況にも拘わらず、二十四万石から五十七万石に加増を受けた。一方の政宗は上杉家から奪い取った白石城周辺の二万石だけである。減封どころか加増となったのは、本多正信が行った政だったのかもしれない。関ヶ原の大戦が終わったばかりで、戦に強い梟雄を追い立てて混乱を招かぬうちに収束させる狙いだったようである。

七月に上杉景勝が降伏し、上杉家は会津百二十万石から、米沢と南陸奥の伊達、信夫郡の三十万石に減封された。上杉家が改易されかかった時、上杉家の家宰を務める直江兼続は、「上杉家が上洛を拒否したことで内府様に天下の道が開けたのだから、改易どころか加増されて然るべき」と言って本多正信を苦笑させたという。上杉家が取り潰されずにすんだのは、降伏の姿勢を示したことと、追い込んで窮鼠《きゅうそ》猫を嚙《か》むような真似をされたくないという政治的な判断だったようである。

慶長六年（一六〇一）が暮れようとする段階で、まだ大名家の存続が認められていないのは薩摩の島津龍伯、常陸の佐竹義宣、秋田の秋田実季であった。実季は上杉家と手を結び、兵を動かしたと最上義光が家康に訴えたからである。

南部家は本領を安堵されたものの、安穏《あんのん》とした日々を過ごせるわけではなかった。降雪と共に、盛岡城の普請ができなくなる。特に城に接する三川の堤防作りが課題である。居城として住めるようになるには、まだ歳月を要した。勿論、降雪時に検地も行えない。湊の整備、金山採掘、新田開発も然り。制約の多い南部領であった。

江戸では屋敷の普請を行い、慶長七年（一六〇二）の春には完成を見た。こちらもかなりの負担である。利直はすぐさま大坂の網島《あみしま》屋敷から正室の武姫《たけひめ》を移している。

「息災でなにより。かれこれ二年になるかのう。変わっておらぬので安堵した」

久々に顔を合わせた武姫に利直は笑みを向けた。

「なにを申されます。殿のほうこそ、健《すこ》やかでなによりです。お子たちは息災ですか」

子を産んでいない引け目と、側室への嫉妬か、武姫も嬉しそうであるが、どこか暗い蔭がある。とはいえ、まだ十九歳の武姫。嫁入り前の娘のような清艶《せいえん》さがあった。

「ああ、健やかに育っておる。江戸は盛岡からは近い。次はそなたの番じゃの。そなたの産んだ男子が我が跡継じゃ」

「まあ、皆が見ております」

周囲で侍女たちが口許を袖で押さえる。武姫は含羞《はにか》んだ。

武姫との甘い暮らしも、そう長くは続かない。雪解けになれば帰国して領内の整備をしなければならない。日本で一番整備が進んでいないと言っても過言ではない南部家である。

「冬には来るつもりじゃ。それまで息災にの」

寂しがる武姫に告げ、利直は帰途に就いた。

利直は盛岡城普請を視察し、検地の指示を出しながら、北直吉を奉行として北出羽・鹿角《かづの》郡の白根《しらね》西道《にしどう》金山の採掘をするように命じた。

幸いなことに稗貫郡の大迫《おおさこ》の僧《ぞう》ヶ沢《さわ》金山が発見され、利直は力を注いだ。

（新田の開発もせねばならぬが、いかんせん鍬《くわ》入れしてから米ができるまでに数年はかかる。これに対して金山は、即実入りが増える。今は金山掘りに力を入れるほうがよいかもしれぬな）

すでに徳川家は天下普請をはじめており、江戸城の修復、普請を諸大名にやらせている。大名に蓄財させぬように負担をかけ、戦の準備をさせぬ政である。己の欲望を満たすために城造りをさせた秀吉とは違う。未来永劫、徳川の世が続くようにするための政策であった。

この年、家康はようやく関ヶ原合戦の処分を終了させた。

家康は、合戦時に家康本隊を掠《かす》める敵中突破を行った島津家に出府命令を出していたが、島津家は屈しなかった。早く残務処理をしたい家康は折れ、四月十一日、島津龍《りゅう》伯《はく》に本領を安堵した。これによって新当主となる島津忠恒《ただつね》が家康に挨拶しに来た。

片や上杉家と与し、居城の水戸城に戻って日和見をしていた佐竹義宣には、五月八日、北出羽の秋田移封を命じた。家康は義宣に牽制されたので、江戸で足留めされたことを許せなかったという。義宣には石高も明示されなかった。

実際に佐竹家の石高が正式に決まったのは、義宣が死去して三十一年を経た寛文《かんぶん》四年（一六六四）四月五日。秋田六郡に下野の河内《かわち》、都賀《つが》郡の内を加えた、二十万五千八百余石とされた。実に入国から六十二年目のことである。常陸の五十四万石からすれば半分以下の減封であった。

佐竹家の寄騎であった南陸奥の相馬義胤も西軍に与し、日和見したことを譴責《けんせき》されて、一度は改易されたものの、息子の蜜胤《みつたね》（利胤《としたね》）が粘り強い交渉をした結果、元通り宇多《うた》、行方《なめかた》、標葉《しねは》の三郡で表高四万八千余石、実質石高六万石が安堵された。

佐竹家の秋田移封に伴い、秋田領主の秋田実季は常陸の宍戸《ししど》に五万石で移封させられた。秋田領は豊臣家の蔵入地を含めて九万八千五百石、このうち七万余石を所領に認められていたので、二万石ほど減らされたことになる。

最上義光は家康と、秋田実季は小野寺義道《おのでらよしみち》と盟約を交わした書状がある。院内《いんない》滞在中の実季は、上杉軍が最上領に侵攻した際に領国に逃げ帰った。実季が自分の手柄にするため、自然古《じねこ》（鳥海山麓《ちょうかいさんろく》）攻めと小野領の大森《おおもり》城攻めをしたのは、関ヶ原合戦のあと。上杉家の家臣・庄内《しょうない》の酒田《さかた》城主の志駄義秀《しだよしひで》と通じていた。これを訴えたところ家康が認めたことによる。

家康は、秋田実季が浅利頼平《あさりよりひら》を毒殺したことを根に持っていたという。

結局、利直は、この年の冬、江戸に上ることはできなかった。

慶長八年（一六〇三）二月十二日、家康は伏見城で征夷大将軍《せいいたいしょうぐん》の宣下《せんげ》を受けた。歴史教科書的にいう幕府が開かれたことになり、江戸時代のはじまりである。将軍になるために、家康は前年、滞っていた戦後処理を急いだわけである。

上方の武将たちは伏見に参じて祝いの言葉を述べたが、奥羽の武将は免除された。それでも参じた武将は、関ヶ原合戦の切っ掛けを作った上杉景勝と、一揆煽動を企てた伊達政宗であった。

利直は使者を送り、砂金を献上するにとどまった。

常陸の宍戸への移封と前後し、満姫《みつひめ》が嫁いだ秋田英季《ふさすえ》が死去した。二人の間に子が生まれなかったこともあり、満姫は失意のうちに南部家に戻ってきた。まだ若いこともあるので、利直は再婚を勧めたが、悲しみが癒《い》えぬのか、満姫は首を縦に振らない。そのせいか、帰家しても満姫は檜山御前と言われ続けていた。

在国している利直は、検地同様、家中の賞罰も行った。

まずは岩崎の陣から勝手に離脱した浄法寺重好《じょうほうじしげよし》を改易とした。重好の息子の好忠《よしただ》が松岡《まつおか》姓を名乗り、家の再興を果たすのは半世紀のちのことである。

七月十八日に檜山義実が死去したので、嫡子の直隆《なおたか》に家督を認めて所領を安堵した。

阿曽沼氏の旧領奪還を阻止した鱒沢広允《ひろみつ》には、檜山重隆の妹を利直の養女として嫁がせ、閉伊《へい》郡の安定に務めさせた。

主要の街道には一里塚を築き、塚上に榎木《えのき》を植えて往来者の目印と休息地を整備させた。

盛岡城の完成が遅れているので、とにかく急がせるばかりであった。

第十一章　慶長陸奥大震災

一

慶長《けいちょう》十一年（一六〇六）三月九日、江戸の桜田屋敷で男子の産声があがった。

「でかしたぞ！」

この年三十一歳になる利直は、正室の武姫《たけひめ》の横で寝息をたてる赤子を見て歓喜した。

「左様に大きな声をあげられますと稚《やや》が起きますする」

注意する武姫であるが、嫁いでから苦節十三年目にしてようやく待望の男子を産むことができて、美貌は達成感に満ちていた。この年二十三歳になる。

「そうか、そうじゃの。されど、目出たい。南部と蒲生《がもう》家の血を引く男子じゃ。奥羽一、いやさ、日本一《ひのもといち》の武将となろう。これで南部家も安泰じゃな」

武姫の母は蒲生氏郷《うじさと》の末妹の娘。後日、蒲生家からも祝いの品が届けられている。

南部家の嫡子は「権平《ごんべい》」と命名された。利直としても、まずは一安心である。権平を産んだ武姫は武ノ方と呼ばれるようになった。

権平の傅役《もりやく》には南部家から石亀玄蕃亮貞次《いしがめげんばのすけさだつぐ》と、蒲生家から付き従ってきた一色蔵人《いっしきくらんど》が選ばれた。

稗貫《ひえぬき》、和賀《わが》一揆討伐後、利直は冬を江戸で過ごし、雪解けと共に盛岡に帰国して領内の仕置にあたるようになっていた。

子作りも熱心で、石井直光の妹で側室の於岩ノ方は、同年には村姫《むらひめ》を、翌十二年（一六〇七）には鶴松《つるまつ》（のちの利康《としやす》）を国許で誕生させている。

居城も福岡城は長男の家直《いえなお》に任せ、利直は普請中の盛岡城に移した。

慶長十年（一六〇五）に南部家の政治体制も新たにした。北松斎《きたしょうさい》をはじめとし、野田《のだ》内匠助直盛《たくみのすけなおもり》、桜庭安房守直綱《さくらばあわのかみなおつな》、楢山五左衛門直隆《ならやまござえもんなおたか》、石亀七左衛門直徳《いしがめしちざえもんなおのり》、南右馬助直義《みなみうまのすけなおよし》（正愛《まさちか》から改名）、東中務丞直義《ひがしなかつかさのじょうなおよし》（彦七郎正永《ひこしちろうまさなが》から改名）、七戸隼人正直時《しちのへはやとのしょうなおとき》、石井伊賀《いしいいがの》守直光《かみなおみつ》、毛馬内三左衛門直次《けまないさんざえもんなおつぐ》を重臣とした。

北松斎ともども南部家の重鎮に数えられる八戸薩摩守政栄《はちのへさつまのかみまさよし》を加えていないのは、政栄が視力を失い、本人が辞退したからである。わずかながらも見える松斎とは違うようであった。

小笠原美濃長武《おがさわらみののながたけ》、瀬田石隠岐常政《せたいしおきつねまさ》、米内丹後政恒《よねうちたんごまさつね》らは近習として側に置いている。長武は直吉《なおよし》の嫡子で代替わりしている。

同年四月七日、家康は征夷大将軍を辞し、十六日、三男の秀忠に新たに将軍宣下が行われた。隠居した家康は大御所《おおごしょ》と呼ばれているが、依然として実権は握っていた。将軍職は徳川家が世襲することが明らかになり、幕藩体制が固まっていくことを、諸大名たちは実感している。ただ一人、家康を家臣だと思っている大坂の淀《よど》ノ方《かた》は、秀頼に移譲されなかったことを激怒していたという。

その年の十月十三日、津軽《つがる》家の長男・信建《のぶたけ》が都で病死し、十二月五日、後を追うように北陸奥の梟雄・為信も同地で死去した。享年五十八。

為信は終生、南部家との和解を求めていたが、利直は亡き父信直《のぶなお》の遺言を守って応じることはなく、江戸城で顔を合わせても会釈すらしなかった。南部家にとって『敵』であるという認識は歳月を経ても変わらない。姓も津軽ではなく大浦だと刻まれていた。

(世の流れとは申せ、ついに大浦の首を父の墓前に据えることはできなかったか)

太平の世になりつつある中なので、むやみに兵を挙げれば改易は必至。利直は親不孝であることを実感しながら、世が乱れるまでは、せめて津軽家よりも南部家を発展させることで勝利することを信直の位牌に誓った。

次男の信堅《のぶかた》は慶長二年（一五九七）に病死しているので、津軽家の家督は三男の信枚《のぶひら》が継ぐことが許された。まだ二十二歳の若き当主である。

幕府の権力が固まるにつれ、天下普請の負担が諸大名に重くのしかかる。幕府は江戸城の修築、城下の整備、慶長十三年（一六〇八）には、家康の隠居城となる駿府《すんぷ》城の普請を容赦なく命じた。

当然、南部家への下知も出されているので、利直は家臣を派遣して労働に勤《いそ》しませた。江戸や駿府などの普請場では物価が高い。同じ米でも国許のほうが安い。領国で良質の材木を切り出しても、運搬に船を使用しなければならないので、輸送費が高い。石垣の石は国許では入手できないので、伊豆などで求めなければならず、これがまた高価なものだった。

南部家では金山から金の採掘ができているが、高地の多い南部領ではなかなか新田開発は進んでいない。検地は雪を理由に積極的には行っていない。報告されているだけでも、表高の十万石を超えている。明確になれば賦役の負担が増えるので、明らかにしないようにしていた。全てを終えれば二十万石ぐらいにはなりそうであった。

「我が藩の収益を増やすには、馬の飼育と、漁を増やすしかない」

これまで以上に利直は、畜産業と漁業を奨励《しょうれい》した。特に漁と海運を盛んにするためには湊の整備が必要である。同時に守りも重要。閉伊《へい》郡の釜石《かまいし》では伊達《だて》方が密漁をしていた。

「今少し、しっかり監視致せ」

利直は大槌《おおつち》城主の大槌孫八郎広紹《まごはちろうひろつぐ》を一喝した。

大槌広紹は阿曽沼《あそぬま》氏の麾下で、九戸《くのへ》一揆、和賀一揆の岩崎城攻め、主家・阿曽沼氏との戦いでも南部方として戦った有力な国人であり、大槌湾に勢力を持っていたので、国境近くの沿岸警備も任せられていた。大槌湾は釜石湾から二里半ほど北に位置している。

「申し訳ございません。仰せに従います」

平謝りしながら大槌広紹は退出していった。

「密漁を許して私腹を肥やしているという報告もあります。よろしいのですか」

小笠原長武が告げる。

広い領地のわりに東陸奥は湊や湾になっている以外の沿岸部は、海岸線からすぐに高地となっている地が多い。稲作がしにくいので、漁民が米を手にするには、漁で獲《え》た魚介類を内陸部に運び、米と交換するような形になる。形の上ではうまく潤滑《じゅんかつ》しているが、川の整備が追い付いていないので、米を他国に求めていたことも、密漁を許した原因である。他国から米を持って南部領の沿岸を訪れ、南部領の漁民が捕獲した魚と密かに交換する密売買者も横行した。税をとれぬ南部家としては忌々《ゆゆ》しきことであった。

「二度目はない。本人も判っていよう」

怒りの中、利直は最後通告をしたつもりである。

ほかにも普代《ふだい》村周辺を管理する桜庭直綱や、宮古《みやこ》湊を管理する船越助五郎安国《ふなこしすけごろうやすくに》にも釘を刺した。

南部家がゆるやかな前進を続ける最中の慶長十五年（一六一〇）六月七日、根《ね》城主の八戸政栄が死去した。享年六十七。八戸南部家は、かつて三戸《さんのへ》家と言われた盛岡南部家の主家にあたり、先代の信直も一目置いてきた。政栄は信直の主家簒奪を支えた人物でもあった。

利直の姉の千代子《ちよこ》は政栄の嫡子の直栄《なおよし》に嫁いでいたが、直栄は文禄四年（一五九五）に鬼籍の人となっている。二人の間に娘の禰々子《ねねこ》がおり、直栄と年の離れた弟の三五郎《さんごろう》直政《なおまさ》が婿となっているので、利直は八戸家の跡継を正式に三五郎直政とした。禰々子と直政の間には一男三女が生まれているが、男子の久松《ひさまつ》と末娘は夭折《ようせつ》していた。

(これで八戸の家名は守れたが、勢力は衰えるの)

利直とすれば痛し痒《かゆ》しというところ。八戸政栄は実力者だった。南部家全体の力は落としたくないが、旧主家には政《まつりごと》に関わらせたくないのが本音。一族衆として大事にする程度にとどめたかった。

この年は閉伊郡の小国《おぐに》金山で金の採掘が見込めるようになったので、利直は刈屋《かりや》三之《さんの》丞《じょう》と釜津田《かまつだ》甚六《じんろく》に採掘権を認めた。九月一日に、二人によって納金されている。

密漁の取り締まりを厳しくしたわけではなかろうが、この年は鰯《いわし》や鰹《かつお》などが大漁だという。

「よいことではないか。内陸にも多く魚が出廻り、普段口にできぬ百姓たちも手に入れられよう」

利直は素直に喜んだ。

「さすれば魚の値が値崩れし、漁民の実入りは少なくなることもあるようにございます。皆が安く口にして変わらぬ実入りにするには、相応に米の収穫も増えねばならぬようにございます」

小笠原長武が答えた。

「一つだけが増えてもいいというわけではないのか。やはり米よな」

改めて利直は、領国の仕置の難しさを実感した。

慶長十六年（一六一一）も小国金山からの採掘は順調であった。利直らは喜んでいる。

「かようなことなれば、金山の採掘を増やし、米は他国から求めてはいかがにございましょう」

野田直盛が勧める。

「それは安易な意見じゃ。戦になった時は手に入らなくなる。領内で得られぬものならば致し方なかろうが、得られるものならば、尽力して増やすべきじゃ。今一度、戦はあろうゆえ」

楢山直隆は否定する。徳川家と豊臣家の関係は、歳月を追うごとに険悪になっていた。

「五左衛門（楢山直隆）の申すとおり。今は新田《しんでん》を増やすが第一じゃ」

利直も同意見である。

「仰せのとおりにございますが、内匠助（野田直盛）が申すことの裏には、川の氾濫《はんらん》がございます。領内の川は暴れ川が多く、大雨のたびに丹精こめた田畑が流されております。憂えた百姓たちが『欠落《けつらく》』しているゆえ、収穫が増えぬのも事実にございます」

現実を楢山直隆は直視する。百姓が田畑を捨てて逃げることを『欠落』と言う。

「『欠落』は許さぬ。捕らえて磔《はりつけ》に致せ」

厳しく言い放った利直であるが、溜息も吐く。

「川か……堤防を堅固にせねばならぬが、人と日にちが足らぬのう」

一年の半分は雪に閉ざされて普請が行えない。収穫高を減らすことができないので、農繁期に百姓を動員できない。賦役を果たさせることができる日にちは限られていた。

「少しずつでは川の氾濫と堤の普請は堂々回りの繰り返しになります。一箇所ずつ全人足を投入して確実に固めていくほうがいいのではないでしょうか」

「そうしてみるか」

樋山直隆の進言に利直は同意した。堤防の決壊を防止することは、利直にとって生涯の戦いでもある。この年の梅雨も、川から溢《あふ》れた水に浸った田畑がいくつもあった。

七月四日、利直の次女の七《なな》姫と、山形の最《も》上義光《がみよしあき》の嫡孫・源五郎《げんごろう》の婚約が結ばれた。これで、会津《あいづ》の蒲生とも縁戚となり、仙台の伊達政宗を三方面から包囲することができる。これとは別に南陸奥中村の相馬《そうま》、米沢の上杉、秋田の佐竹は関ヶ原以来の関係で結ばれており、独自の包囲で牽制している。政宗にすれば、二つの三角形に囲まれたので、心中穏やかではなかろう。発案は本多《ほんだ》正信《まさのぶ》だという。いかに幕府が独眼竜を警戒しているかが窺える。

秋風が涼しくなってきた八月二十一日、朝から青空が広がるものの、南西の方角に鱗《うろこ》雲《ぐも》が見えた。同雲は鰯《いわし》雲とも呼ばれ、海側に見られる時は大漁のしるしだと漁師たちは歓迎する。この年も昨年に続いて多くの魚が獲れた。

（山側に見えるならば、鳥や猪が獲れようか）

辰《たつ》ノ刻（午前八時頃）、利直は盛岡城の弓場《ゆば》にいて半町先の的を射ていた時である。

小刻みに地面が騒ぎだした。小さな振動は少しずつ大きくなり、大地が裂けんばかりに揺さぶった。隣の厩《うまや》が軋《きし》み、馬も驚き、嘶《いなな》きが聞こえる。屋敷の中では花瓶が倒れ、掛け軸などが落ちているであろう。まっすぐ立っているのが辛い。これまで味わった地震の中で一番激しい揺れだった。

「大きいの」

利直は咄嗟《とっさ》にしゃがみ込み、左手を地面について周囲を窺った。岩舘義矩《いわだてよしのり》らの家臣たちが、ふらつきながら利直を守るように周りを固めた。

見渡すと、樹木は大きく揺らぎ、枝がざわめき、葉が落ちる。そのまま倒れてしまうのではないかと思われた。

揺れは十四、五（秒）を数えるぐらいで収まったものの、まだ揺れているような気がする。深酒をした不快感が残っているようであった。

「戻る。揺れ戻しがあるやもしれぬ。気をつけよ」

利直は足早に本丸へと向かった。

本丸の中庭に達すると、男女を問わず、建物の中にいた者が皆、外に出ていた。側室の於岩ノ方のほか彦丸《ひこまる》、鶴松、糸姫、七姫、村姫らの子供たちは怯《おび》えているが負傷をした様子ではないようであった。

「無事のようじゃの」

妻子を労《ねぎら》った利直は床几《しょうぎ》を用意した小笠原長武に問う。

「怪我をした者はおるか」

「擦り傷程度の浅手は何人かおりますが、今のところ骨を折るような深手はおりませぬ」

神妙な表情で小笠原長武が答えた。

「重畳。城は？」

まだ普請は続けられているので気掛かりである。

「今、調べさせております。追って報せが届きましょう」

小笠原長武の返答に利直は頷いた。

朝餉《あさげ》がすんでいたので、出火がなかったのは不幸中の幸い。軽傷者は出ても、死者や重傷者がなかった後報を聞き、利直は胸を撫で下ろした。

城郭は一部の泥壁《でいへき》に亀裂が入った箇所があり、瓦がずれた場所もあったが、大きく損傷したところはなかった。ただ、城内にある井戸が濁《にご》ったという。

城下の屋敷では戸板が外れたりした程度。百姓の古い家の中には、倒壊した家屋が多少出たという報せを受けた。軽傷者は出ても死者はなかった。

なお、津波はほとんど報告されなかった。

この地震の震源地は、盛岡から六十五里（約二百六十キロ）ほど離れた南陸奥の会津だった。

「大変でございます。会津では、かなりの被害が出たとのことにございます」

小笠原長武が慌《あわ》てて利直に報せた。

利直の正室・武ノ方は、会津を治めた亡き蒲生氏郷の姪で、氏郷の養女として嫁いできた。

「誰ぞ、見舞いの遣いを送れ。なにか入り用があれば支援するとな」

江戸にいる武ノ方を安心させるためにも、利直は親類の蒲生家を気遣った。

会津の状況は『當代記《とうだいき》』に「奥州会津辺りで大地震があり、石垣は悉《ことごと》く崩れ、屏《へい》、櫓《やぐら》以下も悉く落下し、天守閣は壊れ、瓦なども悉く落下した。人馬は多数死に、近くの山は崩れて川の流れを塞《せ》き止め、知行二万石分が湖水の底に沈んだ」と記されている。

『異本塔寺長帳《いほんとうじちょうちょう》』には「会津は天地開闢《かいびゃく》以来の大地震」とあり、城は言うに及ばず、諸寺院の仏閣は悉く倒れ、新しい湖ができたとある。これは阿賀川《あがかわ》と濁川《にごりかわ》の合流地で、阿賀川を塞き止めて山崎新湖となって残った。

内陸の直下型地震の推定規模はマグニチュード七ほど。震度は現在の六弱から六強というところ。家屋の倒壊は二万戸、死者三千七百余人を出した大災害であった。

「左様な被害が出たとはのう」

報せを受けた利直は愕然とした。もし盛岡であったならばと思うと身の毛がよだつ。

利直の支援の申し出について、当主の蒲生秀行《ひでゆき》にも意地があるらしい。

「心遣い忝《かたじけ》ない。これぐらいの破損は我らのみで修復できる。なにかあった時はお頼み致す」

蒲生秀行は丁重に断ったという。他家の支援を受け、謀叛の疑いあり、などと幕府に言われれば地震以上の一大事、と懸念してのことに違いない。

家康の征夷大将軍宣下以降、幕府はこれまで家康の四男・松平忠吉《まつだいらただよし》、五男・武田信吉《たけだのぶよし》や筒井定次《つついさだつぐ》など二十家の廃絶と、西尾吉次《にしおよしつぐ》ら三家の減封を行ってきた。理由は、跡継を決めずに当主が死去した場合や家中の内訌、狼藉、背命などで、将軍家の親族や譜代の大名にも容赦ない処置である。ましてや外様《とざま》の大名などは、わずかな隙でも見せれば、喜んで改易にするであろう。

蒲生秀行は家康の三女の振姫《ふりひめ》を正室にしているが、幕府から蒲生家に賦役の免除などはされない。苦しくとも秀行は歯をくいしばって困難を乗り切らざるをえなかった。

（明日は我が身じゃの）

陸奥は数十年に一度は地震や津波の被害を受ける地なので、南部家にとって他人事ではなかった。

この春からの大漁は例年にないほどで鮪《まぐろ》、鰯、鰹などが目を閉じていても漁獲できたと漁師は言う。秋の秋刀魚《さんま》、鮃《ひらめ》などは玉網《たも》で掬《すく》えたという報告も受けていた。

会津大地震の直後はさらに増え、漁師は魚の値崩れに肩を落とすほどだった。これは南部領のみならず、津軽、伊達、相馬、鳥居《とりい》家の陸奥から常陸《ひたち》に至る太平洋沿岸はほとんど変わらなかった。

九月二十日、江戸では将軍秀忠が浅野長政《あさのながまさ》、本多正信、古田勝重《ふるたかつしげ》を伴って桜田の南部屋敷を訪問した。南部家は白銀五百枚、猩々緋《しょうじょうひ》の皮一枚、呉服《ごふく》五十枚、大絁《おおいと》(布)三十巻、御夜着五枚、さらに利直嫡子の権平は新藤五国光《しんとうごくにみつ》の太刀を拝領した。権平を名代として留守居の八戸直政、北直継《なおつぐ》、桜庭直綱が慇懃《いんぎん》に饗応し、白銀吹金五十枚、鹿毛三歳と黒毛五歳の駿馬を献上した。

秀忠はたいそう喜んで労いの言葉をかけたという。将軍家との関係は良好であった。

この礼をするためもあり、利直は江戸に上ることにした。

「大漁すぎて湊が騒がしくなっておるゆえ、気を配れ。伊達に気を許すな」

雪深くなる前の十月中旬、利直は楢山直隆や船越安国らに留守居を任せ、江戸への参府に出立した。一行は奥州道中を順調に進んだ。

二

利直から湊の管理を命じられた船越安国は、供廻を連れて閉伊街道あるいは宮古《みやこ》街道と呼ばれる閉伊川の北側の道を東に進み、盛岡から十七里半(約七十キロ)ほど東の宮古湊に到着した。

宮古という地は東陸奥のほぼ中ほどに位置し、閉伊川と長沢川《ながさわがわ》が合流した河口に湊がある。宮古の湊は南から御殿山とも呼ばれる月山《がっさん》（標高四百五十五・九メートル）がある重茂《おもえ》半島が刃のように突き出して湾になっており、直に太平洋に面していないので、比較的穏やかな海となっていた。

陽はかなり高くなっているので、漁はほぼ終えている。漁師は船を藁《わら》の束子《たわし》で大事そうに洗っている。貧しい漁師にとって、家よりも船のほうが高価だというから納得できる。

周囲を見ると売れ残った魚が捨てられており、海猫や鳶《とんび》などが喜んで突いていた。

「他国の船を見かけたりせぬか」

船越安国は漁師に声をかけた。

「昨年から、どこの湊も大漁だ。わざわざ他所《よそ》の海に出ることもあんめえ」

漁師は船を洗いながら答えた。まだ、士農工商という身分の差が曖昧《あいまい》な時代だった。

「さもありなん。魚は余っておるのか？　喜ばれる魚はないのか」

「見てのとおりだ。魚は手でも捕まえられる。欲しいのは貝かのう」

報せで聞いていたことを、改めて確認し、船越安国は頷いた。

「左様か。獲る量を少なくすればどうなる」

「おらの実入りが減るだけだ。一四一文《もん》でも売れたほうがいい」

漁師の愚痴は切実であった。

過剰収穫による物価下落で漁師は落ち込んではいるが、騒ぎになっているほどではない。このまま大漁が続くならば、利直の号令一番、領内で調整捕獲を定めてもらうしかない。

「ほかになにか変わったことはあるか」

「海で変わったことはねえが、村のほとんどの井戸が白く濁《にご》って、水がまずくてしょうがねえ」

会津大地震の時もあった現象であった。

またも地震が起きるのか、と思っていた時、ドーンと大地から突き上げるような衝撃を受けた。

時は十月二十八日、グレゴリウス暦では十二月二日の巳《み》ノ刻（午前十時頃）。文机《ふづくえ》でもひっくり返すかのように地面が一瞬浮き上がり、騎乗していた船越安国は宙に抛《ほう》り出された。

人馬共に地に転がり、驚いた馬は立ち上がるや、嘶《いな》いて走り去った。

船越安国も供廻らと立ち上がろうとするが、持ち上がったような大地は大きな横揺れに変わったので、両手両足を踏ん張り、転がらないようにするのが精一杯である。

周辺の樹木は、野分《のわき》（台風）を受けて揺れているような状況とは異なり、見えない巨大な鬼が鷲摑《わしづか》みにして揺すっているかのように振動している。前後左右のみならず、円をも描き、いつ折れてもおかしくないような軋《きし》みの音を出していた。

河口では二町ほども幅のある閉伊川が、水の入った盥《たらい》を揺らしたかのように波立って左右の岸から泥や砂利を川中に引っ掻き込んでいた。

二ヵ月ほど前の会津大地震とは違い、すぐに終息しなかった。止まるどころか揺れが揺れを大きくし、大地が魔の絶叫をし、脅威の咆哮をしているかのように勢いを増幅させていた。

浜辺の近くにいるので上から落下してくるものはないものの、家屋の中にいれば天井が落ちてきそうな強震である。

揺れは六十を数える（約一分）間が過ぎて、少々弱まったかと思いきや、激震が再始動し、大地を歪《ゆが》ませる。地面の中で龍が暴れ廻っているかのような動きは止まらない。

地上において逃れられる場所はどこにもない。人は恐怖の中で顔をこわばらせ、無力さに打ちのめされるばかり。片や地中では生なる息づきを烈震に変え、位階や身分を嗤笑するように魔の躍動《やくどう》を繰り返した。

ようやく弱まり、このまま止まれと願うものの、再び振動が大きくなった。場所によっては土埃《つちぼこり》をあげて地面が隆起し、抉《えぐ》られたように陥没《かんぼつ》するところもでてきた。見る者には地獄の釜《かま》が開いたように見えるかもしれない。

このたびの地震は震幅《しんぷく》が長く、強弱がつく波長の揺れは都合四度起こった上で、なんとか止まった。実際には三百を数える（約五分）ぐらいであろうが、直面した者たちには一刻（約二時間）も揺れ続けていたように感じられたに違いない。生きた心地がしないとはこのことか。

「お怪我はありませぬか」

従者の又八が船越安国に問う。

「大丈夫じゃ。されど、揺れ戻しが来るやもしれぬ。気をつけよ」

立ち上がった船越安国は、袴を払いながら注意する。揺れが長かったので、酔っているかのようにまだ体が揺れているような気がして気持悪かった。

「殿、あれをご覧ください」

又八が西の陸側を指差した。その先は土塁でも築いたように土が半間（約九十センチ）ほど隆起していた。それが延々海岸線に沿って続いていた。

「今の地震で、儂らのいるところが下がったのか」

周囲を見渡して愕然とした。盛り上がっている地よりも陥没する地を見るほうが恐怖感にかられる。山岳信仰などにより、高地には神が宿り、天に近いほど極楽に繋がるという思想がある反面、地中の底は奈落《ならく》の底、いわゆる地獄への入口という認識によるものかもしれない。

一瞬で辺り一面を地盤沈下させた地震の力に、船越安国は改めて驚かされた。すぐ南横の閉伊川では、余韻のせいか、渦を巻いているところもあった。この地震の異質さを物語っているようである。

しばらく船越安国らは辺りを見て廻った。

漁師の家はのきなみ倒壊している。幸いにも外に逃げ出すことができた妻子たちは、無惨な光景を目の当たりにして慟哭《どうこく》していた。中には逃げ遅れて下敷きになっている者もいるであろう。

「かような仕儀なれば、盛岡の城も城下も、いかなことになっておるかのう」

船越安国も利直の下知に従い、城下に屋敷を移しているので妻子が心配だった。おそらく、屋敷等、かなりの被害が出ていることだろう。

四半刻《しはんとき》ほどすると、川の渦は収まったものの、壮烈な勢いで河口に向かって流れはじめた。台風の後の激流よりも速い。まるで滝落としであった。

「なんと」

川の水が海に引き寄せられる光景に圧倒《あっとう》されていると、海はさらに激変していた。波打ち際に波がなくなっている。干潮《かんちょう》の時期でもなく、引き潮などという甘いものでもない。宮古湾は完全に干潟《ひがた》と化している。遠くの沖合いでは陽の光を浴びた海面が煌《きら》めいているものの、歩いて東の月山に登れそうであった。

干上がった地には帆立貝《ほたてがい》や牡蠣《かき》、北寄貝《ほっきがい》などの貝類や、昆布や若布《わかめ》などの海草、そのほかには海栗《うに》、海流に逆らった蛸《たこ》や魚などが取り残されていた。

「悪いこと続きじゃ。いいこともないとな」

普段は獲れにくい貝を簡単に手にすることができると、漁師やその家族たちは水が引いた瀬に足を踏み入れ、我先にと拾っていた。この一両年、漁で以前のような収入を得られず、さらに地震で家が壊れたので、少しでも糧《かて》にしようと必死だった。

「どれぐらい潮が引いているか、そちは判るか？」

船越安国は従者の又八に問う。このまま潮が引きっぱなしのままになるとは考えにくかった。

「申し訳ありませぬ。某には判りませせぬ」

瀬で貝を拾う漁民たちを船越安国と共に見ながら又八は答えた。

「ほどほどにしろよ」

漁民たちの心情を察し、船越安国は軽く助言する程度にとどめた。

「ほかの地も同じようなものであろうか」

疑念にかられた船越安国は、又八を連れて北に向かう。すぐ北東には臼木山《うすぎやま》（標高八十六メートル）のある小円の半島がある。その北側を目にしようとしていた時である。

ドドーン！

沖合いのほうから、稲光りもなしに雷鳴のような轟音が響いた。驚いた船越安国はすかさず天を見上げるが、青空に見えるのは鱗雲ばかり。とても湿気の多そうな雷雲には映らなかった。

「敵か」

関ヶ原合戦の際に、石田《いしだ》三成《みつなり》が放った大筒《おおづつ》の号砲は、敵味方を問わず驚愕させたという。

ドドーン！

再び咆哮が谺《こだま》し、轟きが耳朶《じだ》に響いた。共鳴しているが、やはり音は海の方角からである。

「海で戦いをしているのか」

文禄・慶長の役では日本軍の大型の安宅船《あたけぶね》と、朝鮮水軍の亀甲船《きっこうせん》で、大筒を放つ熾烈な海戦が繰り広げられたという。だが、黒潮の流れの速い太平洋の沖は、海戦ができるような場所はない。敵と戦うどころか潮に引かれて遭難してしまう。

「違うとすれば、なんの音か」

船越安国は訝しいと思いつつ、海を見た。

重茂半島で東側はよく見えないものの、先端に位置する閉伊崎の北東には多少なりとも水平線が目にできる。目の錯覚ではなかろうが、線上の煌《きら》めきがわずかながら浮き上がったように映った。

「沖の海が高くなっておらぬか」

遠望しながら船越安国が言う。

「近づいているのではないでしょうか」

目を細め、顔を突き出しながら又八は答えた。

海面の上が霧のように霞《かす》んで見える。白い水飛沫《しぶき》が立っているのかもしれない。

「海嘯《よだ》ではないのか」

船越安国は問う。陸奥では南北を問わず、津波のことを海嘯と呼んでいる。

「わ、判りませぬ。聞いてまいります」

安易な返答はできず、又八は潮が引いた瀬に向かって走りだした。

「あまり遠くに行くでないぞ」

注意しながら船越安国は沖合いの海に集中する。聞き耳を立てると、海鳴りのようなものを感じとれた。地の底にまで響くような低音が海の遠方から聞こえてきた。ただごとではない。

「海嘯かもしれんな」

悪い胸騒ぎを口にした途端、宮古湾の入口となる北東の沖合いで突然、白い波が一面に迫《せ》り上がった。上のほうが白いのは泡が立っているせいか、その下は砂を巻き上げているので灰色に見え、少しずつ黒さを増していた。巨大な壁が迫ってくるようにも見えた。

「海嘯は人を喰らうそうじゃ」

この時代に生きる南部家の者は、津波というものを実際に見たことはない。船越安国も同じであるが、野分よりも恐ろしいという言い伝えだけは聞いている。

「海嘯じゃ！　逃げよ！　海から上がれ！」

船越安国は大音声で叫んだ。安国が絶叫しても、漁民たちは、普段手にしづらい貝を容易《たやす》く拾えるので、漁に没頭している。少しでも売れる物を得ようと必死だ。

「戯《たわ》け！　海嘯が見えぬのか！」

声を嗄らして船越安国が怒号しても、耳を傾ける者は皆無だった。

「慮外者どもめ！　伊助、鉄砲を放て。玉は込めんで構わん」

そのまま自分だけ逃げるわけにもいかず、船越安国はもう一人の従者に命じた。

下知を受けた伊助は、すぐさま火打ち石で火縄に火をつける。次に筒先に火薬を込め、かるかという棒で固めたのちに火皿に火薬を注入し、火縄を火挟《ひばさみ》に装塡《そうてん》して、津波のほうに向けて引き金を絞った。

ダーン！

空砲が青空に響き、貝拾いに夢中になっていた漁民たちは、我に返ったように顔を上げ、船越安国が指差す沖合いに目をやった。

「海嘯が見えぬのか！　死にたくなくば早う逃げよ」

自身、手綱を引いて替え馬の首を返し、船越安国は獅子吼《ししく》する。

船越安国の大声に同調したわけではなかろうが、迫り上がった津波は、開口した巨鯨のように獲物を求めて接近する。今にも飲み込まれそうなほど近く感じる。宮古湾に入る横幅は一里ほどであるが、北に見渡す限り続いている。重茂半島で目にできないが、おそらく南にも広がっているであろう。実際には南北百五十里（約五百九十キロ）にも及んだという。

津波に気づいた漁民たちは恐怖におののき、慌てて瀬を後にした。

「儂らも退くぞ」

漁民たちが逃げる姿を確認し、船越安国も湿る砂塵をあげた。供廻を気遣いながらも、馬を走らせる速度が上がる。背後から襲われると思うと、恐怖感は大きくなっていく。恐ろしさを増長するように背後から聞こえる海鳴りがどんどん大きくなる。馬の脚よりも追いかける津波のほうが速いようであった。

水深二百メートルより深い地を深海という。大津波の速度は水深などにもよるが、深海では時速一千キロを超えるというからジェット機よりも速い。陸地に近づくと速度が落ちるものの、それでも時速百キロ近くはある。

一般的に現在のサラブレッドは時速六十キロ以上で走ると言われているが、戦国時代の馬体は小さく、南部家が育てた駿馬をしても時速は四十キロほど。とても大津波から逃げられる速度ではなかった。

大津波は北東から宮古湾を襲い、少しずつ向きを西に変えながら陸を目指している。激しく泡立つ白い波濤《はとう》は陸に近づくに連れて黒く変色し、闇の高い峰となる。大きく開いた波の口から漆黒の牙を目にした時には時すでに遅いという。もはや逃れる術はない。

「ぎゃーっ！」

ついに大津波は干上がった瀬から逃げる漁民たちを猛襲した。まさに一瞬の出来事である。悲鳴も絶叫も轟音がかき消し、砂を巻き込んだ波渦《なみうず》が人を海底へと引きずり込んだ。

水は纏《まと》まるとかなり重く、脅威の力を発揮する。一立方メートルの水は一トン。一メートルの高さから落下しただけでも相当の衝撃力になる。陸に接近すると共に津波の速度は落ちるものの、時速五十キロほどの津波が正面から当たったとすれば、一平方メートルの衝撃力はおよそ五十トン。人体は瞬《また》く間に破壊されるであろう。瀬になっていた地は元に戻るどころか、沖から無限大の水を引き込んで浸水し、瞬時に海岸線を消滅させた。水の巨獣はその程度では満足せず、宮古の大地に喰《く》らいついた。大津波は漁民の家屋を押し流し、厩《うまや》を破壊し、牛馬を飲み込み、家よりも高価な船を海中に引きずり込み、田畑を踏み潰し、樹木を根こそぎ薙《な》ぎ倒した。

「高いところに逃れよ」

大津波の猛襲を受ける船越安国は、供廻に下知を飛ばし、湊から西に十町、閉伊川から五町ほど北の高台となる常安寺《じょうあんじ》を目指し駆けに駆けた。

「ぐあっ」

悲鳴と共に伊助が津波に攫《さら》われ、その後声がしなくなった。

「伊助！」

叫ぶが馬脚を止めるわけにはいかない。まさに敗走する軍勢の殿《しんがり》を駆けるような気分である。軍は時折、止まって反撃するのが常であるが、津波を迎撃できる術も余裕もない。船越安国は生き残った又八らを叱咤激励し、なんとか高台の常安寺に辿り着いた。同寺は沢田《さわだ》という地にある曹洞宗《そうとうしゅう》の寺で、天正《てんしょう》八年（一五八〇）に建立された比較的新しい寺である。

「なんとか逃れられたか」

眼下の奔流《ほんりゅう》を目の当たりにしながら、船越安国は溜息を吐いた。

「されど、伊助、弥三郎、稲蔵が流されました」

声を震わせながら又八は言う。

眼下は目を疑いたくなるような地獄絵図が広がっている。

大津波は黒い濁流《だくりゅう》と化して堤防を楽々乗り越え、破壊して閉伊川を逆流する。山から流れる淡水は海水と融合し、喜び勇んで上流へと水の仲間を呼び込むようでもあった。

「かようなことが……」

辺り一面が海と同化している。命拾いをした安堵感も忘れ、船越安国は呆然《ぼうぜん》と眼下に繰り広げられた、かつてない大惨事を眺めていた。今、自分が生きているのが信じられない。

第一波が海岸線のあった地から半里ほど内陸を侵し、四半刻ほどして勢いを弱めて引き潮となる。これに第二波が覆いかぶさり、第一波の後押しをするように西へと侵食をはじめる。引き潮となった頃に第三波が重なり、蠢《うごめ》く黒い奔流となって宮古の町を侵略する。神社や寺などの建物に当たれば、黒い魔の魚が喜んで飛び跳ねるように弾《はじ》け、鯨が嚥下《えんげ》したのちに潮を噴くように飛沫をあげる。誰も止めることはできない。ただ無力さを感じさせられるばかりだ。

第三波は海岸線から西に一里ほども押し潰し、辺りを暗黒に塗りつくしている。閉伊川を逆流する津波は、黒龍が獲物を見つけるために這っているように二里半ほども西に進んだ。

大津波の勢いはとどまることを知らず、常安寺にも押し寄せてきた。境内に逃れた者たちは恐怖におののきながら眺めている。

「和尚、上じゃ。山に逃れさせよ」

船越安国は常安寺第二世の嶽翁嶺鷲《がくおうりょうしゅう》に命じた。

嶽翁嶺鷲は応じ、皆を連れて北の山へと逃れさせた。ほどなく常安寺も大津波に飲み込まれた。海水は引くことを知らず、渦を巻いている場所もある。

「地震から半刻も経っておらぬのに……」

悪夢でも見ているような信じがたい光景である。ほんのわずかの間に、宮古の地形は荒れ狂う海に変えられてしまった。一瞬のうちに破壊された家屋や建物、根こそぎ倒された樹木は瓦礫《がれき》と化して辺りを漂っている。牛馬で泳いでいるのはほんのわずか。

「けっぱれ！」

沢田の山から声をかけるが、必死にもがく馬たちも大津波に喰われていった。牛馬のみならず、人の姿もあった。とても泳いでいるようには見えず、浮き沈みを繰り返している。

「観自在菩薩《かんじーざいぼさつ》。行深般若波羅蜜多時《ぎょうじんはんにゃはーらーみーたーじー》。照見五蘊皆空《しょうけんごーうんかいくう》……」

嶽翁嶺鷲和尚は船越安国の隣で両手を合わせ、流されて動かぬ人たちに対し、般若心《はんにゃしん》経《ぎょう》を唱えた。

南部領の海岸は浜辺よりも岩場が多く、大津波は岩を木っ端微塵《みじん》に打ち砕き、断崖の壁を削り、樹木をへし折って引きずり込んだ。

かつてこれほど領内の地を破壊した災害があろうか。宮古どころか、三沢《みさわ》、八戸、種市《たねいち》、八木《やぎ》、久慈《くじ》、野田《のだ》、普代、平井《ひらい》、小本《おもと》、田老《たろう》、山田《やまだ》、釜石など、南部領の湊のみならず、津軽、伊達、相馬、岩城の鳥居領の陸奥から常陸に至るまで、大漁となった地の浜という浜は大津波の襲来でほぼ壊滅した。伊達領の北上川では津波が十二里半（約五十キロ）以上も遡ったという。

十月二十八日の激震災害について、『駿府記《すんぷき》』には、伊達領で「五千余が溺死《できし》した。南部、津軽、海辺の人屋溺失にて人馬三千余死去」と記されている。『武藤六右衛門所蔵古文書《むとうろくえもんしょぞうこもんじょ》』には「大地震三度仕り、その次に大波出来候て、山田浦は房《ふさ》ヶ沢《さわ》まで打参《うちまい》り候のよし、二の波は寺沢《てらさわ》に参り候、三の波は山田川橋の上まで参り候のよしに御座候」。『海競寺縁起《かいきょうじえんき》』には「大海嘯に遭ひて、その伽藍《がらん》の全部《も》を流失したると言ふ」。『宮古由来記《みやこゆらいき》』には「昼八つ時に大津浪にて門馬、黒田、宮古以っての外《ほか》騒動にて」。『古実伝書記《こじつでんしょき》』によれば「大地震三度候て、夫《それ》より大波出来」。『大槌古城記《おおつちこじょうき》』には「朝より度々地震、波押し上がり候の前、沖の方どんどんと鳴り候と大波山のごとくにて参り、川に付いて塩水上がり、引き塩には、大杉古木、家共々を引き崩し申し候」。『伊達治家記録《だてじかきろく》』には「御領内大地震、津波入る。御領内にて一千七百八十三人溺死し、牛馬八十五匹溺死す」、『相馬藩世紀《そうまはんせいき》』には「海辺生波にて相馬領の者七百人溺死」、『松前家譜《まつまえかふ》』には「東部海嘯、民夷《たみえびす》多く死す」とあるので、大津波は蝦夷地《えぞち》（北海道）にも襲来したことが判る。

当時来日していたスペインの探検家セバスティアン・ビスカイノは仙台に政宗を訪ねており、「大地震のため海水は一ピカ（三・八九メートル）余の高さをなしてその境を超え、異常なる力をもって流出し、村を浸し、家および藁の山は水上を流れ、甚大な混乱を生じた。海水はこの間に三回進退し、土（地の）人はその財産を救い能《あた》わず、多数の人命を失いたり」と『ビスカイノ金銀島探検報告』の中で報告している。

地震の種類は地殻変動《ちかくへんどう》が起こした海溝型《かいこうがた》地震で、のちの計測ではマグニチュード八・一。震度七弱だという。未曽有《みぞう》の大災害は慶長大地震・大津波と呼ばれている。残されている記録が少ないので正確な状況は判らないが、もっと甚大な被害が出たと予想するのは難くない。

南部、津軽で三千の死者と記録にあるが、太平洋に面しているので、比率は圧倒的に南部領のほうが多い。八割から九割は南部領に違いない。のちに起こる地震の被害を含め、歴史が証明している。

その後も震度五にも達する余震が群発し、漁民、百姓の家屋のほとんどは倒壊した。海水が引いたのは三日後のこと。目にした者は誰もが失意のどん底に突き落とされたであろう。時の政権に関わりなく、南部領の沿岸部に住む百姓が山の谷間を耕した田畑が一瞬にして泥沼となった。巨大な熊手で大地を引っ掻いたような爪痕を残して根こそぎ奪い取られ、その跡に瓦礫となった家屋が散乱し、牛馬と共に溺死した遺体が彼方此方《あちこち》に打ち上げられている。

辺りには粉雪が舞いはじめているので腐敗の速度は遅いかもしれないが、急いで片づけねば降雪の下敷きとなり、葬儀すらもままならぬ。

浜のほうは、津波が土砂を海の浅瀬に引きずり込んだので、貝や海草が育つ環境を破壊し、さらに瓦礫や遺体が沈み、海は汚れた。南部領に残る船は一艘もない。

大津波で被害を受けた田畑や湊の再生はできるのか。領民たちは、ただ項垂《うなだ》れるばかりであった。

常安寺も悉く流されたので、嶽翁嶺鷲は五町ほど西に位置する横町の深山にあった別《べっ》当永貞坊長福院《とうえいていぼうちょうふくいん》の屋敷内に庵を結び、しばらく仏事を続けることになった。

三

江戸上りの最中、利直は慶長大地震に遭遇した。一行に負傷者は出なかったものの、大変な状況であることは察した。

「誰ぞ、国許に戻り、様子を見てまいれ」

川守田兵庫《かわもりだひょうご》らを戻らせながらも、利直は足を止めるわけにはいかない。そのまま馬を進めた。

十一月十一日、利直は武蔵の忍城《おし》に入城した。同城は秀吉が関東征伐をしたおりに唯一陥落しなかった城である。城の周囲には幾本もの川が流れ、周囲は湿地帯なので水城とも呼ばれている。家康の江戸入府以降、松平忠吉《まつだいらただよし》、酒井忠勝《さかいただかつ》と城主を変えたが、この時は城番を置くばかり。

利直が忍城に立ち寄ったのは、家康が鷹狩りで在城しているからである。利直は家康に謁見した。

「御尊顔を拝し、恐悦至極に存じます」

主殿の一段高い上座に座す家康の前に罷《まか》り出て、利直は挨拶を行った。

「重畳至極。遠路、ご苦労にござるの。まずは楽にされよ」

鷹揚に家康は言う。将軍職を秀忠に譲り、すでに六年目になるが、あいかわらず実権を握っている。日焼けした脹《ふく》よかな顔は脂ぎったままである。

「先の地震、陸奥では大層な被害が出たと聞くが、盛岡ではいかがかな」

「お気遣い感謝致します。八月の地震では、さしたる被害はございませんでしたが、先だっての地震は確認させております」

「左様か。何事もなければよいが。皆には力を貯えていてもらわねばの」

散々に天下普請をさせておきながら、悪びれることなく家康は言う。

(この狸《たぬき》めが。されど半分は本音やもしれぬな)

この三月、家康は都の二条城《にじょう》において、十八歳になった秀頼と会見をしている。秀頼は隔世遺伝《かくせいいでん》なのか、母方の祖父・浅井長政《あざいながまさ》に似た大柄で、身の丈は六尺三寸（約百九十一センチ）にも達する。

幼少時から勉学に励んでいるので賢く、家康は危険な臭いを感じたという。

「尽力致します」

「国境のこと、侵す者があれば刃を抜かず、江戸で争われるがよい」

家康は伊達政宗が領海を侵していることを知っているようであった。

「仰せのとおりに従います。これはささやかながら、大御所様にお収め戴きますよう」

利直は目録を差し出し、駿馬と鷹を献上した。

「見事なる馬と鷹じゃ。信濃守（利直）殿には、末の倅《せがれ》（頼房《よりふさ》）の後見を頼みたいがいかがかな」

頼房は家康の九男で齢九歳。この年の三月に元服して、常陸の水戸で二十五万石が与えられている。

まだ頼房が元服する前、家康は同じく元服前の二人の兄、七男の義利《よしとし》（義直《よしなお》）と八男の頼将《よりまさ》（頼宣《よりのぶ》）を呼び、欲しい物を聞いたことがある。

「某は天下が欲しゅうございます」

もの怖じすることなく頼房は言ってのけた。

末子の返答を聞き、家康は乱を起こす恐れがあると頼房を危惧《きぐ》した。疎《うと》まれた水戸家は、のちの尾張、紀伊徳川家の半分しか石高は与えられなくなったという。利直にも伝わっている。

(忠輝《ただてる》殿にも劣らぬ厄介者だからこそ、儂に押しつけたのか。なにかあれば、前関白秀《ひで》次《つぐ》のように、連座して当家をも取り潰すつもりか。今一つ、伊達への対抗か)

家康六男の松平忠輝、その岳父は伊達政宗であるが、独眼竜をしても手を焼く武将だという。

(これで、また余計な負担が増えるの)

信頼されているのかもしれないが、責任と多額の出費は覚悟しなければならなかった。

「畏《おそ》れ多き次第にございますが、仰せ戴きましたからには、身を賭《と》して励む所存にございます」

家康の問いかけは厳命と同じ。断れるわけはない。受けるからには快諾《かいだく》するのが南部家のため。利直は表向き快《こころよ》く応じた。

これにより、武蔵の岩付《いわつき》近郊三十七郷を狩猟地として利直に許された。

利直は家康に茶を献じ、会食を共にした。

(高い役を買わされたやもしれぬのう。されど、なんとしても南部家のためにせねばのう)

翌日、利直は忍城を発ち、江戸に歩を進めた。狩猟地を賜ったことは名誉であるが、地震の様子と頼房のことが重なり、憂鬱な気分は晴れなかった。

江戸でも慶長大地震の影響はあった。死者こそは出なかったものの、床の間の花瓶や掛けてあった太刀は倒れ、瓦が落ちたりしたという。

「国許に戻した者は、まだまいらぬか」

当主の利直は南部領に被害がないことを祈っていたものの、願いは虚しいこととなった。

水戸の徳川頼房の後見役を命じられている利直は、まめに水戸徳川屋敷に遣いを送っていたため、十一月中旬には慶長大震災の事実を知らされた。

「被害の子細は未だ不明ながら、陸奥が大変なことになっておるようにございます」

桜庭直綱がこわばった表情で伝える。

「不明なのに、なにゆえ大変だと判る？」

憤《いきどお》りながら利直は問う。誤報であってほしいという願望もある。

「常陸の湊も、海に近い田畑も海嘯《よだ》にやられ、水戸の屋敷も壊れたとのこと。これが北に行くに従って被害が大きくなっていると水戸の者たちが申しておりました」

「常陸だけではないのか？　急ぎ、相馬や鳥居家に質《ただ》せ。それと、伊達にもの」

政宗に問うことは気が引けるものの、一刻も早く正確な情報が欲しい。利直は桜庭直綱に命じた。

憶測が飛び交う中、南陸奥の磐城平《いわきだいら》の鳥居家から、水戸の徳川家と同じような情報が齎《もたら》された。続いてその北隣に位置する相馬家からも。中陸奥の伊達家は知っているのか知らぬのか、はたまた底意地が悪いのか、国許の被害の様子を教えようとはしなかった。

「当家はいかなることになっておるのか」

危惧する中の十一月下旬、国許に戻した川守田兵庫が桜田にある南部家の江戸屋敷に駆け込んだ。

「申し上げます……」

川守田兵庫は、悲惨な現状を伝えた。

「死者が三千近く……全湊の壊滅……五千余石の田畑を失ったのか……」

報せを聞いた利直は、驚愕するというよりも啞然とした。南部家の戦でも、一度でこれほどの人数を失ったことはない。南部家にとって、九戸一揆や関ヶ原合戦時の和賀一揆に続く危機である。

普請中の盛岡城もかなりの被害を受けた。壁に亀裂が入り、崩れたところもある。城門は傾き、石垣は崩れた。柱は斜になり、天井は歪み、床板はうねり、畳はめくれ、井戸は白く濁った。修復するにはかなりの手間と日数、費用がかかるであろう。

「雪の中、片づけを行っております」

「左様か。田畑は簡単には戻るまい。雪解けを待つしかあるまいの。湊も簡単には戻らぬか」

利直は深い溜息を吐いた。潮をかぶった田畑から塩を抜くのは困難。塩抜きするには大量の真水を入れて洗い流す作業を何度もしなければならない。元通りになるまで五、六年は普通にかかってしまう。季節が春から秋ならばまだしも、雪に埋もれる真冬に凍《い》てつく水で行えば、低体温症となって、それだけで死者を出してしまうであろう。

湊の再生も然り。真冬に海中からの瓦礫《がれき》掬《すく》いや遺体の回収は難しい。浅瀬を埋めた土砂を取り除く作業などは気の遠くなりそうなことである。船も購入するか建造するしかない。

（全てを纏めれば一万石以上の損になろうか。いや、もっと多いか……。しかも再生せねば永遠に失い続けることになる）

当主として頭の痛いところである。

不幸中の幸いは、潰れた田畑が表高の二十分の一であったこと。沿岸部は山間が多くて開けた地が少なく、田畑に向いていないことが皮肉にも幸いした。平将門《たいらのまさかど》を祖とする相馬家の領地では、半分近くが潮に浸ったとのことである。

「なんにせよ春を待つしかない。今できることをせよと五左衛門（楢山直隆）に申せ。それと、領民に相応の金を配るようにも伝えよ」

生きるために、まずは復興見舞金を配らせた。

川守田兵庫に命じた利直は桜庭直綱に向かう。

「塩抜きの良き方法を調べよ。江戸には良き学者が数多《あまた》いよう」

利直の下知に桜庭直綱は頷いた。

（このの ちは、ますます困窮《こんきゅう》することになろうの）

際限なく天下普請が命じられる中、大災害からの復興が利直に課せられた使命となる。不安なのは、江戸に在府させられているので、国許の被災現場を直に見ることができないこと。

（それでも儂はやらねばならぬ）

六歳になった嫡子《ちゃくし》の権平を見たばかりの利直は、江戸で復興の決意を新たにした。

将軍の秀忠や大御所の家康からは見舞いの使者が遣わされた。気遣いは有り難いことではあるが、破壊された地が簡単に修復できるものではない。

復興を誓っても五ヵ月近く雪に組み伏せられる南部領は、すぐに手をつけられない現実があった。

（春を待たねばならぬならば、まずは収益を得られることをして復興に充てるか）

金山の採掘ならば坑道の中で行うので、雪はそれほど影響しない。利直は北十左衛門《じゅうざえもん》直吉《なおよし》に対し、励むように督促《とくそく》をかけた。

日を経るごとに国許の詳細が届けられた。海から遠く離れていても平地にいた者は津波に飲まれ、近場でも高台に逃れた者は助かったこと。湊や浜辺に近い地に築かれていた民家は全滅したこと。

「こののちは高台に漁師の村を移してはいかがか」

報せを受けた利直が言う。

「漁師たちは『板子一枚下は地獄』と言いながら、暗いうちから海に出て櫓を漕ぎながら漁をします。ようやく漁から帰ったのち、絶壁を登って住家《じゅうか》に戻るのは辛いようにございます」

桜庭直綱が言う。

「されど、命を失えば、辛いもなにもあるまい。こののちは以前と同じ地に住ませるのではなく、海嘯が届かぬ高台に移させよ」

「承知致しました。船越助五郎（安国）からの報せでは、平地よりも川を遡った海嘯のほうが速く進み、より深く内陸に達して岸から村を襲ったようにございます」

「川をのう……」

惨劇を目の当たりにしていないので、利直にはうまく想像できないが、考えさせられる問題だ。

津波は海砂をも川に運んだので川底が高くなり、川舟の航行もできなくなっていた。これでは荷物を舟で運ぶことができない。早急に底を浚《さら》わねばならなかった。

「岸の堤《つつみ》（堤防）を堅固にせねばならぬの」

「はい。それと、今少し強き根を張る樹があれば、助かった者が何人もいたようにございます」

「流された者が摑《つか》まる樹ということか」

利直の言葉に桜庭直綱は頷いた。

「今一つ、各湊にいた船大工のほとんどが溺死したとのことにございます」

「船を造らねば、湊を片づけても漁に出られず、また、浅瀬の片づけもできぬ。何処《いずこ》かの地で、早急に船大工を手配せねばならぬの」

沿岸部だけでも、しなければならぬことが山ほどある。頭の痛いことであった。

慶長十七年（一六一二）が明けた。正月早々の五日、利直は津軽信枚や最上義光、蒲生秀行らと奥羽の武将ならびに関東の安房《あわ》侍従《じじゅう》（里見《さとみ》忠義《ただよし》）ら十一人をもって、幕府への忠誠と法度《はっと》の厳守を誓わされた。少しずつ大坂との間がきな臭くなってきているからかもしれない。

三十七歳になった利直は、紀伊《きい》・和歌山《わかやま》の船大工、小川忠太夫《おがわちゅうだゆう》を七駄三人扶持で仕官させることに成功し、まずは和賀川の船場用の舟艇《しゅうてい》を製作させることにした。

小川忠太夫を得たことで、忠太夫の知り合いである、大坂の三右衛門《さんえもん》（姓不明）という船大工を召し抱えられたので、さっそく南部領で漁の船作りをはじめさせた。

まずは漁再生の第一歩である。

「田の塩抜きですが、誰に尋ねても真水を入れて十分に浸し、懇切丁寧《こんせつていねい》に耕して水を抜く。これを繰り返すほかはないそうです」

桜庭直綱が進言する。

「左様か。それで数年か？」

「いえ、雪の降らぬところでは、二年ばかり田起こしを繰り返したのち、冬はこれを続け、春には菜の花などを植えて作物に塩を吸わせるようにございます。冬の間、耕すことのできぬ当家は倍かかるやもしれませぬ」

またも雪国独特の厳しさを突き付けられたようである。

「なぜ当家は冬、耕せぬと決めつける？　雪はもともと水であろう」

忠臣のせいではないが、腹立たしいので利直は言い返した。

「畏れながら、理屈は仰せのとおりにございますが、一間をも超える雪を掻き分けて、凍る田を耕すのは無理にございます」

さすがに桜庭直綱も諫《いさ》める。

「田の上に積もった雪は退けよ。周囲で焚火《たきび》を焚き、残る田の雪を溶かして耕すように命じよ。瓦礫となった家や樹が数多あるはず。毎年、なにがしかの普請を命じられるのじゃ。当家に余裕などはない。百姓とて、一日も早く米を作れねば飢え死にするであろう」

「当家のような極寒の地で塩抜きをするのは困難。潮をかぶった田を諦め、別の地を耕すのも一つの行《てだて》ではないかとも学者は申しておりました」

「学者は土地を持たぬゆえ、好き勝手なことが申せるのじゃ。先祖代々受け継がれてきた土地の縁《えにし》を捨てられるか！　そのようなこと、百姓が応じようか」

学者に聞けと命じた利直であるが、「諦め」という言葉に憤った。

「学者は薬師のごとく人の体のことも学んでおります。人は長く凍てつく水に浸かってはいられぬ、と申しておりました。おそらく四半刻はもたぬと。水田への出入りを繰り返しても然《しか》り。これを強行すれば死人の山ができるとも」

「南部の民は精強じゃ。困難には負けぬ。まあ、百歩譲り、他地への新田開発は認めよう。百姓に選択させよ」

失った石高の再生のため、全ての可能性を認める必要がある。利直は譲歩した。

早速、利直の命令は国許に届けられ、北松斎、楢山直隆を中心として士卒に指示が出され、田畑、湊の復興が開始された。

国許に戻れぬ利直は、江戸で見守るばかりなので、もどかしくてならなかった。

利直の意気込みは伝わっても、やはり現実は厳しい。例年、降雪の間は鍬《くわ》を握らぬ百姓が、危機感の中で一間（約一・八メートル）にも達する積雪を取り除き、流れ込んだ汚泥を掻き取ったのちに水を入れて耕すのは過酷の一語に尽きる。即座に水は凍り付き、これを砕きながらの塩抜きである。膝《ひざ》ほどまで浸かりながらの作業なので、すぐに冷たさに感覚が麻痺し、寒さで体の震えがとまらなくなる。二坪（約六・六平方メートル）も耕せば息すらままならなくなるほどで、田から出なければ死んでしまいそうだった。

「こんな思いをするなら、新たに田を開くほうがましだ」

百姓たちは生命の危機を感じてか、先祖代々の地を投げ出す有り様であった。

使用できなくなった田を捨て、新田を求めるとはいえ、山が多い南部領で新田を開発するのは困難である。平地があれば、とっくに田畑にしていたであろう。山を切り崩し、棚田を作ることは、田の塩抜きに匹敵するほど困難であった。

躊躇《ちゅうちょ》する百姓が多かったので、冬の間は田の塩抜きはほとんど進まなかった。春先には先行きを憂えて欠落する者が後を絶たず、報せを受けた利直は百姓の引き戻し命令を出さざるをえなかった。

雪解けとなり、田の塩抜き、浅瀬の土砂取りは共にわずかながらも進むようになった。湊のほうは、浜に散乱する瓦礫を片づけたのち、浅瀬に沈む不要物を拾い上げたが、陸地から引きずり込まれた土砂を取り除くまでには至らなかった。

元来は豊かな漁場なので、漁は船があればある程度できるものの、陸奥の沿岸部の船はほとんど流され、この地の漁民たちは喉から手が出るほど欲しがっている。陸奥の大名たちは全国各地から漁船を求めたので品薄となり、古い船でも高値で取引されるようになった。

海底の汚れは簡単に洗浄できるものではない。時の流れ、潮の流れに期待するしかなかった。

ほかには川の砂浚い、堤防の構築、防潮林の植樹、さらに漁民の高台移住……。普請中に損害を受けた盛岡城の修復も行っている。

(いずれにしても時が必要じゃな)

江戸で報せを受けた利直は、家臣、領民のふんばりに期待した。

六月、江戸で不貞を働いた幕臣の岡部藤次郎《おかべとうじろう》が南部家に預けられた。いわゆる配流である。改めて南部領は江戸から遠く、配流地として見られていることを利直は認識させられた。

四

初冬になり、国許の報せが届けられた。

「米は海嘯を受けた田以外からは例年どおり収穫できました。全体では五千石余少のうございます」

桜庭直綱が報告する。

「左様か。新田からの収穫はないということか」

「皆無ではありませんが、微々たるものとのことにございます」

「さもありなん。湊のほうはいかに」

厳しい現状は理解している。

「漁は再開致しましたが、船が足りませぬ。前年までは大漁に沸いておりましたが、一転して不漁となり、領内で魚が高騰しているようにございます」

「前年のことは夢のあと、か。理由は魚が寄り付かぬのか、または船不足か」

「両方かと存じます。海の底が汚れていては、餌を得ることができぬとのことにございます」

頭の痛い問題であった。

「されば、しばらくは川魚を口にするしかないの」

「畏れながら、ちょうど今頃かと存じますが、川の砂浚いが進んでおらぬゆえ、鮭《さけ》の川上りが途中で遮《さえぎ》られているようにございます。同じ理由か、鱒《ます》も少なく、鮎《あゆ》、岩魚《いわな》は言うに及ばず、鮒《ふな》や鯰《なまず》まで減っていると申しております。変わらず喰えるのは泥鰌《どじょう》ばかりかと」

深刻な事実に利直は口を噤《つぐ》んだ。

「金山は？」

「順調にございます。馬もよく育っております」

津波の損失は金山収入と馬の売買収益から賄うことにした。これとは別に盛岡城の普請と城下の整備は継続的に行われた。

南部家は日本一遅れた大名家、この汚名を払拭するには、苦しくとも、目にした者を感嘆させる城下町を築くしかなかった。

暮れも迫った十二月十二日、利直は幕府から上杉景勝《うえすぎかげかつ》、最上義光、伊達政宗ともども、翌年春から京都の仙洞御所《せんとうごしょ》の造営を命じられた。

（なにも、海嘯を受けた我らに普請を命じずともよかろうに）

福島正則《ふくしままさのり》や長岡忠興《ながおかただおき》、加藤忠広《かとうただひろ》などと混じり、大津波の被害を受けた陸奥で普請を命じられたのは、利直と伊達政宗である。幕府は本気で疲弊させようという意図なのかもしれない。

（かようなことで南部を潰してなるものか）

利直は負けじ魂を強くした。

慶長十八年（一六一三）が明けて半月ほどが過ぎた十八日、国許の福岡城で城代を務める長男の家直が死去した。享年十六。

「子が先に逝《い》くとはのう……。しかも死に目にも会えぬとは」

幕府からの許可がなければ帰国もままならぬ世の中。そもそも江戸に滞在していなければ、側についていられたはずである。利直は今さらながら武家奉公の厳しさを実感した。

家直は三戸の法泉寺《ほうせんじ》に葬られた。諡号は法泉寺《ほうせんじ》殿景山公大禅定門《でんけいざんこうだいぜんじょうもん》が贈られた。

春になり、許可が出たので利直は帰国した。

盛岡に戻る前に利直は花巻城に立ち寄った。この時、九十一歳になる城将の北松斎は起き上がることができず、利直は病床を見舞った。

「お屋形様がまいられたのに、かような体たらくでお詫《わ》びのしようもございませぬ」

北松斎は息子の九兵衛直継《きゅうべえなおつぐ》に支えられながら、弱々しい声で告げた。

「気にするでない。早う快復してまた仕えてくれ」

「有り難き仰せ、過分にございます。されど、これが今生の別れになりましょうゆえ、愚老の戯言《たわごと》とお聞きください。まず、公儀（幕府）は南部の金山を狙っております。我が婿《むこ》（直吉）にがむしゃらに採掘させておりますが、ほどほどになさいませ。調子に乗って掘りすぎると、あれこれ理由をつけて移封させられ、奪われる恐れこれあり。細く長く掘ることが南部のためにございます」

一息吐いて北松斎は続ける。

「地震と海嘯からの復興にございますが、人をうまく使いなされますよう。盛岡城は南部の象徴にはございますが、まずは湊と田の再生こそがお家を栄えさせ富ませることになりましょう」

北松斎の進言に利直は頷いた。

「大浦も代が替わり、小粒となりました。もはや当家の敵にはなりますまい。さりとて、これを討とうなどという思案は捨てますよう。当家の改易に繋がる恐れあり。これに対し、警戒すべきは仙台の伊達。彼奴は虎視眈々と天下取りの機会を窺っております。当家をその踏み台にしようとするやもしれず。それゆえ、今少し南を固めるがよかろうかと存じます。必要とあれば躊躇《ちゅうちょ》なく配置替えをなさいませ。未だ閉伊には当家に不満を持つ者がおりまする」

まだ言い足りなそうな北松斎であるが、疲れたようである。

「あい判った。そちは我が祖父も同じ。助言は重く受け止めよう。北家もな」

老将の手を取って労った利直は、花巻城を後にした。

利直が盛岡に戻った頃には、震災の痕跡は薄れていた。利直は盛岡から行きやすい宮古に足を運んだ。

「市を立てても苦しからぬ場所じゃな」

宮古を見た利直の感想である。

その後、利直は田老、山田などの湊を視察したが、そちらの復興は人手が足りないせいか、遅々として進んでいない。瓦礫こそ片づけられているものの、津波が引っ掻いた地面の傷跡はそのままといった印象である。

潮をかぶった田から塩を抜く過酷な土起こしの進捗も芳《かんば》しくはなかった。海上に浮かぶ漁船の数も侘《わ》びしいばかり。

「ほかの地の者は廻せぬのか」

利直は湊とその周囲を眺め、楢山直隆に問う。

「まずは堤の構築が第一。海嘯が来るのは百年に一度にございますが、大水は年に四度訪れます」

雪解け水の流出する春、梅雨時、台風が来る初秋、長雨となる中秋と楢山直隆は言う。

「さらに海嘯を受けた川の砂浚いと堤固め、盛岡城の普請、金山の採掘。当家の領内に遊んでいる者はおりませぬ。今、堤を固めている者たちは初夏には田植えを行います」

尤《もっと》もな楢山直隆の返答である。

（陸奥の他領も同じ状況か。それ以外から人夫を集めぬとな。金を使うのは容易いが）

江戸あたりで大々的に募集すると、北松斎が口にしたように、佐渡《さど》や石見《いわみ》銀山のごとく、幕府の直轄領にされかねない。今南部家から金山を取り上げられれば、藩の経済は破綻する。

（なんとか領内で賄う手を考えぬとな）

田の塩抜きをする百姓を見ながら、利直は思案を深めた。

（細く長くとは申せ、石高と漁の収益が減った今、金山を使わぬわけにはまいらぬ）

坑道の中で作業ができる金山採掘は降雪期でもできるので、まずは、その時期に力を入れ、それ以外の農閑期には可能な限り、田に入るように命じた。

家臣の大半は盛岡城の普請に人足として勤しんでいた。

当主が在国すると、作業が捗《はかど》ると楢山直隆が言う。利直としても領国に在することを願った。

緩やかな速度で復興が進む中の八月十七日、花巻城将の北松斎が死去した。戦国末期の南部三代、名目だけの晴継《はるつぐ》を入れれば四代を支えた重鎮である。

（帰城途中に会っておいてよかったの）

将軍にも名を知られ、南部家をよく知る老将の死に、利直は冥福を祈るばかり。

北家の家督は息子の直継に継がせた。

閉伊郡は伊達領の気仙《けせん》郡と隣接する郡。震災の影響を受けた伊達領の者が南部領の閉伊郡に入り、山や川での密猟漁を行っていた。利直はかつて大槌城主の大槌孫八郎広紹に密漁の取り締まりを強化するように命じたが、広紹は黙認しているのか甘いのか、厳しい対処をしなかった。

「呑気な者に国境を任せることはできぬ」

利直は大槌広紹の貢献を考慮して大槌家を同地に残したまま、広紹を更迭して奥瀬直《おくせなお》定《さだ》に預け、大槌城に浜田《はまだ》彦兵衛《ひこべえ》清春《きよはる》を入れて同地の代官とし、年貢、役金、漁役を命じた。

浜田清春は気仙郡に勢力を持った浜田城主・浜田広綱《ひろつな》の四男である。浜田氏は主家の葛西《かさい》氏からの独立を試みて蜂起したが敗れて衰退し、葛西氏が小田原に参陣せず所領を失うと領地を追われ、南部家に仕官するようになった。

もう一つ不安なのは、南部家の重席中の重席であった花巻城将の北松斎が他界し、伊達領に近い稗貫郡が手薄になったこと。松斎であればこそ、周囲の国人たちも大人しく仕えていたが、同地は一揆が何度も起きた地であり、安定させるには、かなりの人物を置く必要がある。

北家の跡を継いだ直継では頼りない。利直は新たな城将を入れることにした。

「花巻は伊達を抑える重要な城。我が血を引くそちなればこそ治められよう」

利直は十五歳になった彦丸、元服して彦九郎《ひこくろう》政直《まさなお》と名乗る次男を花巻城将に定めた。

家老には母の於岩ノ方の甥にあたる石井《いしい》膳太夫《ぜんだゆう》光頼《みつより》（古光《ひさみつ》）と北湯口《きたゆぐち》主膳《しゅぜん》光房《みつふさ》を付けることにした。

これを決めた利直は九月上旬、江戸上りの途に就いた。家康が江戸に来ると聞いてのことである。

政直が花巻城に入城するのは翌十月のこと。

十月上旬、利直は江戸に入り、六日、江戸城で家康に謁見した。

「御尊顔を拝し、恐悦至極に存じ奉ります」

江戸城の白書院《しろしょいん》で利直は家康に深々と平伏した。

「重畳至極。地震と津波からの復興はいかがか」

寛大な態度で家康は問う。まだ、最後の野望を持ち続けているせいか、七十二歳にも拘わらず、衰えたといった印象はなかった。

「お気遣い忝のうございます。すぐに元通りとは申せませぬが、順調に回復しております」

「それは重畳。いつ世が騒がしくなるやもしれぬゆえの」

戦は近いと家康が言ったように、利直には聞こえた。

「陸奥には左様な火が立たぬよう、目を光らせておく所存にございます」

「頼みおく」

鷹揚《おうよう》に家康は告げる。

利直が砂金を献上すると、家康は満面の笑みで受け、白書院を出ていった。

（大御所も高齢、近く大坂を討つ覚悟を決めたか。とすれば、復興が遅れるのう）

利直も退出しながら思案する。五千石の収穫不足と漁の収入減を抱える南部家にとって、戦費の捻出はかなりの負担である。さらに戦ともなれば軍役を課されるであろう。京、大坂や江戸のように人口の多い地ならば人手不足の心配はなかろうが、東陸奥の南部領では簡単にはいかない。

（それにしても、徳川は豊臣に勝てようか。城造りの名人と謳《うた》われた太閤《たいこう》が築きし、難攻不落の大坂城。これに籠る秀頼殿と家臣。七、八万も兵が入れば二十万の寄手が囲んでも、まず落ちまい。太閤恩顧《おんこ》の大名もまだ生き残っておるしの）

福島正則、加藤嘉明《よしあき》、黒田長政《くろだながまさ》はまだ健在である。また、秀吉が二十万余の兵で小田原城を囲んだ時、城主の北条氏直《ほうじょううじなお》に戦い抜く意志があれば陥落しなかったであろうということを、利直は亡き信直から聞かされていた。

（万が逸、徳川が陣触れをした時、南部家はまこと徳川に従って構わぬのか……。徳川はあくまでも大御所の徳川。大御所の身になにかあれば、太閤が死去したのちのごとく、諸将は一斉に徳川と距離を置こう。大坂に豊臣があれば、今の将軍では天下を治められまい）

さまざまな思案が交錯する中、利直は先ほど目にした家康を思い出すが、とてもすぐに死にそうな様子は感じられなかった。よほどのことがない限り、利直は幕府に従っているつもりである。

翌十一月になり、幕府は家康の六男・松平忠輝《まつだいらただてる》の居城として越後《えちご》の高田《たかだ》城普請を諸大名に命じた。南部家にも下知は届けられた。

（かような普請はいつまで続くのかのう。まだ太閤の世のほうがましだったの）

朝鮮出兵は失策であるが、それ以外ならば豊臣政権のほうが良かったと利直は思ってしまう。

年が明けた慶長十九年（一六一四）、利直は八戸直政と楢山直隆を責任者とし、二百八十人を人夫として派遣した。高田あたりはまだ平地なので、それほどでもなかろうが、越後の冬は雪で閉ざされる。厳寒の中、南部家臣のみならず、諸大名の士卒は作業に精を出さざるをえなかった。

江戸に滞在中の利直は、暇を見つけては嫡子の権平に接した。この年九歳になる。

「そちは南部家と蒲生家の血を受けた歴《れっき》とした我が嫡子じゃ。南部の家督を受ける者は、家臣にも増して馬の扱いが巧みでなければならぬ。毎日の稽古を怠《おこた》るなよ」

利直は慈愛に満ちた目で見ながら告げた。

「質の身でもですか」

他人事のように権平は問う。

「左様なことを誰が申した？」

「皆が申しております」

なぜ父は不快そうな顔をしているのか、と不思議そうな表情で権平は答えた。

「そちは質ではなく、多くを学ぶために江戸にいる。昔のように国許に閉じこもっている世ではなくなったのじゃ。それゆえ文武に励まねばならぬ。二度と質などと申すでない」

苦しい言い訳ではあるが、南部家のために諭《さと》す。利直も京都、伏見、大坂で人質になっていたことがあるので屈辱感は経験している。権平の心中は理解しているつもりだ。

「はい。いつになれば国許に行けますか」

「そちが、儂に代わって国許の政を見られるようになってからじゃ。今、国許は地震と海嘯で荒れており、立て直しをしておる。皆は歯を食いしばって踏ん張っておる。そちも負けずに励め」

国許への関心は、父として当主として陸奥の者として素直に嬉しかった。ただ、まだ権平は幼い。判る時が来るまで、明言を先延ばしにした。

「はい」

頷いた権平は近習と馬場へ向かった。

権平を下がらせたのち、傅役の石亀貞次と一色蔵人を残した。

「このの末端の者に至るまで、たとえ権平が耳にしなくとも『質』ということを口にさせるな」

歪んだ性格にさせぬため、利直は厳命した。

（嫡子と離れて当主に育てるのは難しいの。亡き父上も儂と同じことを悩まれたかのう。かようなこととなれば、今少し父と話しておけばよかったか。あるいは、公儀の操り人形とするための質か）

厳しく育てねば凡愚となる。利直は危機意識を持った。

江戸にいる間、利直は諸大名との交流の合間を縫い、権平と馬に乗り、弓、鑓を教え、時には筆を手にした。

（もの覚えは悪くないが、根気には欠けるか。まあ、この年頃は仕方ないかのう。ほかの兄弟と比べ、心許なく感じるのは、権平が嫡男ゆえか。定まっておらぬのは儂のほうかもしれぬ）

武家が嫡子に期待するのはごく自然なこと。利直は、少し長い目で見ることにした。

春になったので利直は帰国した。復興のほうはゆっくりと歯車が動いているといった印象である。

「幾らか船の数が増えたか」

海に浮かぶ船は以前見た時は一、二艘であったが四、五艘に増え、利直は少しばかり安堵した。

「田の塩はまだ抜けぬか」

「仰せのとおりにございます。伊達や相馬領では塩田に変えておる田もございます。いっそのこと、当家も塩田にしてはいかがにございましょう」

小笠原長武が進言する。

「相馬や伊達領は開けた地が多いが、当家は海辺も山地が多い。一度、塩田にすれば二度と元の田には戻るまい。先祖代々耕作した地を捨てるわけにはいかぬ。困難でも塩抜きを続けさせよ。我らがぶれては百姓は戸惑うばかり。田の塩を抜く。徹底させよ」

利直は不退転の決意で命じた。

夏になり、すっかり田が緑色に染まった六月、越後で高田城普請の指揮を執っていた八戸直政が発病し、帰国最中の二十日、死去してしまった。病名は霍乱《かくらん》だという。享年二十八。

すぐさま盛岡城に早馬が駆け込み、利直に凶報が届けられた。

「八戸は政栄殿以降は落ち着かぬの」

これで八戸家の当主はいなくなった。直政と正室・禰々子の間には二人の娘がいるだけである。

(八戸は当家の旧主であり、名門ではあるが、これ以上梃子《てこ》入れをしても無駄な尽力となろう。いっそ解体して、誰ぞを根城に入れるか)

利直は未亡人の禰々子を南部家重臣の後添えにし、当主不在を理由に八戸家を併呑しようと画策し、姉の千代子に化粧料を与えることを伝えた。

これを聞いた千代子は八戸の根城から盛岡城に飛んできた。

「あなたは八戸家を潰すつもりですか？　我が義父（政栄）が父（信直）の後押しをし

たればこそ、今があることをお忘れか？　ようも左様な不義を働けたものじゃ」

逆眉《さかまゆ》を立てて千代子は詰め寄る。信直が利直以上に可愛がった子なだけに押しも強い。今の利直に対して公然と叱責できるのは千代子だけであった。

「それは姉上も同じではありませぬか」

「わたしは八戸の女。八戸は潰させません」

戦も辞さぬ口調で千代子は言い放つ。

「判りました。さればしばしの間、八戸は禰々子に預けましょう。但し、領内に乱れることあらば、その時は容赦なく召し上げます。よろしいですな」

今、内紛を起こすわけにはいかない。利直は譲歩することにした。

「構いませぬ。わたしが後見致します」

力強く千代子は受けた。千代子が男だったら、と信直が惜しんだということを利直は人伝手に聞いている。あるいは本当かもしれぬ、と姉の態度に納得もした。

千代子の直談判ののち、利直は正式に禰々子を八戸家二十一代の当主とした。禰々子は二度と再婚を勧められぬように剃髪し、清心尼《せいしんに》と号した。

和議の証として、清心尼の長女を花巻城将の政直に嫁がせることを決定した。

これによって争いの火種を一つ消すことができたが、南部家の火種は絶えることはなかった。

第十二章　泥濘の中で前進

一

南部家で八戸《はちのへ》相続問題に落ち着きを見せた頃、天下には戦雲が立ちこめてきた。

京都・東山《ひがしやま》の方広寺《ほうこうじ》は秀吉が建立した寺である。この慶長十九年（一六一四）四月十六日、同寺の釣鐘《つりがね》が完成した。

豊臣家は八月三日に開眼供養を行うつもりでいたところ、幕府は秀吉の命日にあたる十八日にしろと、高圧的な命令をしてきた。のみならず、鐘銘《しょうめい》に「国家安康《こっかあんこう》」「君臣豊楽《くんしんほうらく》」という文字が刻まれていることを持ち出し、家康の名を分断して幕府転覆を望み、豊臣を君として子孫殷昌《しそんいんしょう》を楽しむ願いを込めて呪詛《じゅそ》・調伏《ちょうぶく》するものだと難癖をつけてきた。いわゆる方広寺鐘銘事件である。

お門違いも甚《はなは》だしいが、拍車はかかるばかり。豊臣家は、家老の片桐且元《かたぎりかつもと》を駿府《すんぷ》に送って少しでも争乱を先延ばしにしようと弁明に努めた。

開戦を目論《もくろ》む幕府は端《はな》から聞く気などはない。耳を傾けるどころか秀頼《ひでより》の移封、新規召し抱えの浪人の追放、淀《よど》ノ方《かた》の江戸移住を迫るほどであった。

蒸し暑い中、幕府が豊臣家を挑発している報せが盛岡城に届けられている。

亀裂は確実であると、江戸や西国の馬買商人が続々と南部領を訪れ、駿馬から駄馬に至るまで買い付けていた。これによって馬の値は高騰し、わずかながらも南部家の懐は肥えた。

これまで砂金五匁《もんめ》（約十八・八グラム）は永楽銭五貫五百文（約五万五千円）で両替されていたが、六貫文（約六万円）に上がった。米も一石（百五十キログラム）が一両（約六万円）であったが、一両一分（約七万五千円）ほどに跳ね上がった。

まさに戦特需《いくさとくじゅ》かもしれないが、領土の広さの割に稲作が捗《はかど》らない南部家にとっては米の特需の恩恵はなかった。南部家は江戸《えど》廻米《かいまい》を盛岡、郡山《こおりやま》、花巻《はなまき》で購入して手配した。

（もはや手段を選ばぬか。近いうちに陣触れがあるやもしれぬな。豊臣には……）

所領を安堵されたが、もともと先祖が建武《けんむ》新政《しんせい》以降、時の政権に安堵されてきた地なので、改めて秀吉に認めてもらう筋合いではないが、南部家を残す役には立った。さらに寄り合い所帯のような南部家を、三戸《さんのへ》家を主君として一つの組織にしてもらった恩がある。恨みは津軽《つがる》家の独立を認められたこと。

徳川家は豊臣家を踏襲したに過ぎない。天下普請は両家とも変わらず。異国への出兵の恐れがなくなったことは喜ばしいこと。

（当家は両家から、さして不当な扱いは受けていない。あるとすれば、これからか。お

そらく、いずれが主でも普請要請は続くであろう。あとは、いずれが勝ち、当家を潰さず残すかということ）

一番の思案のしどころである。

（大御所が焦っているということは、身体に不安を抱えているのやもしれぬな。大坂城は難攻不落、長対峙《ながたいじ》となれば陣で没することもあるやもしれぬ。大坂にいかほどの大名が味方するか）

まったく予想だにできない。

（豊臣は勝てぬまでも負けぬのではないか。陣で大御所が死ねば、当初は公儀に従っていた諸大名も挙《こぞ》って大坂に鞍替えしよう。当家も……。されど、あくまでも大御所亡き後の話。権平と御台が質となっている今、当家も陣触れがあれば、大坂に寄手として参じねばなるまい）

利直には二人を見捨てられる非情さはない。

（関ヶ原のおり、家を二分して東西についた大名はあるが、こたびは天下分目という戦いではないので、あからさまには行えまい。されど、お家の命運を全て公儀に賭けるには不安じゃの。誰ぞを大坂に入れ、万が逸に備えねばなるまい。津軽の地を取り戻す確約も取り付けさせての）

戦国の生き残りである利直は、深慮《しんりよ》の上、保険をかけることを決意した。

ちょうどつい先頃、利直の近習を務めていた難波《なんば》左門《さもん》利藤《としふじ》が、不義を働き蟄居《ちっきょ》させられていた。利藤の『利』の字は利直からの偏諱であり、大津波の難から逃れたことで、旧姓の島津《しまづ》から改姓したのも利直の命令を受けてのことである。

利直は密かに難波利藤を召し出した。

縁先で利直の前に罷《まか》り出た難波利藤は、斬られるかもしれぬと怯《おび》えていた。

「こたびの罪は許すゆえ、そちは出奔致せ」

「畏《おそ》れながら、その儀ばかりはご勘弁戴きますよう。こののちは身命を賭して励みます。いかな微禄でも構いませぬゆえ、なにとぞお屋形様にご奉公させて戴きますよう、伏してお願い致します」

震える声で難波利藤は懇願した。

「これは命令じゃ。そちは一旦、高野山《こうやさん》に上り、そののち大坂城に入れ」

声を潜め、縁側から身を乗り出すようにして利直は命じた。

「えっ⁉」

予想外の命令に戸惑い、地面に額を擦《す》りつけていた難波利藤は顔を上げた。

「近く江戸と大坂は手切れとなる。そちは当家の命運を握って秀頼様の許にまいるのじゃ」

「されば、二股《ふたまた》……」

「声が大きい。南部家を守るため、あらゆる行《てだて》を思案せねばならぬ。その一つと考えよ」

膏薬《ごうやく》、と言いかけた難波利藤の言葉を遮《さえぎ》り、利直は真意を告げた。

「某《それがし》一人にございますか？」

「一人ではなにかと不便であろう。息子の五郎左衛門《ごろうざえもん》（利俱《としひろ》）を連れて行くがよい。妻は預かっておく。大坂が勝利し、津軽の領有を認められれば、重臣として迎え、代官に致そう。くれぐれも他言無用ぞ。露見した時、累は一族に及ぶと思案致せ」

「承知致しました」

ようやく難波利藤が納得したので、利直は暗くなってから金を持たせて城から出した。利藤は城下の屋敷に立ち寄り、息子の利俱を伴って、その足で西へ向かった。

（左門だけで大丈夫かのう）

難波利藤を送りだした利直は不安にかられた。利藤では任が重いのではないか、二股をかけたことがお家の危機を招くのではないか、呼び戻しの遣いを送ろうか、という心配が頭の中を駆け巡る。

（もはや後戻りはできぬ。我が勘を信じるしかない）

利直は失敗を考えないように努めた。

この頃、利直は花輪内善政朝《はなわないぜんまさとも》の娘の於松《おまつ》を側室に迎えていた。

時を同じくして盛岡の城下で吉田源助《よしだげんすけ》が乱暴、狼藉を働いた。源助は役人の出頭命令を拒否し、私宅に籠った。役人は捕縛《ほばく》にかかったが、撃退されて負傷する始末であった。

これを利直が耳にした時、北直吉《きたなおよし》が罷り出たところであった。

「ちょうどよい。武勇に誉れ高きそちじゃ。引っ立ててきてくれぬか」

「畏《かしこ》まりました」

下知を受けた北直吉は城下の屋敷に戻り、身支度を整えた。吉田源助の名と顔は一致しないが、狭い城下なので顔を見れば判るであろう。

「いずこにまいられるのですか」

具足こそは着用しておらぬが、北直吉は鑓の穂先や太刀の柄にある目釘を確認している。鉢金《はちがね》や襷《たすき》が側に置かれているのを訝《いぶか》しがり、嫡男の十蔵直勝《じゅうぞうなおかつ》が問う。十歳の直勝は利直の小姓を務め、この日は非番だった。

「けちな罪人を捕縛しにまいる。そちは弓の稽古でもしておれ」

言うや北直吉は太刀を鞘《さや》に収めて立ち上がった。

「畏れながら、某もお手伝いしとうござる」

北直勝は気概を見せて申し出た。

「童が出過ぎたことを申すな。罪人は捕り方を複数負傷させる猛者《もさ》じゃ。手負いの獅子を生け捕りにするのは容易ではない。死人も出るやもしれぬ。まだそちには早い」

「されど、近く戦があれば、某を同陣させるとお屋形様は仰せになられました」

「なに、まことか？」

北直吉は憤りながら問う。いくら当主とはいえ、十歳の子供を戦陣に連れていくのは非常識である。この事件を解決した時には、諫言《かんげん》するつもりである。ただ、理不尽なことがまかり通るのが武家奉公の辛いところ。事実だった時、直勝が敵の屍《しかばね》を見て、卒倒でもしたら北家の恥である。

（いずれは目にすること、些《いささ》か早いが構わぬか）

渋々、北直吉は許すことにした。

用意を整えた北直吉は、従者と直勝を連れて吉田源助の私宅に向かった。

吉田源助の私宅は長家の中ほどにあるので、焼き討ちにしたり、取り壊しにしたりすることができず、捕り方たちは手を焼いていた。長家の前後を固めているばかりであった。

「お屋形様からの下知でまいった北十左衛門《じゅうざえもん》（直吉）じゃ」

北直吉は捕り方の責任者に名乗り、状況の説明を聞いた。吉田源助は長家の雨戸を閉め、息を潜めているという。踏み込んだところ、部屋は暗くて狭く、鑓をうまく扱えぬところを斬られたと説明した。

納得した北直吉は背後の直勝に向かう。

「そちは下がっておれ」

嫡子に命じた北直吉は、太刀を腰から下げたまま歩き、入口の戸の前に立った。

「源助、おるか？　儂は北十左衛門じゃ。周囲は鉄砲を持つ精鋭が取り囲んでおる。もはや逃れられぬ。このまま悪あがきを続ければ、罪はそちのみならず、累は一族郎党にも及ぶ。今なれば切腹が許されるやもしれぬ。観念して投降致せ」

北直吉は、多分これまでも捕り方が説得したであろうことを口にしたが、中からの反応はなかった。

「戯《たわ》けめ。武士として死なぬつもりか」

誇りを捨てた吉田源助に憤り、北直吉は右手を太刀の柄に置いたまま左手で戸を左側に開いた。

「うりゃっ！」

刹那《せつな》、気合いと共に吉田源助は刀を突き出した。

「むっ」

咄嗟に北直吉は左に躱《かわ》して抜刀し、外に出てきた吉田源助を斬ろうとした。

「あっ」

なんと、突き出した吉田源助の刃が北直勝の腕を裂いた。直勝は長家の中で捕縛が行われるかもしれないと、覗くために前進していたところであった。

「おのれ！」

嫡子を斬られ、激怒した北直吉は容赦なく袈裟がけに吉田源助を斬り捨てた。

「十蔵」

即座に北直吉は倒れている直勝の許に駆け付け、自身の襷《たすき》を解いて腕に巻き付けた。

「しっかり致せ。血は止まる。誰ぞ、血止めを、薬師を」

叫びながら北直吉は直勝を抱きかかえ、自宅に向かって小走りに移動した。家についた時は、直吉と直勝の小袖が絞れるほど少年の血を吸っていた。内側の血管を切られたに違いない。

すぐに薬師が駆け付け、傷の処置をしたが、出血が多かったせいか直勝の容態は良くならない。

北直吉が吉田源助を斬った日から何日か過ぎた八月二十一日、十蔵直勝は十歳の生涯を閉じた。

「十蔵……」

期待の嫡子を失った北直吉の嘆きは海の底よりも深い。絶望して生きる望みを失った。

捕縛を命じた利直も不憫《ふびん》に思い、北直吉の屋敷を訪ねた。

「かようなむさ苦しきところに、お出で戴くとは恐悦の極みにございます」

一応、挨拶はするが、北直吉は魂を失ったかのように、淡々としていた。

「心中を察する」

失意のどん底に落ちた剛勇を目にし、利直も励ます言葉が見つからなかった。

「なにゆえ十蔵を戦場に連れて行くと仰せになられたのですか」

悲嘆と忿恚《ふんい》を紛らわすため、主君とはいえ、文句の一つも言わずにはおれなかったに違いない。

「左様なことを申した覚えはないぞ。十歳の子供を連れていかねばならぬほど南部家は逼迫しておらぬ。まあ、勇者の血を引く十蔵のこと、成人した暁にはそちにも負けぬ武士になったであろう。もし、十蔵が左様なことを申したのであれば、父の勇姿を見ようと嘘を申したのかもしれぬ。残念じゃの」

「十蔵……」

利直の言葉を聞き、北直吉は我慢できずに慟哭《どうこく》しはじめた。

唯一の男子を失った父親とは、これほど痛嘆に暮れるのか。利直には四人の男子が生まれ、長男の家直《いえなお》が死去したものの、全てを抛《ほう》って悲しみに浸ることはなかった。

（儂は情が薄いのか）

悔やみの言葉を伝えたのち、利直は帰城した。

数日後、利直は北直吉を召し出した。直吉はまだ慨世《がいせい》に満ちていた。

「お召しに与りましたが、もはや某《それがし》には奉公致す気力が湧きませぬ。二人の娘も嫁いでおりますれば、残す地も家名も必要なし。某は出家して十蔵の菩提を弔うつもりでおります」

力なく北直吉は言う。直吉の長女は太田《おおた》忠族《ただつぐ》に、次女は厨川《くりやがわ》助光《みつむね》に嫁いでいた。

「逝ってからまだ日が浅いゆえ致し方なかろうが、勇士のそちが出家するなど泉下の十蔵も喜ぶまい。そちはこれまで戦陣で、金山で活躍してきた。今一度、覇気を見せてくれ。再び南部家の存亡となるやもしれぬ。そちの力を認め、亡き松斎《しょうさい》も養子にしたのでであろう」

利直が説くものの、北直吉に興味を示す素振りはない。それでも利直は続ける。

「そちも存じていようが、近く公儀と豊臣は戦になる。大御所は二十余万の兵を率いて秀頼様を攻めよう。当家にも陣触れが下るゆえ、公儀に従わねばならぬ。そこでじゃ、そちは出家するとして当家を出奔し、大坂城に入ってくれぬか。高野山で出家しても構わぬが」

告《つ》げると、項垂《うなだ》れていた北直吉の顔が上がった。

「すでに難波左門を差し向けているが、万が逸のこともある。そちがまこと我が遣《あて》いじゃ。秀頼様に金を献上し、当家の存続と津軽の領有の確約を得る、これが真の当所（目的）じゃ」

「かような某をも使われるおつもりでござるか」

「乱世の終焉を迎える戦になるか、第二の戦国を開く戦になるか判らぬ。使えるものはなんでも使う。それが乱世の倣《なら》いじゃ」

そこまでして生き残りたいのかと問う北直吉に対し、利直は当然だといった態度で答えた。

「某が心変わりし、返り忠をするとはご思案なされませぬのか」

「そちも南部の地に生まれし武士。信じておらねば命じぬ」

「このこと、兄（桜庭直綱《さくらばなおつな》）は存じてござるか？」

北直吉は失意の中にあっても、万が逸、一族に累が及ぶことを危惧しているようであった。

「申しておらぬ。儂の一存じゃ」

「無事、大坂城に入れたのち、戦となれば寄手と戦わねば疑われます。その相手がお屋形様になるやもしれませぬ」

「存分に戦え。我が首を十蔵の前に供えても構わぬ。それで南部が存続するならば本望じゃ」

未だ北直吉が自分を恨んでいることは理解している。勿論、討たれるつもりなどは毛頭ないが、利直も覚悟を決めた。

「先に難波左門を遣わされたとの仰せですが、左門が背いた時はいかがなされますか」

「その時は始末せよ」

これも武門の定め。利直は短く命じた。

「承知致しました。南部家のため励みます」

「頼むぞ」

利直は北直吉に存分の金を与えた。

北直吉は出立に先駆けて、万が逸のため嫁いだ二人の娘と、北家の本家を継いだ直継《なおつぐ》、実兄の桜庭直綱に離縁状を出した。

（これで身内に迷惑がかかることもあるまい。儂を認めた北家の親爺《おやじ》〈松斎〉殿も、最愛の十蔵もおらぬ。南部のわたりを大坂につけたのちは、南部を相手に戦うのも愉快かもしれぬな）

秋風が吹きはじめた夜、北直吉は家臣を伴って屋敷を出た。

（これで見納めになるやもしれぬが、夜ではのう。しかも月末ゆえ）

闇夜の中、北直吉は侘《わ》びしさを噛《か》み締めながら、郷士を後にした。

江戸までは順調に来ることができた。九月の中旬にもなると、幕府と豊臣の亀裂は明確になり、戦の準備で町は騒がしくなっていた。

桜田の江戸屋敷には北直吉の義父・平清水駿河《ひらしみずするが》が勤務していた。平清水駿河は阿曽沼《あそぬま》家の家老を務めていた人物である。すでに直吉の妻は死去している。直吉は義父と二人で盃を交わした。

「義父上《ちちうえ》にだけ申します。お屋形様の命令で大坂城に入ります」

声を潜《ひそ》めて北直吉は告げた。

「なんと！」

予想外の話に、思わず平清水駿河は声を荒らげた。

「まことです。江戸の城下を見れば、もはや戦は明白。公儀は優位でしょうが、なんといっても大坂城は難攻不落。大御所の年齢を思えば、一寸先は闇。お屋形様も迷われての判断でござろう」

「それにしても、そなたを大坂にか……されば、ちと待て」

平清水駿河は座を立って、誰かになにかを命じた。盃を重ねる最中、半刻ほどして鶴の吸い物が運ばれてきた。

「かような高価なものを」

「よいよい。大坂への御登《おのぼ》りは目出《めで》たく、御出世《ごしゅっせ》の御寿命《おじゅみょう》千年までも相替えず、御栄華《ごえいが》の祝儀じゃ」

今生の別れになるかもしれないので、平清水駿河は吉事《きちじ》として祝ってくれた。

「忝《かたじけ》ない」

好意を受け、北直吉はしばし義父と盃を傾けた。

「城にはいつまで入っているつもりじゃ？　よもや枕になどとは命じられてはおるまいの」

「某への下知は南部の存続と津軽領の領有の取り付け。公儀が勝てば某は不要となります」

盃を呷《あお》って北直吉は言う。

「それでは捨て石ではないか」

「敗れればですが、勝てば立場は逆。某は重臣として皆を顎《あご》で使います。大名になるかもしれません」

義父に笑みを向けた北直吉は身なりを正した。

「長居は人目の關《せき》も恐れある。鶴の吸い物、格別の味でござった。生涯忘れませぬ。義父上もどうかお健やかに。某は陸奥人《むつびと》の力を天下に示す所存です」

礼を告げた北直吉は義父の前から下がった。直吉は家臣を伴い、暗いうちに桜田屋敷を出立した。

おそらく大坂に向かう街道は幕府の役人の目が厳しいので、身なりは西進する最中で馬売りを装った。言葉の訛《なまり》はどうしても誤魔化せないので、南部の商人として通した。途中、何度か止められて身分を改められ、時には名馬ばかりを率いているので売ることを求められたりもしたが、すでに売り手は決まっていることを丁寧に説明して潜《くぐ》りぬけた。

一行は近江《おうみ》から大和《やまと》の奈良《なら》を経由して摂津《せっつ》に到着した。北直吉は家臣を和泉《いずみ》の堺《さかい》に向かわせ、自身は従者を一人連れてさらに南下し、峻険な紀伊《きい》の高野山に登った。

高野山は標高約一千メートル前後の山々の総称で、山岳修行が盛んに行われていた。弘法大師《こうぼうだいし》空海《くうかい》が開宗した真言宗《しんごんしゅう》の総本山として有名になり、比叡山《ひえいざん》と並ぶ日本仏教の聖地でもある。

苦労の末に登った高野山は静寂《せいじゃく》に満ちていた。まるで天界を訪れたようで、神聖な気分である。御山の霊気なのか、未知の力を得られるような不思議な感覚だった。まだ世間は秋であるが、山頂は冬のように寒く、吐く息が白かった。

北直吉は金剛峯寺《こんごうぶじ》から七町ほど東の遍照光院《へんじょうこういん》で足を止めた。南部家は同院の檀那《だんな》であり、信直が小田原に参陣している最中の天正《てんしょう》十八年（一五九〇）七月十一日、同院の良《りょう》尊《そん》は八戸政栄《まさよし》に対して、信直が秀吉に同心したことを祝す書状を送っている。

良尊に挨拶をした北直吉は、直勝の遺髪を渡してささやかな法要を営んだ。

（これで、そちも成仏できよう。儂はそちの分まで戦おう。我が戦いぶりをよう見ておけ）

直勝の位牌の前で誓った北直吉は、蟠《わだかま》りがとけていくような気がした。

厳《おごそ》かな気持のまま北直吉は下山し、待たせていた家臣と共に和泉の堺に赴いた。同地で用意させていたものを受け取ると、大坂に足を踏み入れた。

すでに十月下旬、城下も城内も幕府に不満を持つ牢人で溢《あふ》れ返っていた。

「おおっ！」

騎乗する北直吉を見た者たちは感嘆をもらした。直吉は金箔を張り付けた甲冑《かっちゅう》を着用し、金銀をあしらった鞍を鹿毛の駿馬に乗せて威風堂々入城した。

「あれは誰じゃ」

燦然《さんぜん》と輝く甲冑を見た民衆は、大坂に「光り武者が現われた」と囃《はや》し立てた。

金箔の甲冑の効果は功を奏し、すぐに豊臣家の重臣の目に留まり、北直吉は本丸に通された。

一室で待っていると、大野《おおの》修理大夫《しゅりのたいふ》治長《はるなが》が姿を見せた。治長は淀ノ方の乳母・大蔵《おおくら》卿局《きょうのつぼね》の長男という出自から秀頼の側近となり、つい先日、豊臣家家老の片桐且元が追放されると、豊臣家を主導する立場となっていた。この年四十六歳。淀ノ方の情夫とも噂《うわさ》されていた。

「お初にお目にかかります。某は南部信濃守利直が家臣・南部十左衛門信景《のぶかげ》にございます」

入城にあたり、北直吉は名を改めた。北姓を捨てたのは、一族に累が及ばぬためと、南部を強調する目的である。

「おおっ、南部殿の」

「某は主《あるじ》の下知にて入城した次第。主は江戸で質を取られておるゆえ、やむなく寄手に参じることになりましょうが、決して秀頼様に弓引くものではありません。公儀迎撃のおりには同陣から追い討ち致しますゆえ、南部家の所領安堵ならびに旧領の津軽郡の領有をお認め戴くようお願い致します。これは主より秀頼様へ、戦費の一部に充てて戴きますようにとの、ささやかな土産《みやげ》にございます」

北直吉改め南部信景は、黄金（大判）十枚（約六百万円）を差し出した。このほか、駿馬と矢、玉、弾薬も献上している。

「これは頼りになる。さっそく秀頼様に進上致そう」

大野治長は嬉しそうに退室していった。

献金がものを言い、二刻後、南部信景に声がかかり、秀頼の前に罷り出た。

「御尊顔を拝し奉り、恐悦至極に存じます。南部信濃守利直が家臣・南部十左衛門信景にございます」

世が世ならば関白・太政大臣になる人物の前にいる。平伏した南部信景は恭《うやうや》しく挨拶をした。

「大儀じゃ。徳川打倒の暁には望みを叶えよう。期待しておるぞ」

それだけ告げると、秀頼は割腹のいい体をゆすって退室した。

（まあ、偉い人はあんなものであろう。会えただけ良しとするか）

感動はあったが、その程度のもの。十万とも言われる牢人が入城する中、南部信景ぐらいの武士がお目通りできるぐらい城内には人がいないという証拠である。徳川方では間違っても、信景が家康に顔を合わせることはないはずであった。

その後、南部信景には五千石が約束された。

（徳川を討っても大名にはなれぬのか。割の合わぬ役目じゃの。まあ損得ではないが）

冷めた感情を持つ南部信景は、幕府と戦い、生きた証を立てることで、理不尽な命令の答えを自分なりに出すつもりであった。

先に盛岡を出立した難波左門利藤・五郎左衛門利倶親子は、南部信景より遅れて大坂に入城した。

「公儀の関所を抜けるのに手間取った」

と難波利藤は説明する。南部信景は違和感を持った。難波親子は入城したのち南部と改姓した。

南部家と同じようなことを、関ヶ原合戦後に六ヵ国を削減された毛利家も行っていた。実権を持つ隠居の宗瑞《そうずい》（輝元《てるもと》）は家臣の内藤元盛《ないとうもともり》を佐野道可《さのどうか》と改名させ、大判五百枚（約三億円）を持たせて入城させている。

まさか利直も本州最南端の大名が同じことをしているとは夢にも思わぬことであった。名のある牢人では真田信繁《さなだのぶしげ》（幸村《ゆきむら》）、長宗我部盛親《ちょうそかべもりちか》、明石全登《あかしてるずみ》、毛利勝永《もうりかつなが》、後藤基次《ごとうもとつぐ》、塙直之《ばんなおゆき》、仙石宗也斎《せんごくしゅうやさい》、氏家行広《うじいえゆきひろ》、増田盛次《ましたもりつぐ》、石川康長《いしかわやすなが》・康勝《やすかつ》兄弟、大谷大学《おおたにだいがく》などが入城した。

大名として入城した家は一家もない。

（これが現実か。大名は公儀に従っていれば存続できる。大坂城に入った牢人は入らねば生きていけぬ者たちばかりか。下知を受けた儂も断れば南部では生きていけぬ。同じじゃの）

周囲を見渡しながら、南部信景は自身と重ね合わせ、ものの哀れを感じた。

二

これより少し前の九月七日、幕府は江戸に在する西国の諸大名に忠誠を誓う起請文を差し出させた。

報せが盛岡城に届けられたのは九月下旬。

「ついに大坂を攻めるか。出陣の用意を致せ」

利直は即座に陣触れをした。

軍役は三千。牢人等の参陣志願者も多々いたが、利直は禄を食む者以外の参陣は認めなかった。

すぐに領内では綿布類や草鞋《わらじ》が売り切れになった。復興の最中であり、末端の者は貧しいので、利直は四十五石以下の者に、武具そのほかの物を貸し与えることにした。百石から五百四十石の者には、求めに応じて百両（約六百万円）から五十両までの金を貸すことにした。百石以下の者は馬を持たぬ者が多かったので、下値で馬を整えさせた。

家臣への軍役は百石で二人を命じた。

参陣する主な家臣は、南直義《みなみなおよし》、北直愛《きたなおちか》、東直義《ひがしなおよし》、北直継《きたなおつぐ》、楢山直隆《ならやまなおたか》、中野直正《なかのなおまさ》（正康《まさやす》から改名）、大光寺正親《だいこうじまさちか》、大湯昌忠《おおゆまさただ》、日戸秀盛《ひのとひでもり》、簗田影光《やなだかげみつ》、毛馬内直次《けまないなおつぐ》、七戸直時《しちのへなおとき》、葛《くず》巻直茂《まきなおしげ》、沢田定兼《さわださだかね》、石井直光《いしいなおみつ》、下田直勝《しもだなおかつ》、内堀頼式《うちぼりよりのり》、八戸衆の新田政廣《にいだまさひろ》と中舘政常《なかだてまさつね》らであった。

駿府に在する大御所の家康が、大坂攻めを江戸の将軍秀忠《ひでただ》に下知したのは十月一日。

秀忠が奥羽の大名に出陣命令を出したのが四日。

江戸からの正式な使者が盛岡に届くのは十月中旬以降となるのは明白。これを待っていては南部家の出陣はかなり遅れる。南部信景や利藤を大坂城に入城させている利直とすれば、幕府に疑いを持たれぬため、早めの行動を示す必要がある。

「儂は先に出立致す。そちたちは用意が整い次第、後から追ってまいれ」

利直は楢山直隆に指示を出すと、数十人のみを連れて一足先に盛岡城を発った。一行が出羽の最上領を経て江戸に到着したのは十月下旬のこと。すでに将軍秀忠は前日の二十三日に出立した後だった。

「くそ、公方《くぼう》（秀忠）様とは一足違いであったか。下知を受ける前に発っても間に合わぬのか」

顔を顰《しか》めて利直は悔しがる。利直は改めて盛岡が江戸から遠い地であることを認識させられた。

但し、伊達《だて》政宗《まさむね》は仙台を十月十日出立し、十六日には江戸に到着している。盛岡から仙台まではおよそ四十一里半（約百六十三キロ）。四日で移動できる距離である。伊達領を通過しなかったことが遅れた原因かもしれない。

先鋒を命じられた政宗は将軍に先駆けること二十日、江戸を出発していた。

「公方様は、どの辺りまで進まれておるか？」

伊達家の報せも聞き、利直は焦りを覚えながら江戸で留守居をする桜庭直綱に問う。

「武蔵《むさし》の神奈川《かながわ》辺りにおられるかと存じます」

「されば、すぐに追いつけるの。即座に発つ」

「お泊まりになられぬのですか」

久々に顔を合わせたばかりなのに、もう出発ですかといった表情で御台所《みだいどころ》の武《たけ》ノ方《かた》が尋ねる。

「こたびが最後の戦になるやもしれぬ。なんとしても将軍より先に大坂に着陣せねばならぬ」

武ノ方に答えた利直は嫡子の権平《ごんぺい》に向かう。権平は日に日に大きくなっていた。

「皆の言うことをよく聞いて励め」

「はい。父上は戦に行かれるのですか」

「左様じゃが、そちは元服前ゆえ、連れては行けぬ。皆と留守居をしておれ」

どんな返答をするのか、興味津々利直は告げた。

「はい」

初陣を望むかと思いきや、権平はあっさりと頷いた。

(此奴は将としての器ではないのか)

少々落胆しつつ利直は江戸の桜田屋敷を出発した。

利直らが江戸から六里ほど南西の神奈川に到着すると、将軍秀忠は同地から五里ほど南西の藤沢《ふじさわ》に着陣し、宿泊することを決めたところであった。

神奈川には徳川家臣の諏訪部《すわべ》定吉《さだよし》がおり、後から来る者たちへの対応を命じられていた。

「こたび御味方として馳《は》せ参じるところ、当家は遠国なれば遅滞致し、路の途中にて両御所御出張なされたと承り、手廻の人数ばかり集めて、これまで馳せ参じた次第にござる。なにとぞ両公へご挨拶させて戴きますよう、お願い致します」

慇懃《いんぎん》に利直は頼んだ。

「こたびは誰をか頼りにして言上奉るしかござらんな。明日の朝、藤沢の宿外《はず》れにて待ち給《たま》われよ。某は御馬脇ゆえ、それとなく申し上げましょう」

「忝ない。有り難き仕合わせ。なにとぞお頼み致す」

そのような形でしか謁見が許されぬのは腹立たしいものの、面会ができると聞き、利直は安堵して礼を口にした。

翌二十五日の早朝、利直はわずかな供廻と共に藤沢の宿外れに控え、将軍の列が到着するのを待っていた。一刻ほどして秀忠の輿《こし》が訪れた。利直は片膝をついていた。

「あれなるは誰じゃ」

輿の中の秀忠が諏訪部定吉に問う。

「奥州盛岡の南部信濃守にございます。南部は遠国にも拘わらず、行程《こうてい》を心に任《まか》せず、ようやく参じた次第です」

「左様か、近《ちこ》うまいれと申せ」

秀忠の言葉が伝えられ、利直は停止した漆塗の輿に近づき、改めて片膝をついた。

「御尊顔を拝し奉り、恐悦至極に存じます。南部信濃守利直、ただ今参陣致しました。遅滞の段、お詫《わ》びのしようもございませぬ。こたびの失態、戦陣にて償《つぐな》うつもりでございます」

「遅滞の儀は残念ながら、申し分は尤《もっと》もなり。後備《あとぞなえ》を致すように」

「有り難き仕合わせ。粉骨砕身励《ふんこつさいしんはげ》む所存です」

利直の言葉に頷き、秀忠の輿は西進しはじめた。

諏訪部定吉の口添えで事なきを得た。以後、利直は欠かさず定吉に盆暮れの贈物をしている。

利直は後備として将軍の最後尾に加わった。追々、南部家の軍勢が加わり、箱根の嶮《けん》の前には形になったので、利直も一安心である。

一行は十一月十日、伏見《ふしみ》に到着し、利直は同地で待機。秀忠は上洛して二条城で家康と合流した。十五日、親子は都を発って伏見に着陣。

十六日、利直は家康・秀忠親子に伏見城で謁見が許された。

「復興は進んでいると聞く。豊富な金の賜物か」

利直が挨拶をすませると、家康が気掛かりなことを口にする。

「お気遣い忝のうございますが、微々たるものにございます」

「左様か、使い方を誤る輩《やから》が多いゆえ気をつけられよ。近頃、世には太平の有り難みが判らぬ戯けが多くて困る。左様な輩は一掃して真実の安寧《あんねい》を築かねばの。南部殿も励まれよ」

家康は鷹揚だが、意味深長なことを言う。大坂城には幕府の密偵として、のちに『甲《こう》陽軍鑑《ようぐんかん》』を編纂する甲州流軍学の創立者・小幡景憲《おばたかげのり》が入城していた。

（よもや、我が画策《かくさく》が露見したのではあるまいの）

内心で利直は驚きつつも、平和を乱したのは家康のほうであろうと反論したくなる。

（まあ、大御所の申す太平は徳川の世の太平ゆえの。そのための戦は相手のせいということか）

正義は勝利者のもの。家康を見ていて実感する。

「御意《ぎよい》。南部は公儀のために奮戦致します」

告げると満足そうに家康は頷いた。その後、家康・秀忠親子をはじめ、伏見に在していた大名は大坂に向かって兵を進めた。

十一月十八日、家康は大坂城天守閣から一里少々南の茶臼山《ちやうすやま》で評議を開いた。家康は、外郭を破っても内城を抜くのは容易ではない、城への交通を遮断し、塁壁《るいへき》を諸所に築くべきであると持久戦を主張し、諸将に下知を出した。

大坂城には豊臣家の家臣と牢人が十万、女子が一万ほど籠《こも》っていた。対して寄手は二十余万で十重《とえ》二十重《はたえ》に包囲し、大坂に向かっている大名もいた。

家康は大坂攻めを宣言するに際し、豊臣恩顧の福島正則《ふくしままさのり》、加藤嘉明《かとうよしあき》、黒田長政《くろだながまさ》を江戸で人質としていた。福島、加藤家は息子が参陣し、黒田家は国許の警備を下知されていた。

南部家が命じられた布陣地は、大坂城天守閣から三十町ほど南東の平野口《ひらのぐち》。平野川のすぐ西に位置している。

「あれが噂に聞く真田丸《さなだまる》か。ちと、厄介じゃの」

平野口の陣から眺め、利直は顔を顰《しか》めた。

三方を川に囲まれる大坂城は堅固であるが、唯一の弱点は南側。その外堀の外側の南東に真田信繁は半円型をした出丸を構築した。これが通称・真田丸である。

真田信繁は、天正十三年（一五八五）と慶長五年（一六〇〇）に二度行われた上田合戦で、二度とも徳川軍を敗走させた真田昌幸《まさゆき》の次男で、武勇、知略に長けていた。家康は信繁の力を恐れ、陣触れする前に高野山近くの九度山《くどやま》に蟄居《ちっきょ》していた信繁に、信濃半国で誘いをかけたほどである。

ちょうど南部信景が高野山を訪れた頃、真田信繁は豊臣家の誘いを受け、九度山を抜け出し、大坂入城を果たした武士である。牢人大将として豊臣家には頼りにされていた。

真田丸の正面には前田利常《まえだとしつね》、松倉重政《まつくらしげまさ》、榊原康勝《さかきばらやすかつ》らが陣を布いていた。

「よいか、あれな出城（真田丸）への攻撃命令が出されぬ限り、仕寄せるではない」

必ず罠があると利直は家臣に厳命した。攻めるならば、真田丸のすぐ北東に外堀の途切れた黒門口《くろもんぐち》がある。そちらを攻めるほうが城への乗り入れがしやすいからである。

戦は十一月十九日、城の西南に位置する木津川口砦《きづがわぐちとりで》を蜂須賀至鎮《はちすかよししげ》らが攻略して戦端を開いた。

まだ、南部家に攻撃命令は下されなかった。

大坂城内で南部信景や南部利藤・利倶親子は城の北東、三ノ丸の角《かど》ノ櫓《やぐら》を一千五百の兵で守っていた。西は内堀、すぐ東は猫間川《ねこまがわ》に守られ、さらに五町ほど東を平野川が流れている。

敵対するとすれば浅野長重《あさのながしげ》、真田信吉《さなだのぶよし》、真田信政《のぶまさ》、佐竹義宣《さたけよしのぶ》ら二千四百、あるいはその南に陣を布く上杉景勝《うえすぎかげかつ》勢五千といったところである。

「お屋形様に鉾先《ほこさき》を向けぬでよかったの」

櫓《やぐら》から北東を眺め、南部利藤が南部信景に言う。

「お屋形様とは言わぬがよい。周囲に疑われる。それと、まだ決まったわけではなかろう」

南部信景は不快感をあらわに注意する。

「そうじゃの。これは失言。されば、下知が出された時、そちはいかがする所存か」

「無論、儂は豊臣方の兵じゃ。相手が誰でも城を攻める者と戦う。たとえ南部家の当主でもの」

「慎重じゃの。儂も見習おう」

南部利藤は南部家の家臣として大坂城に在している思案に、ぶれはないようであった。

（どうせ戦うならば、お屋形様に鑓をつけるほうが後腐れがなくていいがのう）

大坂城には少しでも喰い繋ぐために入城した者と、死に場所を求めた者がいる。そのような者を見るほどに、南部信景は日に日に利直と戦ってみたいという願望が強くなっていった。

城を包囲したものの、家康は積極的な攻撃を寄手には求めなかった。力攻めによる大きな損失を受け、厭戦《えんせん》気分が蔓延《まんえん》して攻略は不可能と諸将に植え付けられることを警戒していた。但し、惣濠《そうぼり》の外側に築かれている砦を攻めることは許《みと》めている。

景気づけの意味もあり、家康は城の北東を流れる大和川の北に位置する今福《いまふく》の砦を佐竹義宣に、南の鴫野《しぎの》の柵を上杉景勝らに奪取することを命じた。

十一月二十六日、佐竹、上杉勢は猛然と砦に迫った。豊臣方も必死に防戦したが多勢に圧され、ついに砦を奪われた。今福砦の守将・矢野《やの》正倫《まさみち》と飯田《いいだ》家貞《いえさだ》、鴫野柵の守将・井上《いのうえ》頼次《よりつぐ》は討死した。佐竹、上杉勢は城に向かって三重の柵を築き、堀切を設け、土俵を積んで守りを固めた。

これを見て、今福砦を奪還するため木村《きむら》重成《しげなり》、後藤《ごとう》基次《もとつぐ》ら三千が向かった。

鴫野柵奪還に際し、大野治長が角ノ櫓を訪れた。

「これより鴫野の柵を奪い返しにまいる。方々の中で参じられる者はあるか」

実質的に軍を統括する大野治長が参集を求めた。

「我らは角ノ櫓の守備を命じられておるゆえ、任を果たす所存」

南部利藤は求めを拒んだ。

「儂は参じさせて戴こう」

角ノ櫓にいては矢玉も届かない。南部信景は好機を得たりと応じた。

「されば、まいられよ」

大野治長に応じて角ノ櫓からは南部信景ら百余人が従った。治長のほかには竹田《たけだ》永翁《えいおう》、渡辺《わたなべ》糺《ただす》、木村《きむら》宗明《むねあき》、城の北西からは豊臣家旗本の七手組ら総勢一万二千が奪還に向かう。信景は金箔の甲冑の上に黒い陣羽織を羽織り、金銀煌《きら》めく鞍を乗せた鹿毛の駿馬に騎乗して続いた。

鴫野の地は大坂城の北東に位置する水田と湿地帯が広がる足場の悪い地であり、堤の上でなければ歩くこともままならなかった。

城内から大野治長勢が到着した時、鴫野の柵には上杉家の旗が立てられていた。上杉勢は五千であるが、木村重成らが今福の佐竹勢を後退させており、景勝は援軍を廻している最中だったので、鴫野は手薄になっていた。

「放て！」

大野治長の下知で鉄砲衆が轟音を響かせ、数の多さで上杉勢を圧倒した。味方の劣勢を知り、上杉勢の須田《すだ》長義《ながよし》らは慌てて戻り、押し返そうとするが、竹田永翁、渡辺糺らの猛攻を受けて半刻ほどで後退を余儀無くされた。上杉勢の鉄砲頭を務める石坂《いしざか》新左衛《しんざえ》門《もん》は討死した。

二手の安田《やすだ》能元《よしもと》が四百の兵を率いて戦うが、勢いは豊臣方にある。

「儂は南部十左衛門信景じゃ。我と思わんものはかかってまいれ」

馬上の南部信景は大音声で叫び、家臣が鉄砲を放つ間、自身は大弓を放って上杉勢を攪乱した。信景が放つ矢篦《やの》には『南部十左衛門信景』と刻まれていた。

「あの光り武者は誰ぞ」

声を聞き逃した上杉兵は、南部信景を目にして顔を見合わせるが、拾った矢を見て正体を知った。

圧された上杉勢であるが景勝の命令で水原親憲《すいばらちかのり》らが横合いから鉄砲を放ち、翻弄したところを、態勢を立て直した須田長義、安田能元が突き、さらに黒金泰忠《くろがねやすただ》らも加わって大坂方は浮き足立ち、退却せざるをえなかった。

後退する最中でも南部信景は時折立ち止まり、矢を放っては退いた。

（これで、少しは我が存在を示したであろう）

鴫野柵の奪還は失敗したものの、南部信景は久々に晴れやかな気分であった。

今福の陣では佐竹勢は圧されたものの、上杉勢の援軍で軍を立て直し、後藤基次を負傷させて事なきをえた。

上杉勢は三十余人の死者と八十余人の負傷者を出し、大坂方は数百人を失った。鴫野の戦いは大坂冬の陣では一番の激戦と言われている。

三

木津川口、今福、鴫野の戦いの報せは平野口の利直の許にも届けられている。平野の陣でも多少の小競り合いが行われているが、所詮は矢玉の届かぬ威嚇《いかく》の咆哮《ほうこう》ばかりであった。

そんな最中、茶臼山本陣に在する家康の使者が訪れ、利直に来るようにという命令があった。

(よもや真田丸でも突け、などという下知など出されまいの)

危惧しながら平野の陣から三十町ほど南西の茶臼山本陣に足を運んだ。

山とはいえ標高約八メートルの小丘が茶臼山。それでも見晴らしはよく、戦陣の全体は大坂城も含めてよく見える。お陰で吹き晒《さら》す風もよく当たり、家康は寒そうにしていた。

「小さな戦いながら、戦勝続きにてお祝い申し上げます」

利直は床几《しょうぎ》に座す家康に祝いの言葉を述べた。

「重畳至極。敵もなかなか出てきてくれぬので、南部殿も退屈であろう」

寛大な口ぶりであるが、攻めろ、と言われているようで利直は警戒した。

「下知あらば南部が先陣を果たします」

日本の大名の大半が参じる戦なので、先陣を望む大石の大名は数多いる。これを抑えて先陣を命じられるはずがないと判断しての発言である。

「さすが南部殿は勇ましい。まあ、こたびの戦に先陣は必要あるまい。そのうち音《ね》をあげるはず」

利直に笑みを向けた家康は、ちらりと後ろに控える本多正純《ほんだまさずみ》に視線を移した。

きっかけを待っていたように本多正純は進み出て、一本の矢を利直に差し出した。

「これは城方から上杉勢に放たれた矢でござる」

本多正純から渡された矢篦《やの》には『南部十左衛門信景』と刻まれていた。

「これは！」

矢篦を見た利直が驚愕した。

（十左衛門……北直吉か）

利直は瞬時に察した。仮名を捨てず、南部姓を名乗るのは北直吉しかいない。

「貴家でも真田兄弟のようなことをなされるのか」

家康は低い声で問う。真田信繁は大坂城に、兄の信之《のぶゆき》は幕府方に従うものの、病という ことで参陣せず、代わりに信之の長男の信吉と次男の信政が出陣していた。関ヶ原合戦の時同様、どちらが勝利しても真田家は残るという阿漕《あこぎ》な駆け引きである。

「畏《おそ》れながら、南部十左衛門信景なる人物は当家にはおりませぬ。南部姓を名乗るのは某と、我が子たちのみでございます。当家の家臣に北十左衛門直吉なる者がおりましたが、不貞の輩にて蟄居させておりましたところ、先日出奔致しました。あるいは、北十左衛門が南部十左衛門信景かもしれませぬが、当家とは一切関わりございませぬ」

北直吉には申し訳ないが、利直は断固否定した。

「されば、なにゆえ南部を名乗ったのでございましょうか」

家康に代わり、父の本多正信《まさのぶ》以上の切れ者と噂される正純が問う。

「大方、禄への不満で、当家を罠に嵌《は》めんとする阿漕な画策でござろう」

「北十左衛門は岩崎の陣で活躍した勇士とか。いかほど与えられていたのでござるか？」

本多正純は厳しく追求する。

「これ出過ぎたことを申すな。出奔するような不忠者の石高など、復興で忙しい南部殿が覚えているはずがなかろう」

答えに窮していると、家康が助け船を出した。

「恐れ入ります」

「南部十左衛門信景が南部殿の一族でないことが晴れた。それだけで安心。こののちも励まれよ」

家康は同じ寄手どうしで争いを起こさせないように、穏便に片づけた。

「はっ、いつにても突撃する所存にございます」

言わされた感は否めないが、口にしなければ収まりがつかず、利直は進言せざるをえなかった。その後、少々雑談をして利直は茶臼山を後にした。

（本多上野介《こうずけのすけ》に言わせ、大御所が纏める児戯な策に引っ掛かったか。矢一本で、まこと下知次第に真田丸に突き入らねばならなくなったの）

平野口に馬脚を進めながら、利直は不快感の中で愚痴をもらす。

（南部十左衛門信景……彼奴《あやつ》、大坂城に入って心変わり致したか。あるいは大坂が勝てると見て？　寄手の兵糧か、これからの寒さか）

理由を特定できないが、利直には北直吉が変心するだけの材料が大坂城内にあるとしか思えない。まさか嫡子を失った悲嘆の最中に受けた理不尽な命令が、心に眠る武士の魂と融合し、自分の意志とは裏腹に彎曲《わんきょく》した結果だとは予想だにできなかった。

いずれにしても、利直は家康に弱味を握られたことには間違いなかった。

十一月二十九日、蜂須賀至鎮、池田《いけだ》忠雄《ただかつ》、石川忠総《いしかわただふさ》らが城西の博労淵砦《ばくろうぶち》を奪取した。同砦の守将の薄田兼相《すすきだかねすけ》は神崎《かんざき》の遊女屋《ゆうじょや》に上がっていたので、守兵の士気も上がらぬ、呆気ない陥落だった。

同じ日、東軍の九鬼守隆《くきもりたか》、向井忠勝《むかいただかつ》らの水軍が、城の北西の野田、福島の戦いで西軍の大野治胤《おおのはるたね》率いる水軍を破り、敗走させている。

十二月四日、大坂城の南に陣を布く寄手の前田利常、井伊直孝《いいなおたか》、松平忠直《まつだいらただなお》は真田信繁の挑発に乗って真田丸を攻撃。さんざんに迎撃されて敗走させられた。この局地戦により、真田強しの名を改めて高らしめたものの、大勢に影響を与えるものではなかった。

家康はたいそう激怒したという。

十六日、城北の京橋《きょうばし》から寄手が放っていた大筒《おおづつ》の玉が、淀ノ方のいる本丸御殿の一部を貫き、柱が折れて侍女二人が即死し、ほかにも負傷者を出した。気丈な淀ノ方もこの砲撃に度胆を抜かれ、闘志は瞬く間《またた》に萎《しぼ》み、講和の交渉がはじまった。

利直は少しでも家康の心証を良くしておこうと、思案していた。

「南部の薫陸《くんろく》は良い品であると大御所様が仰せになられたことがあるようにございます」

楢山直隆が思い出したように言う。薫陸は琥珀《こはく》に似ている石で、粉末にして香料として使用する。松や杉の樹脂《じゅし》が、地中に埋もれ固まってできた化石で、九戸《くのへ》郡でよく産出された。

「左様か」

さっそく利直は遣いを送り、許可を得て茶臼山に足を運んだ。

豊臣家と講和交渉が進んでいるので家康は上機嫌。利直には茶が振る舞われた。

「これは当家の領内でとれた薫陸にございます。どうか、お納め戴きますよう」

「ほう、南部の薫陸は絶品。有り難く戴こう。いずれ南部殿にも良き品をお返しせねばの」

家康は喜んでいるが、南部十左衛門信景の一件があるので、利直は言葉どおりには受け取れなかった。

家康が出した講和の条件は、寄手が城の包囲を解く代わりに、大坂城は本丸のみを残し、二ノ丸、三ノ丸および惣構えを破却すること。新たに召し抱えた牢人を放免すること。大野治長と織田有楽斎《おだうらくさい》が人質を出すことで、ほぼ纏《まと》まった。

もう一つ、家康は惣濠を埋めることを付け加えた。書に記さぬ口頭で伝えたことこそ、大坂冬の陣と言われる戦いを和睦《わぼく》で終えた本当の目的である。

和睦の交渉に当たった常高院《じょうこういん》と大蔵卿局は女性であるので、惣濠ではなく外堀だと解釈した。さらに豊臣家の国替えも淀ノ方が人質にならなくてもいいことを喜んだ。

十二月二十二日には両家の誓紙《せいし》が交換され、和議は締結された。

（惣濠が埋められては戦にはなるまい。豊臣も終いじゃな。津軽の領有は消えたか。致し方ない。されば早急に彼奴らを見つけ出さねばの）

公にはできないので、利直は楢山直隆に命じ、密かに北直吉と難波利藤・利倶親子を探させた。

南部家には摂津《せっつ》の茨木《いばらき》城の破却が命じられ、利直はこれに勤《いそ》しんだ。

慶長二十年（一六一五）一月中旬には茨木城の破却が終了した。惣濠の埋め立ても大方の目処《めど》がつき、諸将は帰途に就いた。秀忠も十九日には伏見城に入っている。

利直も諸将に倣《なら》って茨木を発つが、まだ、三人の姿を発見することはできなかった。

（彼奴ら、無事に逃れたであろうか。よもやまだ城にとどまっているのではなかろうの）

家臣を大坂城に入れて確認させることができないので、利直はもどかしくてならない。

（裸城では籠ることもままなるまい。彼奴らは死ぬつもりか。あるいは、その覚悟で最後まで我が下知をまっとうしようというのか。儂は……）

際まで忠節を尽くそうとするならば、なんと厳しい命令を出したのかと、利直は罪悪感にかられた。今はただ、城を脱出していることを祈るばかりだ。

深雪積もる中、利直は帰国した。国許は落ち着くものの、三人のことが気掛かりでならなかった。

大坂では、外堀を埋めていた幕府方はそのまま内堀まで埋め、大坂城を裸城とした。内堀を埋めることは誓紙にない、と秀頼は抗議するが、幕府は聞く耳を持っていない。ようやく家康の謀《はかりごと》に気づき、豊臣方は埋められた惣濠を掘り返しはじめた。豊臣家が講和の約束を破ったと家康は激怒した。三月二十四日、家康は秀頼が大坂城を退去して大和か伊勢《いせ》に国替えするか、新規召し抱えの牢人全てを城外に追放しろと、厳しい二者択一を迫りながら、秀忠には出陣の命令を出した。

和睦が結ばれた時から決裂することは、乱世を生き抜いた武将ならば察しはついている。なかなか出陣の命令が出されないので、利直は楢山直隆を本多正信の許に向かわせた。

忙しい最中、本多正信は楢山直隆の会見の申し入れを許諾した。

「率先して遣いを送られることは忠節の極み。されど、こたび南部殿は国許を守られよ」

告げた本多正信は足早に部屋を出たという。

家康から激烈な要求を突きつけられた秀頼は拒否し、戦支度を開始した。

四月六日、家康は伊勢、美濃《みの》、尾張《おわり》、三河《みかわ》、七日には西国の諸大名に出陣準備を命じた。

楢山直隆が盛岡城に戻ったのは四月下旬のこと。

「本多殿は、裸城を攻めるのに、多勢は無用と言いたげでした」

的を射た楢山直隆の報告である。

「左様か。当家への疑いはいかに」

「ないとは言えませぬが、悪い印象は感じませんでした」

「本多佐渡守（正信）は曲者《くせもの》じゃからのう」

利直は北直吉らが大坂城に残っていないことだけを願っていた。

大坂夏の陣は四月二十六日、豊臣方の大和攻めで火蓋《ひぶた》が切られ、二十八日には堺を急襲。二十九日の樫井《かしい》の戦いで大坂七将の一人・塙団右衛門直之《ばんだんえもんなおゆき》が討死した。

五月五日、家康は二条城を、秀忠も伏見城を発ち、共に大坂に兵を進めた。この時、寄手は大坂周辺に十八万人にも及ぶ軍勢が集結していた。対して城方は七万余人。しかも本丸のみの裸城。

六日、河内《かわち》の道明寺《どうみようじ》、八尾《やお》、若江《わかえ》で両軍は衝突。道明寺の戦いでは後藤基次、薄田兼相が、若江の戦いでは木村重成らが討死した。

七日、天王寺《てんのうじ》の戦いでは、真田信繁は三度徳川軍に突き入り、家康本陣を崩して家康に自刃を覚悟させる活躍をしたが、一歩及ばず討死した。先手七将が崩されて豊臣方は退却し、対して寄手は蟻《あり》が這い出る隙間《すきま》がないほど十重二十重に本丸を包囲した。

絶体絶命の危機に直面し、秀頼の正室の千姫《せんひめ》は、家康と秀忠に、秀頼と淀ノ方の助命を嘆願するために本丸を出たところで、大坂方に属していた堀内氏久《ほりうちうじひさ》と共に南部利藤・利倶が千姫の護衛を務め、幕府方の坂崎出羽守成正《さかざきでわのかみなりまさ》に引き渡された。成正は岡山《おかやま》に在する秀忠の許に千姫を届けた。

久々の親子対面であるが、千姫の願い虚《むな》しく聞き届けられず、幕府軍は総攻撃を開始し、ほどなく難攻不落だった大坂城は紅蓮《ぐれん》の炎に包まれた。

翌五月八日、蔵に逃げ込んでいた秀頼、淀ノ方親子ら三十余名は自刃し、豊臣家は滅亡した。

報せは六月中旬、利直の許に齎《もたら》された。

「北直吉、難波利藤らの消息はいかに?」

一時代が終わった虚無感よりも、利直の関心は大坂城に入った北直吉らにあった。

「なんのことでございましょうか?」

使者は子細を知らされていないので、狐につままれたような顔をしていた。

「なんでもない。忘れよ」

苛立ちながら利直は吐き捨てた。

それから何日もしない六月十四日、八戸の根城で利直の姉の千代子が死去した。享年四十六。

(昨年、我が許に乗り込んできたのは病の身を押してのことか。さすが父上が認めた女子じゃ。今少し優しくしてやればよかったかのう)

利直はなんとなく後味の悪さを感じた。

千代子への諡号《しごう》は玉峯春公《ぎょくほうしゅんこう》玉貌貞春《ぎょくほうじょうしゅん》が送られた。

大坂冬の陣で家康に贈った薫陸のお返しならびに功績として、カンボジアから貰《もら》ったという虎を二頭檻《おり》に入れて送ってきた。

「これが虎というものか」

利直をはじめ南部家の者は、朝鮮に出兵していないので、生きた虎を見るのは初めてのこと。皆は子供のように目を輝かせ、咆哮を聞くたびに驚いたり、怖がったりしていた。

「これが、良き品、か」

領民たちは銭を払ってでも見たいと願う始末に、利直は満足していた。

閏六月、南部十左衛門信景が伊勢で捕らえられたという衝撃の事実を利直は突きつけられた。

「あの戯け！　裸城の大坂に残っておったのか」

扇子を叩き折って利直は激昂するが、全て自身が命じたことなので誰を恨むこともできなかった。

閏六月二十二日、利直は幕府の安藤正次《あんどうまさつぐ》と本多正純に対し、南部十左衛門信景の大坂入りは南部家とは無関係であるという長文の釈明書を提出し、同じ書を秀忠にも差し出した。

（まずいの）

　せっかく戦のない世の中になったと思いきや、南部家に改易の危機が迫った。利直は胃が刺し込む日が続き、食欲もなくなった。とにかくできることをしようと、家康や秀忠をはじめ幕府の重鎮に駿馬や鷹を贈り、弁明に努めた。

　これが功を奏し、幕府は南部十左衛門信景の処分を利直に預けると、送ってよこした。南部十左衛門信景いわゆる北直吉は、裸で罪人籠《かご》に入れられ、とても光り武者と喝采を浴びた者とは思えぬ、みすぼらしい姿であった。

ほかの家臣たちと一緒に会いたくはない。一旦投獄し、皆を遠ざけて檻越しに対面した。

「……苦労をさせたの」

　南部家の英雄を貶《おとし》めさせ、利直は罪の意識に苛《さいな》まれた。

「お屋形様は儂が討死するか、腹を切ることを望まれてござろうのう」

　窶《やつ》れた表情の中で北直吉は目だけをぎらつかせて言う。

「武士ゆえの」

「儂もそのつもりであったが、どうしても腹を切る気になれなかった。それゆえ、かようにしてお屋形様と再び会うことができた。この情けない姿を見てもらうために」

誤裁によって忠臣も罪人に変えてしまうのだぞ、と北直吉は迫るようである。

「すまぬと思うておるが、左様なこと仕官する武士ならば暗黙の了解ではないのか。それゆえ、そちは勇ましい履歴に泥を塗るはめになった」

命を惜しんだ腰抜け、死に損ない、とはさすがに口にはできなかった。

「一人として大名が味方せぬ城に入城させられた者の気持はお屋形様には判りますまい。皆、死に場所を見つけながら、一刻でも長く生きようと尽力していた者たちの巣窟が大坂城でござった。戦ゆえ謀もござろうが、左様な城を本丸だけにせねば勝てぬ公儀、これに従う南部家を恨んだからにござる。できうるならば、平野口の守備を命じて戴きたかった」

「残念であった。そちとの約束どおり、桜庭、北、太田、厨川家には累は及ばせぬ。されど、江戸で平清水駿河はそちに接したところを見られておるゆえ、捨ておくわけにはいかぬ」

告げると北直吉は落胆した。

「難波左門の消息は知っておるか」

「千姫様を連れ出したという噂を耳にしております。事実ならば公儀におるはず。儂とは対照に助命されるでしょう。もともと儂とは反りの合わぬ者にござった」

「左様か。これが正真正銘、今生の別れとなろう。そちの忠節には感謝致すが、武士の倣いゆえ致し方なし。最後になにか申すことはないか」

目頭を熱くしながら利直は問う。

「これでやっと十蔵の許に逝ける。存分に処分なされよ。返り忠が者として」

これには答えず、利直は立ち上がった。

「十左衛門、さらばじゃ」

背中越しに別れを告げ、利直は牢の前から立ち去った。

その晩、利直はささやかな恩情として北直吉に酒と肴《さかな》を振る舞った。

翌日、北直吉は盛岡の新山川原《にいやまかわはら》で磔《はりつけ》となり、鑓で一突きにさせて処刑した。享年四十一。

幕府には日に手足の指を一本ずつ切り落とし、苦しみにのたうち廻らせたのちに、利直自らが弓でとどめを刺し、首は烏《からす》に晒した、と報告させた。心証を少しでも良くするためである。

（こののちは理不尽な命令は出すまい）

利直は北直吉の死に誓いを立てた。

平清水駿河は北直吉饗応の罪で自刃。平清水家は断絶させなかったが、本姓「菊池」に改姓させた。

難波左門利藤・利倶は高野山に逃れたのち、幕府に身を保管されているという情報を利直は摑《つか》んだ。利直は幕府に引き渡しを要求したものの、将軍秀忠は娘の命を救った恩人をむざむざ殺めさせてはならぬと、利直の求めを拒否した。『難波戦記《なんばせんき》』によれば、利藤は本多正信に内通して千姫を脱出させたという。利倶は元和《げんな》三年（一六一七）に死去してしまうが、利藤は大坂の功で家康七男の紀伊《きい》頼宣《よりのぶ》に仕えることになる。

ついでながら難波利藤と一緒に千姫を助けた堀内氏久は、下総国内で五百石を与えられ旗本として召し抱えられた。

北直吉同様、主君・毛利宗瑞の命令で大坂城に籠った佐野道可は大坂落城後、京都の郊外で捕らえられたのちに毛利家に引き渡された。佐野道可は実兄の内藤元続《もとつぐ》の介錯《かいしゃく》によって切腹。国許にいる道可の嫡子元珍《もとよし》と次男の粟屋《あわや》元豊《もととよ》も自刃させられた。

大坂の陣に際して二股膏薬をした大名は、不憫な終結をさせられていた。

利直が南部十左衛門信景に翻弄されている最中の閏六月十三日、幕府は一国一城制を発表した。乱世は終結したのだから、領国に城は一つで充分。あとは人が住める屋敷があればいいということである。これにより、武士の憧れであった「一国一城の主」は夢物語になってしまった。

七月七日には武家《ぶけ》諸法度《しょはっと》を制定し、城の修築等は全て幕府に届け出をしなければ改易にするなどの禁令を発し、武家を身動きできなくした。これによって取り潰しに遭う大名は江戸時代を通じて多数に及ぶ。十七日には禁中《きんちゅう》幷《ならびに》公家《くげ》諸法度《しょはっと》を発して朝廷を管理し、さらに諸宗本山・本寺の法度を定めて寺社宗教を統制した。

七月十三日には元号を元和《げんな》と改元した。これは偃武《えんぶ》（平和）を天下に示し、戦がなくなり武器を蔵に仕舞うことを指している。

幕府の権力は絶大。諸大名は逆らうことができない世の中になった。

戦後、ひとまず落ち着いたので、利直は主だった者を盛岡城の主殿に集めた。

「もはや戦はなくなった。我らがせねばならぬのは一刻も早い復興じゃが、皆に再度、認識してもらわねばならぬ。海嘯《よだ》は来ぬことを祈るが、来ぬとは言いきれぬ。来てしまったならば逃れるしかない。慶長（十六年）の海嘯に襲われた地は判っているはず。これを管理する者は、湊や浜近くの寺社には半鐘《はんしよう》以上のものを置かせ、有事の際は打ち鳴らして領民を逃れさせること。領民がおらねば復興はならず。必ずや徹底させること」

利直は厳命した。時には軍事訓練さながらに行ってみるか、とも思案した。

元和元年の秋、利直は落胆した。

この年は冷夏で、陸奥の農作物は大打撃を受けた。『工藤家記』には「八月十六日、津軽郡内に降霜あり、稲田全く収穫なし」とあり、『津軽一統誌』には「大凶作にて（中略）御道筋に餓死、倒死の者数百人有り」とある。

「金蔵を解放して食い物を整えるしかないの。十左衛門が掘らせた金ゆえの」

利直は関東以西から食料を調達せざるをえなかった。

この九月五日、東直義が死去し、家督は十二歳になる次男の彦七郎直胤《ひこしちろうなおたね》に認められた。

四

元和二年（一六一六）一月二十一日の深夜、家康は駿河の田中《たなか》で病に倒れた。一説には京都の商人、茶屋《ちゃや》四郎次郎《しろうじろう》清次《きよつぐ》が揚げた天麩羅《てんぷら》に当たったというが、定かではない。

まだ辺りは白い色が多く見える二月中旬、盛岡城に急報が届けられた。即座に利直は駿府に向かった。到着したのは三月半ば。同じように諸国の大名が見舞いに駆け付けたので、まるで出陣でも近いのではと思わせる賑《にぎ》わいを見せていた。勿論、誰一人具足を着用している者はいないが。

諸国には三百近い大名がいるので、見舞いのための登城をするのも順番待ちである。控えの間で座していても、容態次第によって願いが叶わないこともある。石高の大小も影響しているかもしれない。

駿府に着いてから五日目にして、利直はようやく枕頭に近づくことが許された。家康は褥《しとね》の上にはいるが、近習に支えられ、上半身を起こしていた。

「ご尊顔を拝し、恐悦至極に存じ奉ります。本日はお顔色もよく安心致しております」

「病の隠居じゃ。堅苦しい挨拶はよい。遠路、大儀じゃ」

肥えた顔も弛《ゆる》み、疲弊している様子は隠せない。

「畏《おそ》れ入ります」

「それにしても南部の家は、そなたといい、先代の大膳大夫（信直）といい、妙な者たちじゃな」

「はて、いかなことにございましょう？」

なにか新たな弱味でも握られたのかと、利直は警戒しながら尋ねた。

「左様に怯《おび》えんでもよい。正直、三河生まれの余にとって、陸奥人の気質はよく判らぬ。おそらく太閤（秀吉）も同じ心中だったに違いない。そなたらも太閤の人柄が判らぬゆえ、最初は法度《はっと》（惣無事令）を守らず、取り潰しもやむなしだったが、際《きわ》で太閤を思いとどまらせた。余には不可解だった。おそらくは人の肚裡《とり》を読む天才と言われた太閤をもってしても、よく判らなかったゆえ、待ってみようと思案させたのであろう」

言い疲れたのか、家康は一息吐いて続けた。

「されど、そなたの父の大膳大夫は、太閤の罠には引っ掛からず、逆に全てを抛って太閤を信じさせた。たった一つの行動で、太閤ほどの人物を信じさせるのは至難の業。まあ、隣国に未だ信じられぬ梟雄がおるゆえの」

家康の言葉に、利直は口許に笑みを作った。

「失礼致しました」

「よい。そなたも大膳大夫に劣らず、二度も二股をかけた。乱世ゆえ致し方ないこと。さらに金山然り、検地然り、この期に及んで明確にしておらぬのに、平然としておる心中が図り難い。いつにても改易にできたのにせなんだのは、一年の大半を雪に覆われ、津波に流されても厳寒の中で耐え忍び、黙々と復興に取り組む姿勢を知ればこそ。この粘り強さは公儀のため、いやさ日本《ひのもと》のためになる力を持っていると思うてのこと。ゆめゆめ期待に背《そむ》くまいぞ」

「ご叱責《しっせき》の儀、肝に銘じます」

なんという眼力か、肉体は衰えても頭脳は明晰《めいせき》。利直は家康の能力に敬服した。

「隣国には気を許すまいぞ。そなたに課せられた役目の一つでもある」

「身を賭けて励む所存にございます」

「虎は息災か？」

意外な家康の質問に、利直は戸惑った。

「はい。大御所様のお陰様にて、当家のみならず、奥羽の者の目を楽しませております」

「左様か。虎はあくまでも虎として扱うがよい。おそらく虎の世話係りなどつけ大事に扱うておるのであろう。虎にも寿命がある。いずれ死すれば、責を問われ、大事な家臣を死なせるようなことがあってはならぬ。なにか虎が粗相をした時、そなたがいずれか一頭を仕留めればよい。さすれば家臣や領民は、そなたを名君として称えよう」

「なにからなにまでご助言忝のうございます」

利直は深々と平伏した。これが利直と家康の最後の会見であった。

天下普請等、難題を投げかけられたが最後に優しさを示して感激させ、忠節を尽くさせようという家康の策略であろう。理解するが、やはり嬉しいものであった。

病床で諸将と顔を合わせていた家康もついに会うことができなくなり、四月十七日、帰らぬ人となった。享年七十五。死に際して家康は、具足を着用させた遺体を西に向けて駿河の久能山《くのうざん》に葬《ほうむ》るようにと遺言したという。家康が危惧した西とは六ヵ国を削減した毛利家と、徳川家に屈しなかった島津家のことだった。

六月七日、後を追うように本多正信が死去した。享年七十九。

まさに一時代の終わりを告げる老将たちの死であった。

五月十五日、閉伊《へい》郡の花輪《はなわ》村で男子が誕生した。母は花輪内善政朝の娘の於松。利直の五男は彦六郎《ひころくろう》と命名された。於松は於松ノ方と呼ばれるようになるが、彦六郎と共に、引き続き花輪舘に住んでいる。他の側室との兼ね合いと、閉伊郡を支配しやすくするためである。

随分と過ごしやすくなってきた盛岡の七月二十八日、グレゴリウス暦では九月九日にあたる日の巳《み》ノ下刻（午前十一時頃）。

文机を前に、利直は書状の山に目を通していた。土地の所有権の争い、年貢の確認、検地の報告、家督相続の申請などなど……。刀から筆に持ち替えて戦いを挑んでいるようであった。専《もっぱ》ら利直は確認した書状に黒印を押し、花押を印すだけであるが、一日に何十枚も見ればうんざりする。座したまま凝った肩や腰を伸ばし、大きく欠伸《あくび》をした時であった。

本丸御殿から十二町ほど北東の正伝寺《しょうでんじ》に構築された檻で飼われている二匹の虎が咆哮した。

突如、ズシンと地底から突き上げるような衝撃を受け、文机は倒れ、硯《すずり》の墨は畳にこぼれ、綺麗に並べられていた書状は辺りに散乱した。

「地震か、皆、気をつけよ」

利直は頭を抱えながら絶叫した。縦揺れが横揺れに変わり、盛岡城の柱や梁《はり》は軋《きし》んで木の叫びを発し、畳は歪み、鴨居にかけてあった鑓は落ち、床の間の刀掛けは倒れ、掛け軸は落下した。外では瓦が落ち、割れる音が聞こえる。慶長大地震の悪夢が蘇《よみがえ》った。四十一歳の利直をしても、すぐに身動きできない状態である。揺れは九十を数える（一分半）ほど続き、弱まったと思いきや、再び揺れ出し、同じことが三度繰り返されてようやく静かになった。

障子は倒れ、花瓶は転がって水を撒《ま》き、埃《ほこり》がたちこめている。まるで台風が部屋の中を吹き抜けたようなほど乱れていた。

落ち着いたので利直は本丸舘の外に出た。地面に歪みがあり、石垣が崩れ、壁に亀裂が入っている。慶長大地震の時よりも、些か規模が小さかったように思えたのは馴れのせいか。

元和二年の地震について『伊達治家記録』には「仙台城の石壁、櫓《やぐら》等悉《ことごと》く破損す」と記されている。マグニチュードの規模は不明だが、震度は現在の六弱から六強というせよ」

ところかもしれない。

「皆はいかがしておるか？　調べさせよ」

利直は楢山直隆をはじめ小笠原長武らに命じて家臣たちの安否を確認させた。

「そうじゃ。海嘯が来るやもしれぬ。誰ぞを宮古に向かわせよ。川に近づくなと触れさせよ」

利直は矢継ぎ早に下知し、四方に家臣たちを走らせた。

盛岡から一番近い湊の宮古湊でも十七里半（約六十九キロ）ほど離れている。五年前の慶長大地震の時、地震から四半刻ほどで大津波が発生したという。領内は伝馬制を敷いているので、三刻もあれば到着できるであろう。その頃はまだ薄《うっす》らと残照が辺りを染めているかもしれない。但し、入り組んだ陸地を海水が覆う海面かもしれないが。

（くそ、海嘯よ来んでくれ。まだ、先の海嘯から立ち直っておらぬのじゃ）

ようやく田からの塩抜きが進んでいるところである。再び潮をかぶれば振り出しに戻ってしまう。利直は再生に努めようとする領民の熱意が失われてしまうのが恐かった。

ほどなく、家臣に付き添われてきた側室の於岩《おいわ》ノ方《かた》や女子衆、十歳になる利直の四男・鶴松《つるまつ》らの子たちが怯《おび》えながら庭に在する利直の許に歩み寄った。

「皆様ご無事にございます。今のところ浅手ばかりで、深手を負った者はおりませぬ」

於岩ノ方を連れ出した米内政恒《よねうちまさつね》が告げる。

「重畳至極。先の教訓は活かされたようじゃの」

多少なりとも利直は満足した。

「あとは城下と領民、それと海嘯か」

大津波ばかりを、利直は懸念した。

利直の願い叶わず、東陸奥の川は滝落としのような早さで海に流れ、引き潮となって沿岸部の浜や湊は干上がった。

ドドーン！

四半刻ほどして海の沖で大筒を放ったような轟音が響き、水平線で陽の光を浴びて白く輝いていた水泡が接近してくる。

利直の厳命で地震の直後は、沿岸部の寺社は大鐘や半鐘を鳴らし、村主や名主、在郷の武士たちは領民たちの尻を叩いて高台に逃れさせるように尽力する。馬を飼う者は馬に乗り、牛には鞭を入れて誘導する。皆、五年前の地獄を経験しているので、誰一人、低い地にとどまろうとはしない。老人や童は大人が背負い、走れる子供たちは親兄弟に手を引かれ、息を切らせて逃げに逃げる。

昼間ということもあり、視界が利くので有り難い。皆、津波に飲まれ、潮に噛まれ、海水に巻き込まれないように必死だった。

青い海水は黒色の壁となって迫《せ》り上がり、猛然と浜や湊に迫った。砂を巻き上げて黒く変貌した海は広大な巨獣の口と化して浜を襲う。瞬く間に浜辺を飲み込み、さらなる獲物を求めて陸の奥深くに攻撃を仕掛けた。

大津波は上陸しても衰えず、数少ない船を砕き、雪を掻き分けて塩抜きをしていた田を踏み潰し、やっとのことで築いた家屋を破壊した。肥溜めと融合して、なんとか浄化した井戸を蹂躙《じゅうりん》し、厩《うまや》を粉砕し、逃げ遅れた馬に美味そうに齧《かじ》りついた。

元和の大津波は三度訪れ、触れるものを潮で浸し、淡水と絡み合ってどす黒い奔流に変貌して各川を遡《さかのぼ》る。川に沿って逆流するだけではなく、少しでも低いところを見れば拡散し、弱い堤防を破壊し、植えたばかりの防潮林を薙《な》ぎ倒し、樹木の間を苦もなく通過し、伸びやかに西に向かった。

人の力では抑えることは不可能と、嘲笑《あざわら》っているかのようであった。

五年前ほどではないにしろ、かなり近いところまで海水に嚥下《えんげ》された。そのあとは波が爪を立て、大地を掻き毟り、あるいは渦を巻いて南部領を攪拌《かくはん》しているようであった。

蠢《うごめ》く海水は二日後に引いた。飲み込んだ家屋や財産、植えた樹木や耕した土などを根こそぎ海に攫《さら》っていってしまった。

数日後、盛岡城の利直の許に各地の被害状況が齎《もたら》された。民家の倒壊は数知れず。内陸での負傷者は数百人。

元和の大地震は単独のものなのか、慶長大地震のアウターライズ地震なのかは定かではない。これは海溝《かいこう》の海側で発生する地震のことで、プレート境界型地震によって断層が破壊された影響で引き起こされることが多く、この地域では何度か観測されている。

いずれにしても大津波の恐怖と、高台に逃げろという厳命にも似た教訓が活かされたお陰で、このたびの震災で死者の報告は届けられなかった。

「左様か。死んだ者はおらぬか。やればできる。南部は沈まぬ。生きておればこそ再生できる。地震や津波に勝てずとも、引き分けにはできる。負けぬことこそ大事」

二度目の死界を目の当《ま》たりにした利直ではあるが、地獄で仏に会ったかのような、ささやかな希望の光を見たような気がした。

ただ現実は厳しい。再生途中の湊は破壊され、塩抜き途中の田の三分の二ほどは再び潮に浸かった。

「住む場所を失った者には住める場所を、食い物がない者には蔵を開けて米をやれ。落ち着いたならば、前回同様、身分に応じて金をやる」

即座に利直は領民に安心感を与えるため、生活の保証をしてやった。

数日後、利直は家臣を伴い、盛岡から一番行きやすい宮古の湊に足を運んだ。

「この湊を盛岡の外湊とし、各地と交易させよ。市も立てさせ、賑《にぎ》わいのある地にするのじゃ。命あればなんでもできる。負けるな。儂も尽力致そう」

各湊を廻り、利直は領民を励ました。厄介なのは、潮をかぶり直した田である。

「潮をかぶった田から稲が実ったら五年の間は年貢を免除してやろう。励め」

復興させる田には寛大な方針を打ち出し、利直は領民のやる気を煽った。

大震災からの復興は口で言うほど生易しいものでないことは、この五年間で身にしみている。田の塩抜き、浜の再生、海中の瓦礫処理、防潮林の植樹、川堤の構築などなど、きりがない。一年の半分近く雪に埋もれながらも、地道に一歩ずつ進んでいくしか再生の道はない。南部領の民は、先祖が命を賭して守ってきた地をやすやすと手放すことはできない。土地の縁《えにし》と人の命は絆《きずな》である。

利直は暇を見つけては城外に出て、領民たちを激励して歩いた。

(あとは皆の働きと時が解決してくれよう)

このたびは、うまくいくような気がした。

復興を推し進める中で、未《いま》だ利直に反抗的な地が一箇所ある。閉伊郡の大槌《おおつち》である。なかなか利直に従わぬ大槌城主の大槌広紹《ひろつぐ》を、三年前に奥瀬直定《おくせなおさだ》に預けたが、未だ旧領民に指示を出しているという報せが届けられた。

(こののちの戦は領内の仕置。致し方ないの)

利直は奥瀬直定に指示を出した。

十月二十八日、奥瀬直定は大槌広紹に「人を容易に乗せぬ馬がある」と誘い出したところ、広紹は刺客に襲われて落命した。

(戯けが。乱世は終わったことが判らぬのか。当主に反抗して生きていけると思うてか)

罪の意識があるせいか、頭の固い大槌広紹に怒りをぶつけて紛らわした。

ほかにも問題はあった。南部家が一目置く八戸家の当主は利直の姪《めい》の清心尼《せいしんに》。気丈でも亡き母の千代子ほどの力はなく、弱体化したことは否めない。これを逆手にとり、元和三年（一六一七）三月、利直は八戸家から田名部《たなぶ》三千石を召し上げた。

締め付けだけではなく、元和六年（一六二〇）閏十二月十八日、八戸家の支族である新田《にいだ》左馬介《さまのすけ》政廣《まさひろ》の長男・弥六郎《やろくろう》直義《なおよし》（のちの直栄《なおひで》）を清心尼の次女の婿養子にして八戸家二十二代目の当主に据《す》えた。

その後、利直は二人の側室を迎えている。一人目は武ノ方の奥家老・山田《やまだ》九郎衛《くろうえ》門長豊《もんながとよ》の娘で、六男の利長をもうけ、二人目は中里半兵衛正次の娘を娶って七男の直房をもうけている。

寛永《かんえい》二年（一六二五）のこと、正伝寺の檻が老朽化していたのか、家康から拝領した牡の老虎が逃げ出し、中津川《なかつがわ》辺りをうろついていた。南部家の虎は東照大権現《とうしょうだいごんげん》様から下賜《かし》された貴重なものと、猛獣でもあり、誰も手を出せずにいた。

「まさか、かような機会が廻ってくるとはのう」

帰国していた利直は家臣に命じて鉄砲を持ってこさせ、現場に向かった。虎番は責任を感じ、身を竦して藪の中に逃げ込ませないようにしていた。今にも虎に襲われそうである。

そこへ利直は馬で駆け付けた。

「東照大権現様からの下知じゃ。成仏致せ」

下馬した利直は引き金を絞り、一発で虎を撃ち倒して仕留めた。

家康から貰った虎を撃ち殺し、家臣を助けた当主として、家臣はおろか領民たちは利直に喝采を送った。まさに家康様々かもしれない。

因《ちな》みに牝虎は元和八年（一六二二）頃、死亡したという。

利直の領内仕置の中で懸案事項は閉伊郡の支配であった。この地の者たちは、たまま今は南部家に従っている、という戦国乱世のような感覚でいた。もう一つは旧主であった八戸家の処遇。

深慮を重ねた利直は八戸直義を盛岡城に呼び寄せ、饗応した上で遠野《とおの》への移封を告げた。

二代も前の八戸家ならば、公然と突っぱねたであろうが、幕藩体制が固まるこの時期に、主君からの申し出を拒むわけにはいかなかった。

「承知致しました。されど、些か当家の意見もお聞き願えますか」

八戸直義は若いのに機転が利くので、利直にやんわりと条件を突き付けた。新地へ動くので、まずは加増。独自に代官を置くこと、支藩扱いをすることである。

「よかろう」

武才があるな、と利直は笑みを作った。利直を相手にこれだけ言ってのければ、土着性の強い国人衆を従え、隣領の伊達家への備えもできると見込んだ。

八戸直義の先々代の直政の頃、八戸家は一万五千五百石で、清心尼の代は三千石が召し上げられて一万二千五百石。直義には一万二千七百十八石余が与えられ、二百十八石余の加増となった。

利直からの朱印状を得た八戸直義は三月五日、意気揚々《ようよう》と遠野の横田《よこた》城に入城した。

空いた八戸の地には、代官を置くにとどめた。

大槌広紹の息子の政貞《まささだ》は大槌に残っていた。政貞は商才があり、大槌湊の復興と振興を兼ねて利直の許可を得ずに名産の鮭を「南部鼻《はなま》曲がり鮭」として江戸で売り出した。これは新巻鮭の原形とされ、人気が出て売れるようになった。

「名を改めさせよ。公儀に睨《にら》まれる」

利直は桜庭直綱に命じた。許可を得なかっただけでも腹立たしいが、鼻を曲げるは臍《へそ》を曲げると同義語として用いることもあるので、幕府の意見には従わない表明だなどと、言い掛かりをつけられてはたまらない。

「藩の台所が厳しいおりに、売れるものを売らぬとは、当主の質に欠ける」

国許の大槌政貞はやめるどころか、公然と利直を批判した。これは見逃すことはできない。

寛永六年（一六二九）、利直は宮永三右衛門久吉《みやながさんえもんひさよし》ら三十人を大槌政貞の許に差し向けて政貞を討ち取らせた。その後、南部藩は、「南部鼻曲がり鮭」を「新巻鮭」と改名し、ちゃっかりと儲《もう》けている。

利直が参勤交代で江戸に向かう最中、花巻の鍛治《かじ》町の宿に立ち寄り、食事を所望した。

当主に求められ、宿の主人はなにを出していいか判らず、様子見のために蕎麦《そば》を少し椀《わん》に入れて出したところ、利直はことのほか気に入った。

「美味い！　もう一杯所望」

一杯が二杯、三杯……と何度もお代わりをした。

以来、蕎麦を小分けして振る舞うことを「わんこそば」と呼ぶようになったという。

当時は今のように数を争う形ではなく、ゆっくりと味わっていた。

戦国の末期から江戸時代初期にかけての激動期に生きた利直も、ついに病に勝てなくなった。

(我が人生、やるべきことはやったの。関ヶ原を乗りきり、大坂の陣もこなした。二度の大地震と海嘯にも屈しなかった。心残りは伊達との戦いだが、楽しみは黄泉《よみ》にとっておくとしよう)

災害に負けなかった利直は寛永九年（一六三二）八月十八日、武ノ方に見取られながら、江戸の桜田の屋敷で死去した。享年五十七。諡号は南宗院殿月渓晴公大居士《なんそういんでんげっけいせいこうだいこじ》と贈られた。

利直の死に際し、岩舘右京亮義矩《いわだてうきようのすけよしのり》が殉死《じゅんし》した。

本当は、利直には心残りが三つほどあった。

一つは年上の伊達政宗より先にこの世を去ること。

二つ目は盛岡城の完成を見届けられなかったこと。

三つ目は嫡子の重直《しげなお》（権平）の奇行。江戸で生まれた重直は戦を知らず、苦労を知らずに育った。夜な夜な傾奇者《かぶきもの》の出で立ちで町を歩き、辻斬《つじぎ》りをするという噂も立つほど素行が悪かった。

それでも利直が死去して家督につくと、一族衆を重臣から遠ざけ、門閥政治を廃止し、利直ができなかった実力主義の運営をすることは、利直も予想だにしなかったことであろう。善悪両面を併せ持っているので、泉下ではらはらしていたかもしれない。

南部家の所領が明確になるのは寛永十一年（一六三四）で、二十万五千五百五十石。この時まで石田三成《いしだみつなり》が仮で決めた表高十万石がまかり通ってきたことが驚きであろう。

その後、慶安《けいあん》五年（一六五二）には二十二万五千石に増えているが、所領の広さからすれば、やはり山地が多く稲作が難しい地なのかもしれない。

鹿妻穴堰《かづまあなぜき》が完成するのは寛文《かんぶん》九年（一六八九）頃で、これによって新田開発が盛んになった。

利直の代、鉄の採掘は行われたが加工は少し時代が下り、万治《まんじ》二年（一六五九）、釜師の小泉仁左衛門《こいずみじんざえもん》が盛岡に移り住んで、有名な南部鉄瓶《てつびん》が作られるようになる。

利直は復興に際し、津波で荒れた浜と湊を早急に整備することに重点を置いた。これによって、全国でも有名な三陸沖の豊かな海産物が得られるようになった。

各地から職人を招き、さまざまな形の漆器《しっき》を世に広めた。

畜産の強化。南部領では良馬がよく育ち、全国から引く手数多という状況だった。

林業では檜《ひのき》、杉、桂《かつら》、栗の植林と育樹。

信直は先頭に立って末端に声をかけて家中を纏めたが、利直は家臣たちの調和を大事にして近世大名南部氏を確立した。

南部領は日本で一番の百姓一揆多発地帯となることでも、ほかの地とは土地への思いが異なっている。これも南北朝以来、同じ家がその土地を支配し続けているからかもしれない。南部家のほかには薩摩の島津家、日向の伊東家、肥後の相良家、対馬の宗家、肥前の松浦家、南陸奥の相馬家ぐらいである。

利直が後見役を務めた水戸頼房《みとよりふさ》であるが、利直の娘を娶ることはなかった。しかし南部家への気遣いなのか、頼房は側室を九人持つが、生涯正室を迎えることはなかった。

わずか三百石の所領から立った南部信直は、不屈の闘志で敵と戦って家を残した。嫡子の利直は父の精神を受け継いで、慶長の大地震ならびに大津波に屈せず、復興を成し遂げたゆえに、幕末まで名を残し、石高を倍増させ領内を富ませることができたわけである。

利直は、沿岸部の領民に移動できる者には高台への移転を勧めた。当初は従っていた領民たちも利便性の関係から、大津波の恐怖が消えると海の近くに移り住み、高台に逃れる教えも薄れて子孫たちが被害を受けた。教訓が受け継がれず、さぞ、利直も嘆いているに違いない。

平成二十三年（二〇一一）三月十一日、旧南部領は東日本大震災に見舞われ、多数の尊い命と財産を失い、先祖代々の地を荒らされた。それでも、同地に住む人たちには、不屈の魂で立ち向かった南部家とその家臣、領民の血が流れている。堅忍不抜の魂で、必ずや近い将来、以前にも増して素晴らしい南部の国を再生させるに違いない。

（了）

参考文献（発行元出版社名省略）

【史料】

『大日本史料』『浅野家文書』『伊達家文書』『豊太閤真蹟集』東京大学史料編纂所編、『岩淵夜話』大道寺友山著、『群書類従』塙保己一編、『續群書類従』塙保己一編・太田藤四郎補、『續々群書類從』国書刊行会編纂、『史籍雑纂』国書刊行会編、『當代記　駿府記』続群書類従完成会編、『歴代古案』羽下徳彦ほか校訂・続群書類従完成会編、『寛永諸家系図伝』斎木一馬・林亮勝・橋本政宣校訂、『新訂寛政重修諸家譜』高柳光寿・岡山泰四・斎木一馬編、『干城録』林亮勝・坂本正仁校訂、『系図纂要』岩沢愿彦監修、『尊卑分脉』黒板勝美・國史大系編修會編輯、『吾妻鏡』黒板勝美編輯、『國史叢書』黒川眞道編、『改定　史籍集覧』近藤瓶城編、『岩手県中世文書』『岩手県戦国期文書』岩手県教育委員会、『南部家文書』吉野朝史蹟調査會・鷲尾順敬著、『八戸城と南部家文書』小井田幸哉著、『二戸志・九戸戦史』岩館武敏著、『戦国南部軍記集』歴史図書社編、『南部叢書』南部叢書刊行会編、『南部藩参考諸家系図』前沢隆重・加藤章・樋口政則・山本實編、『青森県叢書』青森県立図書館・青森県叢書刊行会共編、『秋田叢書』秋田叢書刊行会編、『岩手史叢』岩手県立図書館編、『伊達治家記録』平重道責任編、『伊達世臣家譜続編』平重道・齋藤鋭雄編、『東藩史稿』作並清亮編、『仙台叢書』鈴木省三編、『戰國遺文　後北条氏編』杉山博・下山治久編、『佐竹家譜』原武男校訂、『徳川家康文書の研究』中村孝也著、『新修　徳川家康文書の研究』徳川義宣著、『徳川實紀』『続史愚抄』黒板勝美編、『武家事紀』山鹿素行著、『上杉家御年譜』米沢温故会編、『太閤史料集』桑田忠親校注、『家康史料集』小野信二校注、『北条史料集』萩原龍夫校注、『伊達史料集』小林清治校注、『関八州古戦録』中丸和伯校注、『奥羽永慶軍記』今村義孝校注、『新編藩翰譜』新井白石著、『翁草』神沢貞幹著、『伊達政宗言行録』小井川百合子編、『関ヶ原合戦史料集』藤井治左衛門編著、『豊公遺文』日下寛編、『伊達政宗卿伝記史料』藩祖伊達政宗公顕彰会編、『解説中世留守家文書』水沢市立図書館編、『東遊雑記』大藤時彦編、『大日本租税志』野中準など編、『ドン・ロドリゴ日本見聞録　ビスカイノ金銀島探検報告』村上直次郎譯注、『増訂武江年表』斎藤月岑著・金子光晴校訂、『弘前の文化財―津軽藩初期文書集成』弘前市教育委員会編、『南島偉功伝』西村時彦著

【研究書・概説書・解説書】

『津軽南部抗争―南部信直』『九戸地方史』森嘉兵衛著、『南部史要』菊池悟朗編、『物語三戸城』佐藤嘉悦著、『不来方の賦―南部藩主物語』大正十三造著、『南部藩落日の譜』『「内史畧」の世界　南部藩記』太田俊穂著、『中世糠部の世界と南部氏』七戸町教育委員会編、『骨が語る奥州戦国九戸落城』百々幸雄・竹間芳明・関豊・米田穣著、『近世国家と東北大名』『北奥羽の大名と民衆』『弘前藩』長谷川成一著、『津軽藩の基礎的研究』『北奥地域の研究―北からの視点』『津軽・松前と海の道』長谷川成一編、『図説

三戸・八戸の歴史』盛田稔監、『図説久慈・二戸・九戸の歴史』酒井久男監、『南部史・津軽史にひそむ謎の群像』名久井貞美著、『家版　陸奥史略』上野昭夫著、『新編物語藩史』児玉幸多・北島正元監、『地方別日本の名族』オメガ社編、『近世封建支配と民衆社会』和歌森太郎先生還暦記念論文集編集委員会編、『シリーズ藩物語弘前藩』本田伸著、『シリーズ藩物語盛岡藩』佐藤竜一著、『津軽諸城の研究』『南部諸城の研究』『八戸郷土誌』沼館愛三編著、『津軽為信』成田末五郎著、『日本戦史』参謀本部編、『伊達政宗』『風雲伊達政宗』『決戦関ヶ原』『激闘大坂の陣』学習研究社編、『史伝伊達政宗』『城と秀吉』小和田哲男著、『真説関ヶ原合戦』桐野作人著、『大名列伝』児玉幸多・木村礎編、『伊達政宗とその武将たち』『伊達政宗の都』飯田勝彦著、『上杉景勝のすべて』『直江兼続のすべて』『前田利家のすべて』花ヶ前盛明編、『伊達政宗のすべて』『蒲生氏郷のすべて』高橋富雄編、『関ヶ原合戦のすべて』『戦国大名閨閥事典』小和田哲男編、『陸奥伊達一族』『戦国大名南部信直』『東北の風土と歴史』高橋富雄著、『津軽秋田安東一族』『陸奥南部一族』七宮涬三著、『奥羽・津軽一族』白川亨著、『佐竹氏物語』渡辺景一著、『徳川政権と幕閣』藤野保編、『日本城郭大系』児玉幸多ほか監修・平井聖ほか編、『戦国大名家臣団事典』『戦国大名系譜人名事典』山本大・小和田哲男編、『家康傳』中村孝也著、『豊臣秀吉研究』桑田忠親著、『豊臣秀吉を再発掘する』渡辺武著、『蒲生氏郷』池内昭一著、『直江兼續傳』木村徳衛著、『図説中世の越後』大家健著、『豊臣平和令と戦国社会』藤木久志著、『中世奥羽の世界』小林清治・大石直正ほか編、『伊達政宗』

『東北大名の研究』『奥羽仕置と豊臣政権』『奥羽仕置の構造』『伊達政宗の研究』『秀吉権力の形成』『戦国大名伊達氏の研究』小林清治著、『中世南奥の地域権力と社会』小林清治編、『陸奥国の戦国社会』大石直正・小林清治編、『石田三成』今井林太郎著、『伊達政宗』相川司著、『中世と東北の武士団』佐々木慶市著、『中世東国の地域社会と歴史資料』岡田清一著、『中世の城と祈り』伊藤清郎著、『東北中世史の旅立ち』大島正隆著、『鄙の武将たち』長谷川城太郎著、『戦国時代の大誤解』『戦国史の怪しい人たち』『〈負け組〉の戦国史』『戦国十五大合戦の真相』鈴木眞哉著、『太閤秀吉と名護屋城』鎮西町史編纂委員会編、『伊達政宗卿』鈴木節夫著・藩祖伊達政宗公三百年祭協賛會編、『真説鉄砲伝来』宇田川武久著、『戦乱の日本史　戦国の群雄〈西国・奥羽〉』安田元久監・小林清治・米原正義編、『秋田の中世・浅利氏』鷲谷豊著、『私本奥州葛西記』『五月闇―政宗と和賀一揆』紫桃正隆著、『西の和賀氏』『没落奥州和賀一族』小原藤次著、『陸奥中世豪族和賀一揆集』司東真雄編、『和賀氏四百年史』『伊達・南部の領域決定』司東真雄著、『稗貫氏探訪稗貫氏八百年顕彰記念誌』稗貫氏八百年記念事業実行委員会編、『浅野長政とその時代』黒田和子著、『孫子』村山孚著、『新釈青森県史』尾崎竹四郎著、『龍岩寺物語』相馬福太郎著、『歴史と風土―南部の地域形勢』地方史研究協議会編、『日本海域歴史体系　第四巻』長谷川成一・千田嘉博編、『岩手の歴史と人物』『岩手の歴史と風土』岩手史学会編、『岩手地方史の研究』森嘉兵衛教授退官記念論文集編集委員会編、『探訪　八戸の歴史』三浦忠司著、『概説八戸の歴史　上2』北方春秋社編、

『南部地方史話　八戸藩』正部家種康著、『下北・渡島と津軽海峡』浪川健治編、『三陸海岸と奥州道中』瀧本壽史・名須川溢男編、『南部と奥州道中』細井計編、『北茨城・磐城と相馬街道』誉田宏・吉村仁作編、『掘りおこされた南部氏の城　根城』『南部氏と根城』八戸市博物館編、『田子町史』馬場清著、『二戸歴史物語』二戸市史編さん室編、『盛岡市文化財シリーズ　第三十八集』工藤利悦著、『近世の都市と在郷商人』豊田武編、『新収日本地震史料』東京大学地震研究所編、『日本災異志』小鹿島果編、『日本の天災・地変』東京府社会課編、『大いなる謎・関ヶ原合戦』『佐竹義重』『佐竹義宣』『片倉小十郎景綱』『伊達成実』『上杉武将伝』『直江山城守兼続』『嶋左近』『水の如くに』『毛利は残った』『島津は屈せず』近衛龍春著、『東日本大震災』埼玉新聞社編、『明治・昭和・平成巨大震災の記録』毎日新聞社編

【地方史】

『青森懸史』『青森県史』『岩手県史』『宮城県史』『福島県史』『秋田県史』『山形県史』『青森市史』『新青森市史』『弘前市史』『八戸市史』『七戸町史』『南部町誌』『三戸町史』『田子町誌』『東津軽郡誌』『西津軽郡誌』『南津軽郡誌』『久慈市史』『盛岡市史』『二戸市史』『北上市史』『花巻市史』『遠野市史』『一戸町史』『軽米町史』『東和町史』『大迫町史』『和賀町史』『九戸村史』『九戸郡誌』『二戸郡誌』『秋田市史』『鹿角市史』『米澤市史』『米沢市史』『山形市史』『仙台市史』『会津若松市史』『会津若松史』『宇都宮市

史』『小田原市史』各県市町村の史編纂委員会・史刊行会・史談会・教育委員会の編集・発行ほか

【新聞・雑誌・論文等】

『震災に立ち向かった日本人』二七八『岩手、宮城、福島東北戦国武将伝』二七九以上、歴史街道『戦況図録関ヶ原大決戦』『独眼竜政宗と伊達一族』以上、別冊歴史読本『戦国史研究』六〇「金山宗洗の『惣無事』伝達とその経路」戸谷穂高、『日本史研究』四十四〜五十二「大和田重清日記」小葉田淳校注、『青森県史研究』一「南部信直・利直発給文書の一考察―五戸『木村文書』の古文書学分析」四「南部信直書状の年代比定について―五戸『木村文書』所収の信直書状」西野隆次、『地方史研究』二〇五「中世南部の世界」吉井功児、『盛岡タイムス』「古文書を旅する」工藤利悦

本書は、二〇一二年八月日本経済新聞出版社から刊行された単行本を、
文庫化にあたり、加筆修正のうえ、上下巻に分冊しました。

南《なん》部《ぶ》は沈《しず》まず（下）

近《この》衛《え》龍《たつ》春《はる》

令和6年 6月25日　初版発行

発行者●山下直久

発行●株式会社KADOKAWA
〒102-8177　東京都千代田区富士見2-13-3
電話　0570-002-301（ナビダイヤル）

角川文庫 24211

印刷所●株式会社暁印刷
製本所●本間製本株式会社

表紙画●和田三造

●お問い合わせ
https://www.kadokawa.co.jp/（「お問い合わせ」へお進みください）
※内容によっては、お答えできない場合があります。
※サポートは日本国内のみとさせていただきます。
※Japanese text only

ISBN 978-4-04-115163-1　C0193

◇◇◇

角川文庫発刊に際して

角 川 源 義

第二次世界大戦の敗北は、軍事力の敗北であった以上に、私たちの若い文化力の敗退であった。私たちの文化が戦争に対して如何に無力であり、単なるあだ花に過ぎなかったかを、私たちは身を以て体験し痛感した。西洋近代文化の摂取にとって、明治以後八十年の歳月は決して短かすぎたとは言えない。にもかかわらず、近代文化の伝統を確立し、自由な批判と柔軟な良識に富む文化層として自らを形成することに私たちは失敗して来た。そしてこれは、各層への文化の普及滲透を任務とする出版人の責任でもあった。

一九四五年以来、私たちは再び振出しに戻り、第一歩から踏み出すことを余儀なくされた。これは大きな不幸ではあるが、反面、これまでの混沌・未熟・歪曲の中にあった我が国の文化に秩序と確たる基礎を齎らすためには絶好の機会でもある。角川書店は、このような祖国の文化的危機にあたり、微力をも顧みず再建の礎石たるべき抱負と決意とをもって出発したが、ここに創立以来の念願を果すべく角川文庫を発刊する。これまで刊行されたあらゆる全集叢書文庫類の長所と短所とを検討し、古今東西の不朽の典籍を、良心的編集のもとに、廉価に、そして書架にふさわしい美本として、多くのひとびとに提供しようとする。しかし私たちは徒らに百科全書的な知識のジレッタントを作ることを目的とせず、あくまで祖国の文化に秩序と再建への道を示し、この文庫を角川書店の栄ある事業として、今後永久に継続発展せしめ、学芸と教養との殿堂として大成せんことを期したい。多くの読書子の愛情ある忠言と支持とによって、この希望と抱負とを完遂せしめられんことを願う。

一九四九年五月三日

角川文庫ベストセラー

島津豊久 忠義の闘将　近衛龍春

関ヶ原の戦いで絶体絶命の窮地にあり、主君を逃がすため、自らが犠牲となって敵陣に飛び込んだ若き武者。その名は島津豊久。その知られざる半生を、緻密な筆致で描いた著者渾身の長篇歴史小説。

毛利は残った　近衛龍春

関ヶ原の戦いで、西軍の総大将に祭り上げられた毛利輝元。だが敗戦後は、石高を減らされ、財政は破綻寸前の窮地に。そして徳川幕府からの圧力も増すばかり。絶望的な状況から輝元はどう毛利を立て直すのか？

兵《つわもの》、北の関ヶ原に消ゆ 前田慶次郎と山上道牛　近衛龍春

戦国時代を駆け抜けた2人の男がいた。1人は、北条、上杉と戦い、織田信長、豊臣秀吉に仕えた猛将の山上道牛。そして1人は天下の傾奇者・前田慶次郎。2人の相反する生き様を描く、歴史長篇。

戦国秘譚 神々に告ぐ（上）（下）　安部龍太郎

戦国の世、将軍・足利義輝を助け秩序回復に奔走する関白・近衛前嗣は、上杉・織田の力を借りようとする。その前に、復讐に燃える松永久秀が立ちふさがる。彼の狙いは？　そして恐るべき朝廷の秘密とは——。

彷徨える帝（上）（下）　安部龍太郎

室町幕府が開かれて百年。二つに分かれていた朝廷も一つに戻り、旧南朝方は逼塞を余儀なくされていた。幕府を崩壊させる秘密が込められた能面をめぐり、旧南朝方、将軍義教、赤松氏の決死の争奪戦が始まる！